U0586689

내 여자의 열매

植物妻子

겨울에는 견뎠고
봄에는 기쁘다.
*冬忍春来
한 강

[韩]韩江 著　崔有学 译

四川文艺出版社

图书在版编目（CIP）数据

植物妻子 /（韩）韩江著；崔有学译 . -- 成都：
四川文艺出版社 , 2023.2（2024.11 重印）
ISBN 978-7-5411-6532-0

Ⅰ . ①植… Ⅱ . ①韩… ②崔… Ⅲ . ①短篇小说—小
说集—韩国—现代 Ⅳ . ① I312.645

中国国家版本馆 CIP 数据核字 (2023) 第 000357 号

내 여자의 열매 (FRUIT OF MY WOMAN) by Han Kang
Copyright © Han Kang 2000.
This edition arranged with ROGERS,COLERIDGE&WHITE LTD (RCW)
through Big Apple Agency, Inc., Labuan, Malaysia.
Simplified Chinese edition copyright: 2022 by Beijing Xiron Culture Group Co.,Ltd.
All rights reserved.

版权登记号：图进字 21-2022-430 号

ZHIWU QIZI

植物妻子

［韩］韩江 著 崔有学 译

出 品 人 冯 静
策划出品 磨铁图书
责任编辑 邓 敏
责任校对 段 敏

出版发行 四川文艺出版社（成都市锦江区三色路 238 号）
网 址 www.scwys.com
电 话 028-86361781（编辑部）

印 刷 河北鹏润印刷有限公司
成品尺寸 140mm×200mm 开 本 32 开
印 张 10.75 字 数 200 千
版 次 2023 年 2 月第一版 印 次 2024 年 11 月第五次印刷
书 号 ISBN 978-7-5411-6532-0
定 价 58.00 元

版权所有，侵权必究。如有质量问题，请与本公司图书销售中心联系调换。电话：010-82069336。

目录

作者序

1

　　那年春天，我十六岁。在一个阳光明媚的下午，我上完周六的课，独自坐在操场边的长椅上。直到天黑，我仍旧对着操场发呆，什么也没做，什么也没想。起初有背着书包的孩子们在远处来回走动，过了一会儿行人逐渐变少。偶尔回过神来，总是发现时间一晃已经过去了一两个小时。那时，我坐在那阳光下究竟在看什么呢？

2

　　二十四岁的那个中秋夜，为了看月亮，我独自走出大门。那时，我一边在我人生中的第一个工作单位上班，一边利用只睡四五个小时省下来的时间偷偷写小说。应该许许愿了，望着皎洁的月亮我想了想要许什么愿。

　　只祈祷不要失去这颗心。

　　然后，就没有什么愿望可以许了。

仿佛冰冷清澈的水一样，溢入大脑，沁润整个身心，与"它"紧密相连的是强烈的信念。如今在写作或日常生活中偶尔遇见的那颗心，在那个时候一睁眼就能发现始终在那里。不管是吃饭，走路，还是与人相处，那颗心依旧存在。

3

步入文坛至今，已是第七个年头了。

人在活着的时候，体内的细胞要重复不断死亡和生长的过程。据说人体细胞全部更新需要七年。在七年中，我体内的细胞全换成了新的，我的眼睛、耳朵、鼻子、嘴唇、内脏、皮肤和肌肉已悄无声息地焕然一新了。

4

时隔五年，才写出第二本小说集。第一本小说集是我从一九九三年十月到一九九四年十月这一年内完成的。相比之下，这一本用了很长时间才得以完成。

编写小说集时，先是按照时间排序，后来便不再按时间排序了。因为这些小说是断断续续地一篇篇写完的，难免心里会有一些遗憾，后悔当初没有多写一两篇。虽然有些惭愧，也只能把我从未停止创作当作安慰自己的理由了。世上并不存在一成不变的我，正是像流水般不断变化的过程造就了我，我静静地揣摩这一真理。

5

是的，我曾经傻傻地认为这本书就是我的经历，就是我写的关于"我"的书。但是，那个"我"究竟是谁呢？在操场边上一直坐到天黑的那个孩子，站在大门前望着月亮的二十四岁女孩是谁呢？写下这一篇篇小说的人究竟是谁呢？

真想再见见她们。

6

有时，我的内心也受到了创伤。我曾执着追求，曾心怀欲望，也曾憎恨自己。同时学会了惭愧，让自己变得渺小。于是，我那颗贫寒的心才能一点一点地加深对人生的理解。我曾努力想长久地、深刻地解析人生。

在这期间，写作便是我存在的方式，也是我呼吸的通道。有时如奇迹般出现，有时则以泰然的步伐揪着我的耳朵走。树木、阳光和空气，黑暗和亮着灯的窗户，死去的和活着的，这所有的一切令记忆更加清晰。再没有比这个更加清晰的记忆了。

7

感谢一直陪在我身边关心和爱护我的人。

感谢创作与批评社的编辑和工作人员为此书出版付出的辛劳。

二〇〇〇年早春

韩江

在某一天

"那什么叫爱？"

看他一时无语，她便说出了自己的想法。

"如果爱情存在，应该是瞬间的真实。如果你认可这种瞬间的真实，那我是爱你的。可是，你相信永恒吗？世界上根本不存在什么永恒，你想坚持到最后吗？你要坚持吗？"

1

一天，他发现了挂在电线上的雨珠，从那一刻起，他的生活方式便陡然改变了。真正有趣的故事应该在此之后，但现在所讲的这个故事就到他发现电线上的雨珠为止。

他的房间在四楼，电线就从窗户左侧的电线杆上延伸下来。小路对面有个加油站，加油站的老式电子公告牌上打着"火！火！注意防火"的字样，这些由点和线构成的字就像金鱼的嘴一样不停地开合。而那根电线就在电子公告牌后面画出了一条斜线。他从窗户看到的风景总是被这条斜线分成两截。

加油站的长椅上，四个年轻的打工仔穿着旱冰鞋坐成一排等候。每当大大小小的汽车开进来，他们便会按顺序敏捷地站起来，然后熟练地滑过水泥地，跑到前车窗。

"欢迎光临！"

"请慢走，欢迎再来！"

偶尔传来某个小伙的招呼声，声音十分动听。

他所在的这栋建筑俯瞰着这一情景。建筑包括地下部分在内共有五层。地下是音乐茶座，一层是汽车维修中心，二层为台球厅，三层则是健身房，而四层的考试院¹显得有些格格不入。考试院所有房间排成四行，每行十间。每个房间都无比狭小，把椅子放到桌子上，再把腿伸到书桌底下躺下，大小正合适。别说是一般的考试，连高考都没考过的他租进了这个考试院的10号房间。

对考试院的备考生来说，10号房间毫无人气。整个建筑中的窗户几乎都朝南，位于走廊最西侧的这个房间窗户却是朝西的。正值八月天气炎热的时候，百叶窗也阻挡不了热气袭来，闷热将持续到夜里。那个窗户下面的小路上还总有装载盗版音乐磁带的手推车，贩子每天晚上都把劣质喇叭的声音调到最响。这就是10号房间，一打开窗户，从耳膜到头顶的所有神经都会绷紧起来，可关上窗户就会呼吸不畅，闷得发慌。

---

1 准备参加各种考试的考生租用的简易旅馆。

　　他之所以选择这个嘈杂闷热的房间是因为视野好，并不是说风景有多特别。小路对面是加油站，旁边有长长的公路，往前延伸五六个街区，远远望去，右侧的住宅区后面就是北汉山 [1]。他到这里看房是在春天的一个休息日下午。当他走进 10 号房间望着窗外时，隔着周边荒凉的马路，远处北汉山耸立的岩峰白得耀眼，山腰上则一片翠绿。那绿色毫无理由地吸引了他，于是他选择了这个没人愿租的房间。

　　平日里要上十七个小时的班，十一点多回到家倒头就睡。星期天他最爱做的就是脱下所有衣服，解放汗流浃背的身体，光着身子窝在家里观赏窗外的风景。夜里观看蜿蜒着一直延伸到山脚的房屋色彩斑斓的灯光。白天的时候，被太阳暴晒得快要爆炸的加油站里的油缸和车辆稀少的大街对面散发着白色光芒的北汉山就会映入眼帘。与其说是观赏，不如说是把视线集中在某一点，静静地坐在健康椅上。他像坐禅一样盘腿而坐，目光却没有焦点。

　　他那里没有一本书，也没有笔和笔记本，更没有月刊、周报和晨报。一旦坐久了两腿变得麻木，他就拖着像浸泡过的棉花团一样失去知觉的腿走到窗边。等腿有了知觉，又回到椅子上。

1　位于首尔市北部和京畿道高阳市之间的山。

到了晚上他也不开灯。虽说是郊区，不过前面的小路紧邻地铁站，所以还算繁华。周围建筑物的霓虹灯和加油站里整夜亮着的灯不经意地照亮着房间的各个角落。

等到夜深，他才拉下百叶窗，窗外的风景就像扇子一样收了起来。他把自己灵巧而结实的身子一动不动地禁锢在不到两坪[1]的狭小空间里，只伸出瘦瘦的手臂挑开百叶窗的一道缝隙。路上还有醉鬼在游荡，加油站亮如白昼，上夜班的两个打工仔坐在长椅上，脚不停地晃动着。他默默地看了一会儿，又回到椅子上。

而这次不是盘腿而坐，却是无力瘫坐着。困意和疲倦袭来，他的脑袋前后晃了几下。他无精打采地睁开眼睛，用手背拭去嘴角的口水。拉过团在书桌上的军用毛毯在地上铺好，把椅子放到桌子旁，然后一头躺在毛毯上，用毛毯的一角盖住肚子。一天就这样结束了。

2

他从来不用闹钟。一到五点，他就自动醒来，像机器人一样起身，穿起衣架上还没干透的白色 T 恤和古铜色牛仔裤。锁

1　土地面积单位，1 坪等于 3.33 平方米。

上 10 号房间的门，三步并作两步走下灰暗的台阶，来到停在人行道上的摩托车前，插上钥匙。他机械般做着一系列动作，什么都不去想。

摩托车一启动，他就毫不迟疑地向寂静的十字路口飞驰而去，一分钟也不耽搁。如果不停歇地飞速行驶，二十分钟就能到达办公室。清晨的夏风不停地吹打着身体，能够望见在蔚蓝的天空下，向前或向左、向右笔直伸展开来的公路。

路总是没有尽头。他至今没有到那个尽头。上班时他虽然要骑着摩托车在限定的时间内前往无数目的地，甚至需要穿过人行道，但那些都只是经过的路而已。如果这个清晨他不往办公室走，而是继续沿着这条路行驶，经过首尔的收费站，恣意地沿着高速公路和国道驰骋，也许最终能到达陆地的边际。然而，踏上返程的瞬间，也就成为路的一部分，所以路原本就没有尽头。所谓"尽头"只是人们的想象而已，这是他在这个公司的四年时间里领悟出来的。如果说尽头只是人们的凭空设想，那么路也是人们编造出来的吗？他觉得也是。

他到办公室时，有时卷帘门已打开，有时谁都没来。一般情况下，都是秃头的徐室长先到，开好门后喝咖啡。徐室长来晚了就由他开门。

"见到你很高兴。"

每天早上见面，徐室长的问候语总是这一句。徐室长笑起来时露出镶金的门牙，透着顽皮劲儿。头发只剩后脑勺一小撮，看似五十多岁，其实还不到四十。出乎意料的是，他还有个美女老婆。听说徐室长还是个老光棍儿时，每天都要戴着假发。他从二十五岁开始猛掉头发，到后来脑袋变得光秃秃的。直到新婚初夜才第一次把真面目亮给妻子，结果把妻子吓坏了。本来徐室长还以为妻子能理解他呢。

"你要跟我保证。"

徐室长的妻子说道。

"这个秘密除了我谁也不许知道，外出时一定要记得戴假发。"

徐室长没有听妻子的话。戴假发是为了接近漂亮的女子，现在已达成目的，何必再戴上憋得慌的假发？据说他们为了假发问题整整吵了一年。现在两个女儿都上幼儿园了，每次想起那无数次的争吵，他们夫妻俩便忍不住咯咯笑。

徐室长是他们那个年龄段少有的顾家男，在家包揽了一大堆活儿，从泡咖啡、洗水果削水果到刷碗、倒垃圾，等等。

"今天也要咖啡？哎呀，不换个绿茶呀、薏米茶什么的？"

徐室长熟练地摆弄咖啡瓶、杯子和勺子，这些动作带着一种从生活中磨炼出来的高手水准。尽管徐室长很和气，但他知道徐室长其实并不喜欢他。徐室长望向他的眼中往往带着困惑与戒心。

"你的眼睛很可怕。"

两人认识还没多久，在一次会餐中，大家喝得酩酊大醉时，徐室长这样说。

"好像有个很大的洞，瞳孔里什么都没有。透过它能看到我的脸，真让人害怕。"

当文秘的朴小姐一五一十地跟他转述了徐室长背着他说的坏话。

"泰植那家伙，怎么看都有点可怕，总有一天会闹出什么大事。没看过他那眼睛吗？你仔细瞧瞧。"

不过，平时徐室长对他却丝毫不表露任何态度，反倒有一天还"好心"地劝导他。

"学点东西怎么样？"

仿佛非常恳切地希望他点头同意，徐室长用略带命令的语气热情地接着说道：

"电视大学学费便宜，你去试一下呗。你要这样混到什么时候？"

他默默地抬头看了看徐室长的眼睛。徐室长的个子比他要高，体格也很健壮。眼睛跟黄牛的一般大，眼光却没有一丝锐气。徐室长的眼中露出迟疑的神色，一眨一眨地躲闪着他的视线，不难看出是在后悔说了不该说的话。第二天，他俩一起吃早饭的时候，徐室长说道：

"其实……你很像拳击手。不是有那样的电影吗？只身来到首尔的拳击手，饿了就卖血买面包吃，拿点比赛报酬去挨打，就是那种羽量级业余拳击手……"

徐室长说完便一个人笑了出来，那笑容里带着几分苦涩。徐室长原本就是个说话谈笑空洞乏味的人。

从那以后，徐室长就叫他"拳击手"。

"拳击手，加油！"

白天在办公室碰面，徐室长会像往常一样半讽刺、半畏惧地拍拍他那精瘦而窄的肩膀，偶尔还模仿击打沙袋的动作。

"拳击手，又喝咖啡？就不能喝点别的什么吗？"

徐室长连他只喝咖啡这件事也觉得不应该，看他不顺眼。徐室长又开玩笑地跟他搭起话来。

"怎么？不想多活了？你以为青春会很长吗？改喝绿茶吧，对身体好一点。"

但他总是喝咖啡。全然不管咖啡的口味，只是喝到没有困意，头脑变清醒为止。凌晨在办公室喝的咖啡还不够，送货时一有空就到自动贩卖机买。他的胃没搞坏已经是万幸了。

公司的业务就是从各个出版社进各种新书，按新闻媒体机构分类后，在两三天内直接送去。某家新闻媒体刊载书籍介绍时还需要用传真把相关书籍的出版日期和页数在新闻媒体做推广时发给出版社。年轻的社长四十岁出头，原来在出版社工作，靠创意开办了这家公司。职员只有三个：负责广告、企划、经营的徐室长，负责接电话和出纳的文秘朴小姐，还有他。他负责的送书工作被徐室长称为"本公司之花"。喜欢戴棒球帽、穿牛仔裤的社长也总是高度评价他的工作。

"公司的命运就寄托在你身上了。"

"笑脸！你的笑容就是我们公司的脸面啊。"

"不要忘了安全、准确、迅速这三点。"

社长用手拨弄着牛角眼镜说，他只是默默地抬头看社长而已。社长属于外柔内刚型，善于管理手下职员。要是哪个职员有难处，他就会给红包，有时虽然只是换换称呼，却也会给他们升职，他也是靠这种方式晋升为代理的。有时还会单独约出来喝酒聊天。社长虽然和蔼可亲，却始终和职员保持一定距离，以防职员对他太过随便。

和徐室长所说的一样，他当年的确只带着一具年轻的身体来到首尔，在他的第一个公司里认识了现在的社长。那时社长在那家颇有名气的出版社里任编辑部副经理，而他则是仓库管理员。他的职责是整理好满满一仓库的书，核对退回的书籍，包装好新出版的书籍送到批发商那里。当时有一个边上夜大边打工的青年给他帮忙。晚上他就睡在仓库里，在公司不大的内部食堂吃饭。报酬虽不多，但能解决食宿，他又不乱花钱，所以那对他来说是个不错的工作。

　　直到有一天，堆满仓库的几千册书倒塌了。令人震惊的是，那个上夜大的打工青年被当场压死，幸好那时他替出版部跑腿儿去了印刷厂，才躲过这一劫。

　　第二天看到报纸社会新闻版一角登出的短短五行字报道，他不寒而栗。被活活压死的打工青年的名字虽然每天都叫着，当在报纸上看到那个名字时却感觉那么陌生。

　　那天下午，编辑部的郑副经理下来拿书的时候问他：

　　"你是不是不喜欢这里了？"

　　郑副经理是第一次来仓库，平时需要书总是派下属过来拿，更没有跟他私下谈过话。为了弄清郑副经理的意图，他静静地抬起头，看了看镜片后郑副经理的眼睛。

　　日光灯亮着，但地下仓库依然很暗。旧书味儿和黑暗悄悄蔓延到书柜后的石灰墙上。包装书剩下的那些粗绳，包装机下面凌乱的瓦楞纸和被撕下来的杂志封面在冷冷的灯光下静静地躺着。

　　他在打工青年被压死的地方，一直整理书柜到当天中午。董事长的专车司机和市场部的两个年轻职员也过来一起帮忙，才将几千册倒塌的书籍恢复成了原状。他们谁也没有说话，没有叹息，哪怕是轻轻的"一二"声也没有。大家只顾着干活，专心整理，堆放书籍。

　　"不想找份新的工作吗？"

郑副经理正视着他，再次问道。

次月，郑副经理从出版社辞职便开始了构思已久的新事业，自己当起了社长。他也一起递了辞呈，住进郑社长家韩屋的门房里。据说那栋房子是郑社长的父母留下的仅有的遗产。在当时，他还是个连坐地铁都不会的乡巴佬，郑社长就在那个门房的炕头上，一一指着大比例尺首尔地图上的每个地方教他业务。直到去年冬天他搬出那里为止，社长没收他一分房钱。

社长做事周密，为人非常谨慎。

刚到首尔时，他曾暗暗打算辛苦一年攒点钱，然后学点东西考个证书。可正是社长的细致周全令他放弃这样那样的计划，在这家公司待了四年。

他也曾迷迷糊糊地想，自己是在从事没有前途的事业，是在浪费青春。但那只是模糊的感觉而已，脑海里没有清晰的轮廓与实体。奇怪的是，每当他陷入迷茫时，社长都会给他温暖的关怀。至少也会亲切地拍拍他的肩膀，把他叫到附近的日本料理店斟上温热的日本清酒，甚至会发个特别奖金，还给些零花钱让他买衣服穿。

社长怎么会一眼看穿别人的内心呢？是不是书看多了就能做到？他常常想，那也许是真的。

一天中最先送书的地方是各家报社，要赶在上班高峰期前，把书装在面包车上挨家挨户地转一圈。先要把几百册书装到面包车后备厢，这个活儿需要两个人一起做。徐室长没什么力气，也许是因为腰不太好，搬一会儿就得直起身子用拳头拍拍后腰。但是他却丝毫没有犹豫或偷懒，迅速地拿起书快步搬运。

由徐室长驾驶，他坐在后座上，这是他上班时唯一能休息的时间。可是他没有舒展四肢或靠窗打盹儿，而是攥紧拳头努力驱逐困意，眼睛里布满血丝。他无声地望着车窗外飞速掠过的冷冷清清的街头，熹微的晨光打在他那空虚的、令徐室长感到畏惧的眼睛上。

时间太早，报社编辑部的职员大都还没上班。徐室长在面包车里等候，他两手提着沉甸甸的书进大厅。警卫室里上了年纪的保安和做保洁的大婶们大都认识他。跟他们互道问候时他总是在笑，而那笑容看似有些不安，就像急着喝牛奶时把牛奶从嘴角里漏出来一样。

送书时，他通常会坐电梯。如果碰到时间太早电梯还未运行的情况，那就不管几层，都得直接爬楼梯把书送到编辑部。编辑部里散乱地堆放着各种书籍、文件夹和字条儿，空无一人时有种奇妙的孤独感。传真机正嘎吱嘎吱地接收外电报道，偶尔还会有个值班记者独自坐在电视机前打着盹儿，他从桌子之间穿过去，把书放在文学记者的桌上。

他每天给那些记者递送书，却从未见过他们，只是通过那些桌上的书、电脑键盘、坐垫和椅子下面的拖鞋，还有贴在书架上的全家福等猜测他们会是什么样的人。从长期承受身体重量而塌陷的海绵坐垫可以猜测他们的体格，从书桌的摆设可以猜测他们的性格。但是这些想法不会超过两三秒，因为他要去的地方实在太多了。

八点以后通往市区的通路就开始堵车。太阳火辣辣地照耀着大地，徐室长总是急着回公司。因为他要想从容不迫地享用早餐，所以必须在九点前赶回去才行。

早餐总是一成不变，清曲酱汤馆的套餐。以前还有煎马鲛鱼，最近却常常连腌鲐鲅鱼都没有。

"价格涨得太厉害了。"

餐厅老板娘露出歉意的笑容。她的围裙很脏，脚上穿着拖鞋，露出脚指甲，细菌性脚气使得一半指甲化了脓。

"真的不赚钱。"

吃完早餐，徐室长便回办公室上班，而他开始骑着摩托车送货。除凌晨的那段时间，首尔交通一整天都处于高峰期，要想按时迅速地送书过去，摩托车是唯一值得信赖的交通工具。

他送货的杂志社和周报社按位置可分为几个区：包括长忠洞和龙山在内的江南地区、光化门地区，还有合井、麻浦、汝矣岛等地区。他一般会先看地图定好路线，然后把书装进大白铁皮箱里，放到摩托车行李架上，即刻出发。

他一天要去五六十家报社。午饭很准时，由他自己就地解决。因为箱子装书数量有限，他要多次回公司取书。如果要去距离较远的江南地区，就要抓紧时间。有时他一天要过汉江八次。横穿城市中心的汉江毫不设防地展现着自己的身姿，江水粼波荡漾。摩托车发出震耳的引擎声，在大桥上拥堵的车流中见缝插针地穿行。

刚到首尔的时候，最让他这个乡下人吃惊的就是那宽阔的汉江，仿佛违背自然规律倒流入江河的大海一样深邃而湛蓝。看到如此情景，他心潮澎湃，觉得自己仿佛已经牢牢掌握了崭新的世界。而如今，那种激动已荡然无存，他深陷的眼睛只是呆呆地望着江面上反射的耀眼光芒。

时速表显示车速超过每小时八十英里时，他常常会感到某种快感。头发像雄狮的鬃毛一样飘动，白色T恤的衣角被风鼓起来不停地摆动。身体与摩托车融为一体，在柏油路上狂奔。在他的身子像子弹一样飞出去的那一瞬间，他忘掉了过去、现在和未来，甚至自己所处的空间。

然而，这种快感不会持续很长时间。他需要规划好一天内要去的地方、最佳路线与所需时间，头脑总是处于强烈的焦虑紧张状态。时间紧迫，穿过人行道时，会惹得行人的一片尖叫声和叫骂声，但是他根本没时间理会。他一天要看几十次手表。抽空到自动贩卖机买杯热咖啡喝的时候，他的内心仍焦虑万分。

大概在晚上七点才能完成所有的配送任务空着箱子回到公司。他的脸在都市尘埃和阳光的双重作用下变得黢黑。一进办公室，徐室长总是用浑浊的眼睛看着他开玩笑地说：

"辛苦了，拳击手。"

回公司还得把书分类，包装，这时候社长、徐室长和二十岁的朴小姐和他一起干。要将一千多册书籍整齐地分类整理到铁制书柜和桌子上。送到各个地区媒体机构的书要摆到铁制书柜里，而要送到各日报社的则摆到桌子上。除了在短暂的用餐时间大口大口咽下从中餐馆叫来的炸酱面、海鲜面、炒饭和腌酸萝卜外，其余时间这个不足五坪的办公室乱得像邮局一样。工作时间因货物量的多少而定，一般能在晚上十点结束，不过偶尔也会做到十二点以后。

放下七八个小时后又要打开的卷帘门，他向疲惫不堪的同事们行礼告别，然后骑上摩托车。

"走好，拳击手。"

徐室长斜着眼笑眯眯地举起手告别时，他好像觉得自己真的变成一个为了几元钱去挨打的廉价拳击手。可是，那种感觉也转瞬即逝，不会留下多余的痕迹。

繁华的街道披上灯火盛装，他只是用余光一扫，继续飞驰在夜晚的街道上。考试院一点五坪的房间在等着他。他现在只是一心希望回到那里，让自己沉浸在死一般的安宁和睡眠之中。醒着的时候他根本没时间休息。只有回到那个屋子，嘴角流着口水沉睡过去以后，他的四肢才能放松下来，急喘的呼吸才能恢复平稳，焦虑不安的眼睛才能静静地闭上。

从地下音乐茶座传来的音乐声和歇斯底里的歌声穿过隔音墙袭来，他拖着沉重的腿爬上楼梯。一级级台阶比他一整天在首尔穿过的所有街道还要长，还要陡。他时而停下来靠着阴暗的墙歇会儿。在这十秒左右的休息时间里，他的表情就像是吞了粉状的苦药一样，脸向后仰着。过了一会儿他又接着爬楼梯，这是他唯一要完成的事情。

3

考试院里有间房，可以用作洗衣间、淋浴间、厕所和盥洗室，他在那儿洗头，肥皂水瞬间变成脏水。鼻孔里全是灰尘，T恤脏得每天都得洗了才能穿。被污染的首尔空气也许正一点一点吞噬着他的肺，空气中积存着大量灰尘和煤烟，他的喉咙一到下午就发疼。

白天送货时，他每隔两个小时就洗一次脸。因为他感觉到每次走进安静的办公室时，所有人都用异样的目光看着自己。偶尔从橱窗里看见自己的模样，他也会被那白眼珠和黑脸吓住。

去年冬天的某一个下午，他第一次见到敏华。转完麻浦区，到最后一家杂志社的小办公室的时候，他先到走廊的洗手间洗了把脸，用手帕粗暴地擦去脸上的水后就往办公室匆匆赶了过去。他的脸经常用凉水洗，因此生出了红红的一层皲裂，很粗糙。而当他张嘴说话或是笑的时候，脸颊和嘴角紧绷，带来一阵火辣辣的痛。

"送书来了。"

她正坐在离门最近的书桌前，脸几乎贴着电脑显示屏。起身接书的那一刻，他发现她一脸惊愕，是差一点就要尖叫的那种。

于是，他用手背擦了一下脸，想看看到底是什么让她如此诧异。是皲裂的地方终于完全裂开，流出了血。他摆出一副似笑非笑的表情，脸色很难看。她仍然睁大眼睛盯着他的脸。

他猜想，她二十六岁？二十三岁？还是二十八岁？

她长相很平凡，以至于他怎么也猜不出她的年龄。她的穿着在办公室里最不起眼，简单朴实。瘦瘦的体格，肤色苍白没有光泽，像松蘑一样。

直到转身出门，他都感觉到背后她的视线一直盯着自己。难道她的眼神中除了惊讶外还有别的什么吗？他苦思冥想一整晚，想要猜出她视线里隐藏着什么。

两天后，他再一次去那个杂志社的编辑部时，也是由她接待。她的脸还是像蘑菇一样微黄。只是有一点不同，表情里没有了惊讶，而是多了一份亲切。她的眉毛往上一翘，眼睛睁得大大的，热情地向他露出灿烂的微笑。她的笑容里有着一种神奇的力量。当她露出一口玉米粒一样整齐的牙齿时，她所穿的衣服与苍白的脸色一下变得明亮，有活力了。

"……你的脸……"

出乎他的意料，她的声音粗而低沉，富有感染力，比她的外表更具吸引力。他想，也许就是这嗓音支撑着弱不禁风的她顽强地活在这世上。

"侧脸很帅。"

没有血色的嘴唇中迸出这样一句话，显得有些唐突，与她容貌极不相称。

他走出编辑部就顺便去了洗手间，在那里第一次观察了镜子里的侧脸。虽看不到完整的侧脸，但也能细细观察额头、鼻梁和嘴唇。为了更清楚地看自己的侧脸，他把脸转了过去，可又觉得很好笑，不由得笑出了声。

那个时候，他第一次明白，喜欢上一个人只是一瞬间的事。那时，他还没住进考试院，而是寄宿在社长家里快三年了。第二天凌晨他一觉醒来，身子还躺在被子里，就看见她的脸在黑黑的天花板上晃悠。不管是飞驰在都市的废气中，还是回到家准备要睡的那一刻，她那柔软的蒸气团一样的影子总是陪伴着他。

几天后，又有机会去麻浦区的那家杂志社送货。他打开办公室门，一个打算出去的高个子男职员从他手里接过了书。他的视线越过那个职员的肩膀，看到了她的书桌，还有正在用电脑的她的背影。

三天后，他又去了麻浦。进门的时候，他下定决心一定要直冲她的位置，不顾前后左右，也不管别人接不接书。可是，她却没在位子上，是邻桌的女职员收下的书。

他极度失望，走出了办公室。在那个时候，他发现她拿着刷牙杯正从走廊另一头走来。他身体一下僵住，动弹不得。

牙膏泡沫的那种清凉的感觉与她消瘦的脖颈非常相似。如果能够闻到刚才还含在她嘴里那一口白色泡沫的味道，如果再近一点贴着她的脸闻到清爽的牙膏香味，想到这儿，他突然燃起了强烈的欲望。

他想用自己的嘴唇紧紧压住她那没血色的双唇，把舌头塞进她清香的牙齿之间，探索那鲜红的舌头，品尝她清凉的口水味道。然后，用一只手臂环抱她的纤纤细腰，另一只手握住她小鸟般的胸部。

走廊里空无一人。她认出了他，用眼神向他打了招呼，微微张开的嘴唇露出了像玉米粒一样的白门牙。他被自己过于形象化的欲望，还有随时要向她迸发出来的那股控制不住的可怕力量给镇住了。

但是什么都没发生。她低着头，以离他不到二十厘米的距离与他擦肩而过，打开办公室的门进去了。

那个星期天，他在社长家寄宿间的角落里蒙着被子蜷曲着腿坐了一整天。为了省油不烧锅炉，因此屋里很冷，加上一周下来积累的疲劳，每逢休息日总是那样赖在被窝里无所事事。

一直以来，经他手送出去的书有无数本，他却从没有读过其中任何一本。对他来说，书只是以重量、大小或目的地分类的货物，而不是根据其中的内容去衡量和判断的。高中毕业后，他连一本书都没有读过，甚至连报纸都没兴趣看。那样的一个人，在那个星期天里看了书，看的正是她的杂志社出版的周刊。他想象着经她手打出来的那些字，推断着曾经停留在她脑子里的那些事件，一行一行地读下去。那些明摆着的演艺圈故事、错误的政治舆论、啰唆甚至低俗的健康咨询，以及房地产投资的报道，他仔仔细细反反复复地阅读，仿佛透过杂志的劣质纸张抚摩她的脸。

之后一个星期的一天，他去她公司送书时做了一件自认为很有勇气且值得难忘的事。他把她叫到走廊，邀请她星期天出去约会。她答应得非常痛快，这让他不住地感到欣慰，又像是中了彩票一样让他困惑。

"有什么特别的计划吗？"

她只是那样问道。

"我会有计划的。"

他自责没计划好就请她约会，便开始全心计划起来，想要制订出一个在男人和女人第一次约会时能做的事当中最为特别的计划。到约会的那天，他陷入了极度紧张的状态，因为拿不出可以满足她的好计划。

"怎么称呼？"

"我叫敏华，李敏华。"

两人彼此通名报姓后，一起喝了茶吃了饭，还看了一场电影。他没有任何惊喜给她，电影也是她挑选的。

敏华没有拒绝他要送她到家门口的提议。她虽然穿着旧牛仔裤和黑色毛衣，外面配了件深灰色的旧外套，却显得比在办公室时更有活力。

"今天玩得很开心。"

敏华背对灰暗胡同的路灯说道。她打开通向半地下月租房的小门进去，他站在那里看着敏华圆圆的肩膀，古铜色的围巾，还有扎得紧紧的头发和白皙的耳郭。那时他才意识到欲望有时也会给人带来痛苦。

他们每个周末出去约会，喝茶吃饭看电影去景福宫，再喝茶吃饭看电影。在这个过程中，他逐渐加深了对她的了解。

敏华喜欢玩报纸和杂志上的填字游戏，问她为什么喜欢玩，她回答说那是自己能做好的事情。不知是跟职业有关，还是因为喜欢读书，她的词汇量的确很大。她出的大部分题，他都感觉很棘手答不上来，而她却一下子就能得出横向和纵向答案，真是很神奇。

更为神奇的是，她发现事物美好一面的能力。即使在微不足道、令人不快的场所或事物中，她也能找出美好的一面并为之欣喜。就像从他又脏又红皱的脸上也能找出帅气的一面一样，吃饭的餐厅不管多么狭窄、多么脏乱，敏华不但不会抱怨，反而还会一边说着"这个，是木椅呢！是实木，我喜欢这种手感"，一边抚摸着已被磨得锃亮的椅子。那一刻，他惊奇地发现她身上散发的光彩和香味扩散到了那把破旧的椅子上。

"那个人的耳朵，像不像贝壳？"

"石油味！这家用着石油炉子呢。我喜欢这味儿，听说喜欢石油味的人肚子里有蛔虫。"

他后来才知道敏华身上隐隐散发的香气其实就是她每天都用的三千韩元一瓶的洗发水味儿和疲惫时嘴里苦药一样的焦煳味。也知道她的手比其他女孩小，因为皮肤脆弱，手背上容易发青。他拥抱她的时候，她会屏住呼吸温顺地站着。而他不自然地亲吻她时，她便将又小又软的舌头调皮地伸进他的嘴里。

偶尔敏华也喜欢骑摩托车。与坐在摩托车后座相比，她更喜欢自己骑。他抱着她的腰，享受着路人关注的目光，奔驰在马路上。她的腰很温暖，有时他的手去摸索她的胸部，她装作不知道，继续加速行驶。

他意识到自己的条件还不能结婚。要想结婚，至少要靠自己的能力去租一间大小适当的包租房 [1]，况且现在这份既危险又几乎保障不了生活的职业更不适合已婚人士。

他心想：那现在该怎么做？

谈恋爱让一个男人变得懂事，这句话一点不假。他第一次认真地考虑自己的未来。不管将来学技术，还是做小生意，最紧急的就是首先要筹集租房用的钱。考虑这个，他认为还是现在的公司最合适。活儿虽很累，但对既没技术又没工作经验的他来说，薪水达到这个水平已经需要感恩了。

他敞开胸怀说出自己的苦衷，敏华听后提出了意想不到的建议。

"那就搬我家住吧。"

她毫不在意地说出这句话。

"虽然挤了一点儿，但两个人生活应该没问题。只要每天

1　包租是韩国特有的房屋借贷形式。承租方交付一定金额的包租费给出租方后，可以拥有房屋一定时间的使用权。当承租方交还房屋时，出租方须全额退还包租费，相当于我国的房屋租赁押金。包租费额度较高，一般为出租房屋市场价的百分之六七十，而且包租时无须付月租。

能见面，总比现在好吧？其实每周末抽空见面，说实话我也觉得挺累的。"

那天下午，他随敏华去看了她的半地下屋子。阳光透过昏暗的窗户照到屋子里。在阳光的沐浴下，他第一次跟她发生了关系。她的身体像刚焯过的蘑菇一样柔软、温柔地贴紧了他。

跟敏华一起生活后，他对她越来越了解。

他最喜欢看敏华睡觉的样子。她入睡时的表情比任何时候都要柔和、没有丝毫的抗拒，那是他有生以来看过的最为纯洁平和的脸。不过，敏华有时也会皱起眉头睡觉，那时她的身体变得很僵硬，想要抱她，她就会哆嗦着身体发出呻吟声。她经常做梦。究竟是什么样的噩梦让她睡觉时皱起眉头呢？

敏华虽然在经济上独立，但与长相一样，她的内心有脆弱的一面。

有一天夜里，敏华告诉他，自己盯着卫生间墙上的蟑螂三十分钟，犹豫该不该打死它。最后好不容易决定要打死它，就卷起旁边的报纸，但看到那只蟑螂紧张地抖动着身子，她又犹豫了。尽管拿起报纸拍打了过去，但是没打到。他能猜到敏华是故意放走那只蟑螂的。

从那以后，只要从卫生间里传来敏华的叹息声或轻轻的惊讶声，他就以为是蟑螂，直接冲过去。他也不喜欢打死蟑螂这样的事，可是为了她，就算打死几十、几百只蟑螂也没关系。

敏华不仅心肠软，身体也很弱。以她的体力而言，工作很辛苦，这让他心里很过意不去。自己能力再大点，她就可以不用干那样的累活。这个想法常常折磨着他。

但是，敏华还是比较喜欢成天跟文字打交道的工作。据她讲，从那些文字中有时会体会到意外的惊喜。虽然大部分是垃圾，可是也有优美的词汇和舒心的文章。她唯一不喜欢的，就是在办公室里看不到阳光。她说过，坐在办公室的角落里整天对着电脑会让自己有时喘不过气来。

"有时真想跑出去。"敏华用特有的低沉和强硬的口气说道，"总有一天，我一定会跑出去的。"

那时，敏华的脸上看不到一丝软弱，就像第一次见到她时她让他惊慌失措和无比激动一样，她表现得成熟而自信。

不过，敏华目前哪儿也跑不出去。她经常跟他诉苦，说她肩臂痛。

"是视频终端综合征 [1]。"

他给她揉着肩膀，她嘟囔道。

"想放松也不行，一到中午肩膀就变得僵硬，这样肯定消化不良。"

1　由长时间注视视频终端（电脑、电视、手机屏幕等）引起的眼睛和肩颈疲劳等症状。

他们在一起的时间很少，平时是他累得筋疲力尽，到了周末，敏华也因为一周的劳作而累瘫了。整个周末她脸上都带着疲倦和颓废之色，这在之前约会时是几乎看不到的。

想让疲惫的敏华应和他，得下一番功夫才行。等到长时间的亲吻和抚摩过后，她才慢慢应和他。每当她全身颤抖时，他也到了终点，而那个尽头之后，死亡般的休息时间等待着他们。

在战争般的一周到来之际，他们常常肩并肩地坐在十六寸电视机前看新闻。一切都很平静，但隐隐感觉空气中弥散着一丝不祥的气息。

"你看。"

有一次在看新闻的时候，敏华捅了一下他的腰眼。电视里播的是美国国家航空航天局发布最新研究成果的新闻，屏幕上闪烁着无数的星星，土星的银灰色光环和蔚蓝色的地球的镜头从屏幕上闪过。

"说太阳会消失。"

她表情严肃，他笑出了声。

"不是五十亿年后的事吗？干吗现在担心那些？"

"反正……"

敏华表情仍然很严肃。

"反正说是要消失。首先太阳系要消失，然后是宇宙，一下子消失殆尽。"

他没有回答，她也一直沉默着，直到下一条新闻播完，天气预报也结束，屏幕上换成股市行情表，配以轻快的音乐，敏华才打破了沉默。

"原来是这样。"

她的脸显得消瘦苍白，就像一弯残月。

"原来都这么消失啊。"

她拍死一只蟑螂也要犹豫三十分钟，却怎么会那么轻易地背叛他了呢？难道是因为当初太轻易地接受了他吗？

他不能理解为什么大部分男人开口说"我爱你"会觉得难为情。他常常对她表达爱意，甚至因自己没能更强烈地表现出对她的挚爱而懊恼，反复说着"我爱你"。

"你爱我吗？"

他问她时，敏华总是淡淡地回答：

"目前是。"

她的回答明明刺伤了他，他却装作若无其事的样子接着问道：

"那以后呢？"

面对这样的提问，敏华往往笑着搂住他的脖子，仿佛觉得这样一个不自然的拥抱能弥补刚刚带给他的伤害。

记得有一次敏华回避他的问题，反而反问道：

"那什么叫爱？"

看他一时无语，她便说出了自己的想法。

"如果爱情真的存在，应该是瞬间的真实。如果你认可这种瞬间的真实，那我是爱你的。可是，你相信永恒吗？世界上根本不存在什么永恒，你想坚持到最后吗？你要坚持吗？"

其实，他根本没有理解她的话，可是他并没有说自己不理解，随即又问道：

"什么时候爱上我的？"

"看到你脸上的血时。"

敏华吮着刚用别针挑出鸡眼的食指，心不在焉地答道。

"如果那时你没有流着血，也许就不会喜欢上你……我喜欢你的血和伤口。"

她捉摸不透的一面令他感到不安。令人费解的一些玩笑话，对爱情不在乎的态度，这些令他很恼火，也让他变得疲惫不堪。

他死心塌地爱着她，而她却不怎么依赖他。

她天性淡然，从来不刻意去维持任何关系。事实上，敏华的确没有跟同学有什么来往。跟同学们失去联系后，只有她们公司的文秘卢小姐跟她走得近。卢小姐头发染成褐色，喜欢涂紫色唇彩。敏华跟卢小姐的关系也一样，只要其中一个辞职不干，她俩的联系理所当然也会中断。不仅是人际关系，对任何东西敏华都不去刻意追求。

一起告别了寒冷的冬天，春天即将来临，树上长出了嫩绿的叶芽。一天，在吃菠菜酱汤的时候，敏华突然说了一句：

"这绿色，真好看。"

他从她低垂的脸和平稳的语气中感觉到她对生活的热爱，这让他满心欢喜，那表情是他最喜欢的。

"冬天也经常喝菠菜汤，怎么没觉得这颜色漂亮呢？不是很奇怪吗？"敏华这样说道。

"反而以前很美好的东西突然觉得一点都不美好，以前不觉得美好的东西又突然令我很惊奇……举个例子来说吧，我从小不知为什么就不喜欢迎春花，觉得杜鹃花很漂亮，迎春花的黄色真觉得不怎么样。不过在前年春天的四月初……加完夜班凌晨回家的路上，倒春寒突然来袭，前一天上班只穿薄衣服的我只好哆哆嗦嗦地沿着路边走。当时雨雪纷飞……就在那时，我发现了路边矮墙外的一堆迎春花。不知为什么，看见融于一片雪花中的黄色花瓣的一瞬间，我不禁感叹它的美丽，那是我第一次，二十几年来的第一次。"

她拿着勺子陷入沉思，脸色阴沉，表情看上去顿时老了三十岁。

"……人也是那样啊。某一天喜欢上一个人，那一刻虽然最重要、最真实……可是一旦情况转变或时间一长，一切都会发生变化。"

敏华一大勺一大勺地往嘴里塞酱汤和米饭，嘴里嚼着食物，脸上扬起笑容。消失了一会儿的光彩又回到她的眼睛和笑容中。她愉快地笑着说道：

"世上没有什么是永恒的，是吧……如果我们能够认同这个，也许就能活得更轻松一些。"

在当时，敏华是否想暗示他俩之间的关系呢？他并没有想得那么糟。也许只是因为那个时候两人的生活已经开始出现问题，所以她才会有那种想法。

他们的问题究竟出在哪里？

他对待事情很单纯又过于盲目真诚，对于眼前的生活琐事处理得很干脆利落。而敏华却是个慢性子，好像还有一千年的时间可以活。这种悠闲也正是她坚强的写照。

"干吗那么急呢？"

"这个有那么重要吗？"

敏华常常这样问他，仿佛对她而言没有什么着急和重要的事情。

爱情的维持需要一颗执着的心，而她的不执着与放得开，导致了对他的爱很快冷却。敏华也并没有刻意对他隐瞒事实，或许根本就没想到会有那个必要。

但是他不同，有了敏华后，他才有了未来。

能够计划，希望或想象一件事是无比甜蜜的。当一个囚犯得到假释后再次回到监狱时，狱中生活将会变得倍加痛苦。他尝到一次希望的甜头，就再也不希望过以往那种生活了。他连想都不敢想要像过去那样一个人生活，失去敏华将意味着他的生命受到威胁。

不知从什么时候起，两人的生活不再那么平静了，他们之间的争吵大都是因为琐事而起。他和她脾气都很犟，再加上两人身体都处于疲惫状态，因此更容易争吵。

他不擅长用言语表达自己的感情，吵架时他习惯性地摔门而出或乱踢墙，摔碗和花盆。他明知那样会让敏华越来越疏远他，但他却控制不住那一刻爆发。

"请你动口别动手，好吗？"

敏华抬起了泪流满面的脸。

"为什么不好好说呢？"

他咬着牙愤愤地说：

"难道我打你了吗？"

她没有意识到他正处于焦虑中，他发那么大脾气也不是因为他们争吵的小事。每当这时，对他的失望让她一步步地往后退缩。

终于在一天晚上，她说出了这样一句话：

"要不，我们分手吧？"

他一时间无言以对。

"怎么能这么轻易地说分手呢？"

"那有什么难的？"

他扇了她一巴掌。

那一刻，他内心深处涌上来一阵复杂的情感，他无法用言语表达痛苦、背叛感和对失去的恐惧。如果他以前多读点书，变得能言善辩，可以哀求、说服或指责她，那么他就会那么做。但是他不能。

生完气后，他对她百般亲切，做饭、洗碗，还把屋子收拾得干干净净。吻她没有反应的嘴，抱她冰冷的身子。

慢慢地，敏华的气也消了，不知不觉又回到从前，给他热情的拥抱，有时跟他温柔地开着玩笑，有时静静地抚摩他的头。

就在他们和好的那一周过去后的一天凌晨，他被一阵幽咽的哭泣声惊醒。他拼命摆脱浓浓的困意，勉强起了身。黑暗中敏华背对着他躺着，他把手伸了过去。她眼睛湿湿的。

"怎么了？"

他清了清嗓子问她，敏华没有作答。

"知道你没睡。怎么哭了？"

植物妻子 | 내 여자의 열매

"我做梦了。"

她轻轻地回答，带着鼻音。

"什么梦？"

"没什么。"

"说说看。"

她压低了声音笑了笑，那笑声像是在抽泣。

"真的没什么。"

他耐心地等待她说下去。

她仍旧背着身，就像在黑暗中摸索一样，慢慢地讲起自己
的梦。

"我死了，躺在河边……我知道我死了，因为看见了死后
躺在那儿的我。我看着死了的我，沿着河坝走了下去……一阵
风吹来，带着清香、柔和的气息，我心情并不坏。"

他盘膝而坐，已经适应了黑暗的眼睛能清楚地看到她瘦弱
的身体轮廓。

"所以伤心了，是吗？因为你死了？"

"不，没有伤心。非常明亮，一切尽在阳光下……我就那
样沿着河坝走，看见了清水里的石子……有豆绿色、杏色、浅
绿色和紫色的。几种颜色的石子混在一起形成了柔和的色彩，
在河里闪闪发光。"

敏华沉默了片刻。

"……在那里，我发现了深蓝色的石子，像眼珠一样闪亮的……像含泪的眼珠一样玲珑剔透的……泛着黑光的深蓝色石子。"

敏华消瘦的侧脸轮廓在黑暗的屋子里微微发着光。

"伸手要去捡的时候，恍悟我已经死了。可是突然之间又很想苏醒过来，想要活过来去捡那颗蓝石子。我下决心要活过来，可想到只能……回到现实，眼泪就流出来了。"

他们再次吵了起来。他又摔了东西。敏华哭着喊了一句："这样下去真的没法一起过了。"他又打了她。她没有继续哭，而是把额头撞向墙。她第一次骂了人，从未说过粗话的她嘴里喊出的一声嘶叫，令他惊慌失措。

"狗东西！为什么打我？你是我爸爸吗？我是你的东西吗？我现在也可以跟别的男人谈恋爱，睡觉，知道吗？"

她的嘶鸣让他心如刀绞。她用尽全身的力气。光着的脚趾因紧张而缩得紧紧的，握紧的拳头压住自己的胸脯。

几天过后，敏华又变得可亲可爱。他们肩并肩靠墙而坐，他看电视，她看书。电视里的广告画面跳出来的时候，她低声说道：

"我们，再也不要吵架了。"

他转过头来看她，她的脸变得很憔悴。

"好吗？"

她避开他的视线，无力地征求他的同意，脸上看不到曾经让他怦然心动的那些光彩和活力。

他关了电视，枕着她的膝躺了下来。任她的手抚摩着自己的头发，在那样一个周末的晚上，他恍恍惚惚要睡了。

从那以后，他再也没有打过她。当他要出手打她的时候，便会想起她扭曲的脸和嘶哑的吼声，这令他十分痛苦。尽管如此，两个人吵架又和好，和好又吵架，反反复复。敏华封闭心灵的时间越来越长，和好的时间则越来越短。

敏华不再爱他了。他不愿相信，却是事实。

或许她正犹豫不决，就像当初看着抖动的蟑螂犹豫一样。又或许因为她隐约知道离开他对他很残忍，等于夺去他的生命，所以才默默地看着他。

首尔迎来沙尘暴，他患上了眼病。每当他回公司取书，徐室长看着他那布满血丝的眼睛时，总是忍不住喷喷地咂着舌头："哥们儿，眼睛变得更可怕了。"

"去医院看一下吧？"

"哪有时间去医院啊。"

他冷冷地回答。

"抽空去不就行了，我知道一家很好的眼科医院。"

可是，他抽不出时间去医院，只好去药店买药吃。吃完药后困意顿时袭来，他开着摩托车努力让自己保持清醒，不让眼皮往下掉。

送完货回到办公室，社长叫住他。社长穿着深蓝色 V 领衫，头上戴着黑色棒球帽，正吸着烟。

"去医院了吗？"

"去药店了。"

社长从兜里掏出三张万元韩币。

"不用，没关系的。"

他摆手谢绝，社长硬是把钱塞进了他衬衣的前袋里。

"送货慢一点也行。趁现在还没有恶化，明天赶紧去医院看一下吧。"

下了班回家的路上，用社长给的钱给敏华买了她最爱吃的红豆面包和小蛋糕。回到家中，敏华没回来。往杂志社打电话，正是敏华接的。

"今天要通宵。"

她说道。

"有一个退回的稿子，要等到记者重写为止。"

听得出敏华的声音很疲惫。她知不知道他现在正害着眼病？这段时间，他们几乎没有面对面相处过。

那天晚上，他趴在冰冷的床上，褥子也没铺就沉沉入睡了。直到第二天早上穿着前一天的衣服上班为止，敏华还是没有回来。

　　下午正好安排了到敏华的杂志社送书，于是他小心翼翼地把蛋糕盒放进了书箱的一个角落里。

　　他买的药毫无效果，无止境的困意向他袭来。他眼睛里仍布满血丝。他走进敏华的办公室，她没在座位上。他把公司里唯一知道他和敏华关系的卢小姐叫到走廊，把蛋糕递给她。

　　"她去哪儿了？"

　　卢小姐说敏华生病早下班了，这让他感到很意外。

　　"几天前就有感冒症状……看来通宵熬夜后身体挺不住了，脸苍白得很。是企划部的尹代理开车送她回家的，应该没什么问题。"

　　他没有送完货，却把摩托车驶向了出租房。

　　他感到自责与怜悯。这事不能怪敏华，他连这几天她感冒也全然不知。虽然说敏华经常加班令他没时间去关心她，但这实在有点说不过去。敏华身体一直都很弱，却从来不闹小病，可今天她都早退回家了，看样子不是一般的严重。

　　通往出租房的胡同里，不知哪儿来的一个集装箱挡在路口。他把摩托车停在胡同口，一路小跑过去，一只手上捏着开门的钥匙。

　　房子的外门微微地开着一道缝，他皱起了眉头。以前她半夜里独自一人的时候也经常疏忽，忘了锁好盥洗室外面的大门，对此他很不满意。

他刚要踏进盥洗室，就看到房门外放着一双男人的皮鞋。那双黑皮鞋擦得锃亮，约有二十八厘米，它们被放在敏华的短靴旁边。他停住了脚步。

是因为笑声。

他听见门缝里传来低低的笑声，一对男女笑声不断，很难分辨出是谁。

站在阴暗寂静的盥洗室里，他仿佛能听见自己的心跳。无比甜蜜和安静的笑声并没有打破外面的寂静，反而让这片寂静变得更为深沉和彻底。笑声断断续续，时有沉默，沉默后又是一阵笑声。他们的说话声变得越来越低，听不清在说什么了。

皮鞋的主人可能就是送敏华回家的尹代理。她也许只是为了表达谢意以茶点招待客人寒暄几句。

然而，在笑声中他一次又一次地证实了两人的亲密无间和喜悦之情，身子不由得颤抖起来。那个笑声就跟他轻轻抚摩她时她的叫声有些相似，那既不是呻吟，也不是真正的笑声。

他放轻脚步悄悄地走出房东家的院子，脚底就像踩着海绵一样，毫无感觉。

他把停在胡同口的摩托车推进旁边有坡的胡同里，然后取出中午留下的半块口香糖嚼了起来。

　　大约过了五分钟，一个高个男子从胡同里走了出来。男人穿着敏华杂志社的工作服，从蓝色夹克的暗兜拿出了汽车钥匙。以前送货的时候，那男子曾经接待过他。除了右下巴上难看的硬币大小的红痣外，他皮肤白皙，嘴角微微上扬，带着调皮的表情，给人印象很不错。

　　男人系上安全带，开着汽车熟练地从小胡同里钻了出去。

　　那天晚上，他明白了什么叫心急如焚。借着"那把火"，他晚上八点结束了送货。为了想请示直接下班，他到公用电话亭给办公室拨了一通电话。

　　"眼睛怎么样啊？医院怎么说？有没有说是不好的病？"

　　徐室长在电话线那头大声地说道，他不打招呼也不按时回公司的举动好像令徐室长大吃一惊。这是四年以来从没有过的。

　　"不要紧。"

　　他的回答既不肯定也不否定。

　　"对不起，我不要紧。"

　　电话的声音很清楚，徐室长却着急地大声嚷了起来。

　　"知道了，好好休息吧。社长那里我会跟他说，明天早上能上班吗？"

　　"当然能。"

　　那个夜晚，他在大街上全速疾驰，想甩掉脑海中混乱的想法。他浑身像个火球，脑门发烫。

他在房门口看到了敏华那双熟悉的短靴，几小时前放着陌生男人皮鞋的地方现已空出来了。

"听说你病了？"

进屋时敏华正靠着墙看书，被子拉到膝盖，脸色比平时苍白许多。他问的这句话让她有些吃惊。

"今天去我社里了？"

"是。"

"卢珍珠告诉你的？"

"嗯。"

"好多了，只是感冒而已。"

她屈膝铺好褥子，把枕头并排放在上面。他瞟了一眼她看的书的封面，记得以前也见过一次她看高考英语语法书。

当他问及为什么看那本书的时候，敏华曾回答说：

"要上大学。"

"你不是说世上没有永恒的东西吗？干吗要上大学？"

不知什么原因，他对她学习不以为然，心里还暗暗生气。她也只是尴尬地一笑了之。

"什么都在变，我怎么就不能变呢？我只是想试一试……虽然不知道结果会怎样，但想尝试看看。"

等他梳洗完回来的时候，敏华已经脸朝着墙壁睡着了。

他颤抖地伸出手，拉过被子盖在自己身上。

也许他的想象都是错误的，但光是想象就已经对敏华犯下了不可饶恕的罪。她只是因为过度疲劳生病早退而已。跟送她回家的同事也只是说了几句话。

但是……

他怒视着黑暗，左思右想。

他被敏华吸引并不说明他俩很般配。她真挚的眼神，线条分明的嘴唇和那带有挑衅的笑容不光他一个人看到，只要是有眼睛、有鼻子的人，就会去看她，去闻她身上的味道。和敏华一起逛街时，男人们总喜欢偷瞄她，尽管她长得并不漂亮。

敏华能从任何事物中发现优点。因此，她也会从认识的所有男人身上发现各自不同的魅力。此外，她的思维大胆奔放。从认识到一起生活的这段时间，在她身上从来没发现过一般女孩会有的戒备之心，就像水流一样，一切都那么自然，那么顺利。

一周后，他在一家杂志社旁的厨具店买了一把刀。他一边看着白色图纸上用红色毡笔写的"一折清仓"的字样，一边心不在焉地朝摩托车走去。突然一把带刀鞘的水果刀映入眼帘。取下刀鞘，刀刃上锋利的光芒刺痛了眼睛。他没有讨价还价，付完钱把它放进夹克暗兜里。

说来也奇怪，那天货少，送货结束得早。回到公司的时候，邮件分类也已经做完，加上第二天的货也很少，没等他回来，公司里三个人就把活儿干完了。

"居然有这种时候，看来经济真是不景气。"

朴小姐并没有高兴，反而露出担忧的表情。

"去喝点吧？"

突如其来的早下班不止让朴小姐一人措手不及。徐室长眼睛看着他，却在跟社长说话，说完便爽朗地哈哈大笑起来。

他们打算去大排档喝一杯，可他以疲倦为由推掉了。

"想回去歇会儿。"

他的脸因疲倦和痛苦变得扭曲难看。最难缠的徐室长也没有挽留他。

迎着暮春潮湿的风，他行驶在下班路上。就像枯萎的花和腐烂的水果堆散发的味儿，那种甜不拉几的气味让他感到恶心。

到达大路边的胡同口时，他看到从便利店买烟出来的尹代理。他看了看表，晚上八点了。

他心想，为什么这个时间他会在这里？

这次他的头脑并没有发热。他冷静地观察尹代理的一举一动。尹代理从灯火通明的便利店里走了出来，拆开香烟的塑料包装随手扔在地上，在台阶下点了一支烟，随后上了前不久见过的那辆紫色轿车。

他想，也许是他家在附近或是这儿有认识的人。

他频频点头，咬牙切齿地往家走去。

如往常一样，盥洗室的门敞开着。他伸手想打开房门，手却突然缩了回来。

那天晚上他第一次一个人去了酒吧。奇怪的是，酒喝得越多，头脑越清醒。

凌晨下起了大雨。

尽管他穿上了带帽子的雨衣，又戴了头盔，冷冷的雨水依然打在脸上，又沿着脖子流到了胸膛和脊背。每到一个目的地，他都先停下摩托车，摘下头盔和雨衣帽子，一边擦拭满脸的雨水一边打开书箱，用备好的干毛巾擦了手之后才拿着书跑进建筑之中。因为书不能被雨水弄湿。

室内的空气平和而宁静，是与风、雨、奔跑的车辆和湿滑的道路截然不同的另一个世界。在那里，一切干爽舒适，没有人穿着湿衣服。

在过去这半个月里，他一直都是先送完当天的货再骑车跑回家。在盥洗室里看到她还没回来或是只有她的那双短靴以后，才跑回办公室。

这段时间，他的胸口正萌发着一种痛苦，蠢蠢欲动。每到夜里，他就像中了箭的野兽一样跌跌撞撞地走进漆黑一片的屋子。敏华侧身入睡，她的背让他感觉很陌生。他没有洗漱，蜷曲着身体横躺在一边，辗转反侧难以入睡。

朴小姐和徐室长以前还会问寒问暖，关心他的身体，但是这段时间只是静静地看着他。徐室长的目光里流露出对他的戒心和反感，他都装作没看见。

"犯罪分子啊，你不觉得吗？看他尖利的眼睛。"

他想起朴小姐告诉自己的徐室长曾说过的话。也许徐室长从他的脸上看到了滚烫又冰冷的杀气，再一次证实了自己的判断。

雨水拍打在尹代理买过香烟的那家便利店的玻璃窗上，天空、人行道和撑着雨伞的行人的脸仿佛涂上了一层灰。他的摩托车四处溅洒着泥浆加速前行，他的脸一会儿看上去冷冷的，一会儿又很痛苦的样子，一会儿又变得麻木没有表情。雨水不停地沿着脖子流到胸膛和脊背上。

他看到盥洗室的角落里立着的两把雨伞，带水珠花纹的那把是敏华的，旁边靠着深绿色的男款雨伞。伞尖上流下来的雨水流过洗漱间的地板，一直延伸至下水道排水口。

他悄悄地伸出手，毫不犹豫地打开了房门。

她蜷缩着赤裸的身体，遮住了阴部和胸部。当他举起水果刀时，她发出了一声微弱的惊叫。他挥刀朝她的阴部砍过去，一刀、两刀、三刀，崭新而锋利的刀口刺穿了敏华的皮肉。当他清醒过来时，地面和她的下身已沾满血迹，尹代理早已不见人影。

他颤颤巍巍地把耳朵贴到敏华的鼻间，听到一丝微弱的气息。他脱下自己的雨衣包住了她的身体，鲜红色的血落到雨衣下的大腿上。他背起她跑进雨中，把她抱在前面发动了摩托车。

他把敏华放在急救室病床上，便对着护士放声大哭起来。

"求您救救她。

"一定要救活她。

"救救她的命！"

护士被他湿透的衣服、嘶叫声和雨衣下露出的敏华那惨不忍睹的下身给惊呆了。

他大喊大叫，用拳头击打自己的胸脯，把头撞向水泥柱，眼泪沿着他湿透的脸颊滚滚滑落。

睁开眼睛已经是第二天的凌晨。

他躺在急救室的病床上。也许是镇静剂发挥了药效，他全身乏力，内心出奇地平静。脑海里闪电般地掠过过去一个月里自己的狂态。他隐隐约约地意识到，再也变不回一个月前的自己了。

敏华做完缝合手术后躺在住院室的病床上。因为失血过多，她的脸显得更加苍白。她紧闭着双眼，仿佛在昏迷中也能感觉到疼痛。他手里提着自己的输液瓶，用陌生的眼光俯瞰她的脸。

伤口共十七处，大夫也愕然失色。幸亏她没有生命危险。她用大腿挡了阴部，所以大部分的伤口在大腿上，加上他没有狠心下手，没造成致命伤。

敏华在下午恢复了意识。她不想追究他任何刑事责任。

"是我自己做的。"

在回答大夫和护士的提问时，据说她回答的语气很平静。

"难道往自己身上扎了十七刀？"

"是，真的。"

听邻床患者的家属说，她是强作笑颜抬头看着大夫的脸回答的。那个四十岁出头的女人流露出怀疑的神情，仔细地观察他的表情。

他往敏华的杂志社打电话，告诉卢小姐敏华住院的事。他在电话里只说敏华住了院，不是什么大病，卢小姐下班后就买了鲜花，表情明亮地来医院探视。在她听说了事件的真相后，脸一下就变得煞白。

"你真狠毒啊。"临走的时候，卢小姐在走廊里对他说道。

原以为卢小姐会非常生气，没想到只多说了他一句：

"她……男女关系本来就复杂。只要是喜欢自己的人，轻易地就把心交给对方。我早就料到像你这样单纯的男人一定会受伤。"

卢小姐妆化得很浓，笑的时候嘴角的皱纹显得更深。脸上露出职业化的笑容，很不自然。

"我会保密的，社里我会打理好。伤口不严重，真是万幸。"

第二天起他开始上班了。下班来到住院室看她时，她已沉沉入睡。她的枕头边上凌乱地放着几本不知从哪里找来的高考书籍。他怒视着那些书，木然地站了一会儿，才回家去。

记得有一次他们激烈争吵时，敏华哭着喊道：

"你的脸，因为你看不到自己的脸，因为你看不到变形的丑陋至极的那张脸。那眼睛……那嘴唇、那牙齿里露出的憎恶，把你变成另外一个人，你当然不会知道了！"

她似乎已经厌倦了这样的生活，变得心灰意懒。

是的，他目睹了敏华的爱情渐渐变冷的全过程，但是自己却无力去阻止，这一点最让他难以忍受。他无法理解她，到底他做错了什么，犯了什么错，让她这样惩罚他，不再爱他了？

但现在，在医院里，他终于能够宽恕她。每天晚上看着她憔悴的熟睡的脸，他心里的愤怒和怨恨渐渐平息了，爱情也慢慢冷却了。

两周后，敏华出院了。那天是星期六，早上，她第一次正眼看了他。她苍白的脸色已好转许多，而眼神和嘴角却流露出无尽的失落和孤独，以及只有老人才有的那种绝望。

"去哪儿啊？"她问道，"我，应该去哪儿？"

那可能就是在问，他们是不是还将一起生活。

那一瞬间他豁然醒悟，自己已经不再爱她了。他再也不可能跟她一起生活，不可能拥抱她，亲吻她，不可能一起吃饭，不可能面对面地在一起了。随着他的爱慢慢变淡，一切都结束了。

她曾经是他的一切，让他陶醉过，给过他短暂的喜悦，但同时背叛了他。她只是短暂停留的过客，最终还是离开了他。没有留下有意义的、值得纪念的美好回忆，只留下绝望和痛苦。

他坐出租车把敏华送回家，又整理好自己不多的衣服和家当，离开了那个家。

社长的门房已经住进了一个学生，他现在没有地方可去了。后来的一周，他就蜷缩在办公室的沙发上睡觉，但这不是长久之计。于是，他开始找便宜的住处。他在周刊信息栏看到了广告，才知道这个考试院的电话号码。

"满意吗？就剩下这一间了。"

年近三十的考试院总务一只手拿着笔，另一只手拿着厚厚的复习用书站在10号房间外的走廊里。他静静地望着被电线分成两截的窗外风景，呆呆地站了几分钟。

"……好的。"

他声音沙哑地回答道。他从裤兜里拿出万元面额的钞票数起来。他的手背很脏，指甲缝里有黑黑的污垢。

"就这里吧。"

4

一排排狭小的房间像蚕茧一样，门缝里透出一道道灯光。其中也有几间屋子敞开房门，想让走廊里空调的凉风透进来。依次从翻开着的厚重的词典，灼热的白炽台灯，穿着短裤、把短袖 T 恤的袖子捋到肩上坐在台灯前的那些备考生旁走过后，他才来到走廊尽头的最后一个房间。

他没有去开灯。10 号房间不开灯也很亮。他把穿了一天的 T 恤和牛仔裤在盥洗室洗好后挂在衣架上晾干，然后悬腿坐在健康椅上，身上只穿着背心和内裤，眺望着窗外的灯光和黑暗中看不清轮廓的山。

他站起身，拖着像浸泡过的棉花团般的双腿走到窗边。他粗暴地打开不怎么对称的窗户，似乎马上要冲到窗外。他把头和上身伸出窗外，呼吸了一下热带夜的空气，这让他感觉很清爽。而在那一瞬间，仿佛有股强大的力量从身后把他推向窗外。当时他眼前漆黑一片，吓得赶紧往后退一步，这才看见了路边的灯光和行人们。

他回到椅子上坐了下来。

他坐在这椅子上从来没有想起过敏华。送货时偶尔也会碰面，可奇怪的是，对她没有任何感觉。他只是觉得她是个身体虚弱、脸色不好的平凡女子，看她就像见到一个陌生人。

这段时间，徐室长常常劝他喝点咖啡以外的东西，每当这时他便露出失魂般的微笑，这让徐室长感到很困惑。

徐室长绝不可能从他的表情里读出什么。在他的眼睛里看不到任何记忆，还有对未来的计划，只有一双空洞的眼睛。他轻轻地笑了笑，但连他自己也没意识到自己笑了。

如果徐室长知道了他对敏华干的事儿，那张肥脸肯定会吓得煞白，然后带着有些卑鄙，有些超然，又有些暗淡的表情拍拍朴小姐的手臂。

"你看，我不是说过他是个很可怕的人吗？"

但是徐室长不会知道那件事。徐室长好像能预测将来在他身上发生的可怕而残酷的事情一样，神神秘秘地观察他的脸色，给他冲咖啡。

他抱着一堆书离开办公室时，徐室长一只手按着书桌，另一只手举起来调皮地打了一声招呼。

"今天也祝你平安！"

　　人们喜欢徐室长，说是因为其为人好。他也能感觉徐室长人很热情，只是他跟别人的不同之处在于他不会因此而感动。他不仅对于徐室长的热情无动于衷，还遗忘了往日依稀感觉到的生命活力。看着阳光照射下银光闪闪的河面，迎着凉爽的风，或是在大街上骑着摩托车狂奔的时候，他也毫无心旷神怡之感。

　　人们接过他递的书时，眼神开始变得像徐室长一样，带着某种恐惧。人们被吓得退缩时，他并不知道他们的眼睛看到了什么。

　　有时他感到一股冲动，想碾碎路上的行人。有的时候，又很想把半人半兽的身体扑向对面开过来的汽车的前保险杠。然而他不会那么做。他麻木的内心对那些冲动毫无反应，像对待别人的事一样对它们视而不见。

　　他就那样远离自己的内心，只是静静地坐在健康椅上。夜深了，考试院恢复了往日的宁静，卖盗版磁带的手推车也收铺回家了。

　　就像读书很投入时会忘掉周围的事物一样，他现在独自面对这个世界。那一刻，世界不再是广阔复杂的，也不是神秘莫测的，它就像触手可及的鲜嫩肉体一样凝视着他。

　　他知道只要自己一下狠心就可以从窗户跳下去。没有什么可犹豫的了，也没有什么可留恋的了。

　　是谁在他身体里说没有什么可留恋的呢？他茫然地倾听身

体里的另一个声音。是谁歇斯底里地摔了碟子和书？那个被欲望燃烧的人，那个头脑发热怀揣着水果刀辗转反侧的人，那个疯狂嘶叫着挥刀的人究竟是谁呢？那个人对他来说太过陌生，他很难说出那个人就是自己。

他对于那个人，还有默默注视着那个人的现在的这个人感觉很陌生。他认不出他们，只是默默地看着他们。后面还有一个他在看着的那个人，而那个人身后又有一个他。

这种剥洋葱似的冥想就是他到这儿以后整个夏天在做的唯一的事。等剥完洋葱时，也许什么都不会留下。当什么都没有留下，最后一瓣洋葱剥完的时候，他会毫不犹豫地打开窗户跳下去，活到现在，毫不犹豫是他一贯的风格。

5

一天夜里，他穿着被雨淋湿的衣服回到住处。那时已经很晚，留着平头的总务正坐在书桌前懒懒地打着瞌睡，一本翻开的厚厚的法典放在桌上。他脱下湿皮鞋放在鞋柜里，穿上考试院里的脏拖鞋，走到黑暗狭窄的走廊尽头，把钥匙插进10号房间的门锁。

他疲惫不堪，似乎每一节骨头都融化了。在转动把手打开房门之前，他靠着胶合板门站立了好几秒。

进入阴暗的屋子后他便锁上房门，把滴水的雨衣挂在衣架上。没有开灯，只是拉开了百叶窗。

窗外的行人撑着雨伞在雨中穿行。手推车里的盗版磁带上盖着块塑料布，那个二十岁出头的青年披上雨衣正吸着烟，受潮的喇叭里放着类似鼻音的音乐。

一辆面包车开进加油站，一个青年淋着雨跑了过去。而那个青年脚上穿着运动鞋，或许是考虑到穿旱冰鞋容易在湿滑的地面上滑倒。

"请走好，欢迎再来。"

他看见那青年用手遮挡雨水大声说话时的口型。

路上的行人逐渐变得稀疏，手推车也撤了。他伫立在窗前，看着加油站里的两个打工仔。他们跷起二郎腿，注视着雨滴，连续抽了几支烟，不时往地上扔烟蒂。

霓虹灯接连熄灭了。雨水打在空荡荡的小路上，在加油站的灯光下闪着银光。雨淋湿了小路，淋湿了加油站的老式电子公告牌，也淋湿了便利店前面曾停放着黄鱼车的那块凹陷的空地。他终于从窗前转过身，这时看见了挂在电线上的雨珠。

更确切地说，他看见了雨珠挂在电线上的影子。阴暗的屋子里，从窗户透进来的灯光映照下的白色壁纸微微泛着白光，上面映出一道像粗墨线一样的电线影子。许许多多小雨珠的影子挂在电线上，顺着电线往下滑，不一会儿就掉了下去。雨珠在窗户上也画出了斜线，那些影子就像无数细毛笔，轻轻地划过玻璃，转瞬即逝。

他看见了映在墙纸上的自己的身影，看见了横穿那身影的电线，还有从电线上掉下来的像梦幻又像泪珠的雨珠。

他的嘴唇微微颤动。

全身大大小小的血管汩汩地流淌起来，清澈的雨水顺着无数毛细血管往上溢。雨水淋湿了他饥饿的内脏，淋湿了他僵硬的肌肉，也淋湿了他凹陷的眼棱、脸颊和颤动的嘴唇。

他闭上眼睛，滚烫的眼泪滑落下来，淋湿了嘴唇和下巴，沿着青筋暴露的脖颈流到胸膛，浸湿了背心。这一瞬间，他的人生发生了转变。然而，他并没有察觉这一变化，只是在无数个舞动的影子中伫立着。

——刊载于《世界的文学》1998 年夏季刊

童
佛

我感到脚下的地面正在渐渐倾斜。

好像有什么东西在峭壁下面强烈吸引着我的身体。

记得有一天，我跟他吵架之后，同坐在车上，两个人都默默无语，车往前行驶着。

那时我突然产生了强烈的冲动，想一把抢过他的方向盘让车越过中线。

我感受到想同时终结我们两个人命运的可怕欲望。

望着峭壁下面，我又感觉到自己并不愿意承认的那份冲动。

1

二月的某一天，我在梦里见到了童佛。梦中，我好像置身于某个遥远的东南亚国家，国名却不得而知。为了一睹该国以美丽而著称的童佛，我正坐着巴士去往某个地方。到站下车后，看见广阔的田野上开满了从未见过的不知名的紫红色花朵，远处的山丘上黄褐色的云彩正袅袅升起，画出了螺旋状的花纹。走了几步便看见了边角掉了漆而露出像血迹一样的铁锈的白色指路牌，上面的告示却很奇怪。依照文字所说，泥塑童佛置身于一个可以接山泉水的洞穴中，我要去的那个地方不但能看童佛，游客还可以亲手揉捏佛脸，看自己能捏成一个什么样子来。

难道去那儿是为了看自己捏塑出来的面孔吗？真是不可思议，近乎荒谬。我正纳闷，这时看到一群不知来自何方的人正排队走向洞口，他们穿着形形色色的衣服，有男有女，好几十个，我便跟到了他们后面。

跟着前面的人没走几步，周围突然黑了下来，有些吓人。不知何时，我已经到了可以接山泉水的洞口。周围非常安静，就连风掠过树叶的声音也听不到。

刚才还那么多人，怎么就不见了呢？

我弯下腰走进黑黢黢的洞中。

在摇曳的烛火下，我模糊地看到泥地上露出了一张面孔的轮廓。无法分辨是男是女，但可以肯定，那是张成年人的面孔。那面孔就像个活生生的人直勾勾地看着我。

怎么把这个叫作童佛了呢？我有些不解。

眼角上扬，嘴角阴险地翘了起来，那绝不是佛的面孔。我伸出手开始揉捏那泥脸，想要擦掉那双直勾勾地盯着我的眼睛，但越捏那眼神越是锋利。

我想看的并不是这个。难道我来这儿就是为了看这个吗？

我摇摇头，站了起来。

"这是做什么呀？"

在我抬头的一瞬间，喉咙里发出了一声尖叫。

洞已消失不见了，我一人站在空旷的沙地上，耀眼的光刺得我眼睛发疼。那是一道酷热的阳光，仿佛要烧掉万物，只留下白色盐末儿把我整个身体全都蒸发。

我睁不开眼睛，只能摸索着向前走去。无论如何我得睁开眼睛，要找出离开这片沙地的路。

"睁开眼。

"睁开眼吧！"

我的头压着枕头不停地左右摇摆，一会儿便睁开了眼。

太阳还没有升起，微微的晨曦透过窗户照进屋里。借着这缕光亮，我看见了我那件静静地缩着肩挂在墙上的长大衣。

我起身坐了起来。

他睡得很沉。我像观察陌生人那样端详着他浓黑的眉毛、鼻尖、嘴和下巴，以及被蓝色的薄被子勾勒出的身体的轮廓。

我脱下睡衣穿上运动服的时候，他轻轻地翻了个身，被子一滑落肩膀就露了出来。正要打开房门的我又停下来静静地凝视着他。

他富有贵族气质，尤其受很多女性青睐。但是他白皙的皮肤到了锁骨以下却是又红又皱。后背上的伤疤离脖子很近，穿衬衫时只要一低头，白领子里便会露出那难看的伤疤。当然，在电视屏幕上是看不出那个部位的。电视台的同事和他周围的人虽然都知道他后脖子上有烧伤的疤痕，却并不知晓那个伤疤覆盖了除脸部、脖子前部以及双手之外的所有地方。只有我一人知道他的裸体有多红，也只有我一人知道他那从下腹部一直长到股间的阴毛在红皮肤的衬托下显得有多黑。我曾听他说起，经历那次事故出院后，婆婆每次给刚步入青春期的他换衣服的时候，总会不忍心看，会咬紧牙。婆婆已在四年前离开了人世，我也只是从相册里看到了她身姿挺拔、嘴角硬朗的容貌。

"她是个非常完美的人。"

结婚前他曾以淡淡的表情回想自己的母亲。

"我努力一生也无法达到母亲的四分之一。"

但是他几近完美，就算犯错，大多也是细小的，问题是，他无法容忍它们。

前一天晚上回到家，他心情不怎么好，一边解开领带一边径直走到冰箱拿出了一听啤酒。那啤酒是我睡不着的时候拿出来喝的。他坐在电视机前的沙发上，将一听啤酒一饮而尽，似乎仍没有消除心中的郁闷，在浴室里甚至躺在床上，用同样的语调不停地重复"随着国际油价大幅上涨"这句话，仿佛在重复放着古老的密纹唱片一样。这句话是他在那天晚九点新闻中说错了的地方。

他口误的那一瞬间，我正在客厅的地板上铺着报纸剪脚指甲。当时我在周而复始地重复着两个动作，现场记者报道新闻的时候就剪脚指甲，切换到演播室里的他的时候就停下手来看他的脸。在我侧身要去捡掉到铺在地上的报纸外的指甲屑时，他刚好出了错。我条件反射地抬头看他，他似乎没有丝毫惊慌，镇定自若地接着往下播，但我还是看出了一丝不安从他的眼中闪过。

"一点小失误，没关系。"

我细声对着屏幕里的他这样说道。好像要答复我的话一样，他嘴边露出非常自信的微笑，以极具魅力的沉稳口气从容不迫地叫出了现场记者的名字。即便是共同生活了三年，在我听来，他的播报还是很有魅力。但是我知道，对他来讲从来就不存在"一点小失误，没关系"的事情。我也知道，他会如何拿小小的失误去折磨自己，也正是这种追求完美的性格使年轻的他坐到了黄金时段新闻主播的位置上。

我一边咳嗽一边往煤气灶上放水壶，从冰箱里拿出泡着柚子茶的玻璃罐子，往两个马克杯里各放了三勺。他为了预防感冒每天都要坚持喝柚子茶。也许就靠它，眼看冬天快要过去了，他也没患过感冒。但是天天给他泡柚子茶的我却感冒了。

"你想干吗呀，我现场直播时咳嗽怎么办？马上去医院打针吧。"

我咳嗽的头一天晚上，他便说了这样一句话。

"很快就会好的，没事儿。"

我心里感激他这样心疼我，便笑着想要去吻他，可却像触了电一样往后退缩了一步。因为他一边往后躲闪我的脸，一边竟大声吼了起来，脸上明显露出厌恶的神色。

"不要硬撑，不是说让你去医院吗？"

说到这儿，他好像也感觉到有些对不起我，脸上勉强挤出了一丝笑容。

"你也应该小心才是啊，像一般的女人那样怎么行呢？"

说完，他走进浴室，并未关上门，又刷起了一小时前刷过的牙齿。他一般先用普通牙刷刷一遍，再把液体牙膏涂到软毛牙刷上刷过口腔的每个角落，又按摩牙龈，最后用口腔清洁护理液漱洗口腔，这才算结束。因为发冷，我用胳膊紧紧地抱着身体，注视着他尤为漫长、细腻的工程。他刷完牙从浴室里走出来，再一次嘱咐我道：

"明天一定要去医院，知道了吗？"

如果那时他对我微微笑一下，如果他不那么认真，我也不会觉得自己是个暗藏病原体的宿主。但是那样做就不是他的风格了。

　　我拿着杯子闻着酸酸的柚子香，又像以往那样犹豫，因为我不喜欢柚子茶。茶很甜，柚子片更甜。我皱着眉头嚼了一大口柚子片又咽了下去，分三次喝完了热茶。

　　我拿起挂在餐椅上的大衣穿在身上，打开了铁制的大门。四种晨报各自散落在楼梯口。我扫了一下头版的大标题，便将它们都扔进了门厅里。踩着成块的灰尘，我走下了混凝土楼梯。

　　从低层排屋住宅区的胡同走三分钟就能看见树林。所谓树林，其实不过是沿着遛弯的小路种下的二十多棵树而已。从小路边的铁丝网破洞钻出去，沿着坡路向上就可以到达北汉山盘山路。但对我来讲，我还是更喜欢这段不起眼的遛弯儿小路，它让人觉得更舒服。

　　仰视着挺直身躯的树木，我缓慢地移动脚步。静静的树木营造出的沉默氛围像一种悠长而庄重的音乐，清冷的空气中夹杂着些冬天落叶腐败的味道。

　　我走到接山泉水和有木制亭子的地方便停下了脚步。在平常的日子里，我喜欢一边听着很早就来接水的老人们闲谈，一边做健身操和三百个原地跳，然后在亭子里坐到天明。这就是我一天的开始。

　　但是那天我没有做操也没原地跳。在晚冬清晨的严寒中，我瑟瑟发抖地蜷坐在亭子里，时不时地深咳几声。刚才做的梦仍在扰乱着我的心，让我感觉很不舒服。

我心想，怎么突然就梦到童佛了呢？

我怒视着每根树叶都向外剑拔弩张的那些松树。在无风的沉寂中，它们默默地俯视着铁丝网另一边冰块覆盖的溪谷。

巧的是，那天我接到了几个意外的电话。两天前，我把画好的胎教书插图交给了出版社，没想到出版社这次邀我再为一本治疗儿童语言障碍的书画四十四幅插图。

"您的插图非常新颖。以前我们的幼儿新书插图有些死板，您的画比较新颖有活力，作者也非常喜欢。"

那个短发总编辑的声音非常悦耳。她不说话时嘴总是略微噘着，乍一看像生气的少女。

傍晚时分，哥哥来电告诉我，前年秋天中风倒下的母亲终于可以不拄拐棍走路了。

"母亲高兴地跟我说现在转操场也不用挽着我的手了。"

他的声音比平时高了整整一个调。每天凌晨，哥哥都要挽着母亲的手在家附近一所高中的操场上慢慢走三圈后才去上班。

临近他播报新闻的时间，电话铃声又响了。

"难道是妈妈的电话？"

以母亲的性格，她不会给我打电话的，但我还是非常高兴地拿起了听筒。电话那头是一个声音像配音演员一样动听的女人，她非常准确地叫出了我的名字。等我回应后，她说出了自己的名字。是个陌生的名字。

　　"那位没提过我吗？"那女人问道。

　　我正琢磨这个女人说的"那位"是谁，更意外的话又从电话那边传了过来。

　　"我和那位到明天正好满六个月了。"

　　说心里话，那时令我惊讶的不是那个女人的话，而是我内心的反应。

　　是什么到了六个月呢？我这样糊里糊涂地问自己，接着又傻傻地想着那到底指的是什么。于是就像费一番功夫终于拼好拼图时一样，小小的快感从心中涌起。这样一来，原本播音一结束就直接回家的他这几个月以来常常晚归，跟我说明理由后偷偷观察我的反应；此外，情绪波动变得如此之大，一会儿浮躁一会儿忧郁，这些问题一下子都找到了答案。接着突袭而来的感觉更令我意外，就如同强烈的波涛冲击着胸部，像夏日正午当头浇上了一瓢凉水一样舒坦，那舒坦中还带着一丝获得自由时的畅快。

　　结束跟那个女人的通话的时刻跟九点的整点报时完全一致，也许这不是什么偶然。我放下了电话，眼睛却没有离开电视屏幕。

　　他跟平常一样，非常真挚地向观众问好，就像是用一生下了赌注一样认真、恳切。他的眼睛深切地凝视着这一边，看着他那双其实盯着对面提词器上新闻台词的俊秀眼睛，我扑哧笑了出来。笑容从嘴角扩展到整个脸部，紧接着像脚底中央发痒一样的感觉迅速扩散到了全身。只要画面中一出现他的脸，原本止住的笑容又迅速像发作般爆发出来。我一边喘着气擦拭笑出的眼泪，一边忍不住哧哧笑，按下了遥控器的开关。

关上电视后，没开日光灯的客厅显得又黑又静，在黑暗中我只听到自己不规则的喘气声。

做了三次深呼吸后，我起身走到阳台，打开了不透明的里层窗户。透过外层玻璃，我望见了这座小楼对面的屋子。我又打开了外层玻璃窗，一阵强风扑面而来。

不知道那些亮着灯的人是不是都在看新闻？

位于偏远山脚下的住宅区在夜色笼罩下寂静异常，风如冰霜般寒冷。对面楼里有户人家开着窗户通风，主人好像在洗碗，传来一阵碗与碗碰撞的摩擦声。不知从哪儿隐约飘来煎鲐鲅鱼的味道。

"快走吧。"

"为什么要快点走？"

"要不然就感冒了。"

"为什么会感冒呢？"

"你穿得薄！那还用问吗？老顶嘴。"

　　小楼前的停车场里有个年轻妈妈正在用神经质的语气催促着小孩，吧嗒吧嗒，小孩拖着运动鞋的脚步声清晰地传到我的耳朵里。

　　就在这时，眼前突然一暗，而我眼睛都没眨一下。说来奇怪，如果是暗转就应该眼前变黑才是，但是眼前的黑暗反而在消失，随之而来的却是一道刺眼的锐光。我感觉脑门上挨了雷击，那锐光中突然出现了在洞里直勾勾地看着我的那张变形的脸。

　　幻影消失了。风仍在冷冷地吹打着我的脸庞。

　　为什么管他叫童佛呢？

　　就像面对不正确的事情时总是心存怀疑一样，我皱起了眉头。咳嗽又开始发作了，我关上了窗户。转身时我发现自己又黑又长的影子穿过客厅的地板一直延伸到对面墙上。

2

　　第二天，他十点半就出去了，说是中午有约。等他出门，我也去了出版社。他的上班时间虽是下午两点，但他经常在上午九点左右吃过早饭后便开车出门。

　　"善姬女士，我想问一下，您……"

　　我接过短发总编辑递给我的幼儿新书的初校样，她欲言又止，脸上带着微笑。她三十五岁左右的样子，据说老家是济州岛牛岛。虽然她办事风格明快，语气也颇有挑衅的意味，但有时我能从她的脸上看见青涩少女的样子，这也许跟她的岛民出身有关。

"请问一下，新闻主持人李尚燮是不是您的丈夫？"

我愣愣地笑着回答说："是。"

"原来如此啊！果然没错。我，我是李尚燮的粉丝，从他做国际新闻记者的时候开始一直到现在。"

像个激动的孩子一样，短发总编的眼睛闪着光芒。她好像没察觉我的尴尬表情，追问似的又问我："你们到底是怎么认识的呢？"

人们提问题的顺序总是很相似。从"怎么认识的"开始，到"是谁先表白的""结婚生活怎么样""现在有孩子吗""为什么还没有呢"，"是不要呢，还是不能怀孕呢"，等等。人们总是一边仔细打量我很普通的脸蛋、个子和身材，一边这样问。如果知道我毕业于没什么名气的艺术专科大学，或者是知道我的家庭出身连一般人家都不如的话，那他们就会更肆无忌惮。有时我和他并肩走过时，总能听见路人嘀嘀咕咕地说我们俩："比电视上看到的更英俊啊，是吧？""个子也很高啊……电视里看上去身高很普通呢。""哎哟，女的很一般啊。""连妆都没有化呢！"

　　短发总编请我喝杯茶，而我不想被别人好奇地询问下去，便道过谢就出来了。虽然是平日的大白天，地铁站的入口却很拥挤，我在那儿犹豫了片刻。我决定要去佛光洞了，今天去看望一下不拄拐杖也能走路的母亲后再回家，这样也好。

　　母亲头都没抬一下就说："来了？"在洒满阳光的客厅，她正在一张铺开的报纸上磨着墨。浓浓的墨水味儿一直飘到了门口。

　　我背着手提包，双臂抱着原稿袋，俯视着母亲。我脖子细，背有点驼，别人都说我的体形像年轻时的母亲。母亲现在已是老态龙钟，不知我在画画时会不会也像她一样。母亲弯下脖子磨墨的身影深深地烙在了我的心里。

　　"做什么呢，妈妈？"

　　"你不知道妈开始画佛画的事儿？已经有一个多月了呢。"

　　嫂子大哥哥三岁，大我好多，她跟我喜欢用直爽的非敬语，使我倍感亲切。我去了也没有特别的招待。听说因此有一些亲戚说她坏话，但我却觉得这样更自然，要是所有女人都像她那样才更好。

　　"什么佛画啊？"

　　"我们铉石三月就要上学了，可是别提那家伙有多淘气了。为了培养他的注意力，想跟他一起画画，就从报社文化中心学民画的朋友那里借了样画过来，没想到妈更喜欢。"

"铉石去哪儿了？"

"你看见过那家伙老实待在家里过吗？已经中午了，肚子饿了会自己回来的。"

刚好有个男人来收牛奶钱，嫂子去招呼他的时候，我盘腿坐到了母亲旁边。母亲一直沉默，好像直到我离开也不想开口说话的样子。可是当嫂子拿着收据匆匆消失在厨房的时候，母亲却开了口。可能是刚喝了汤药的关系，从母亲的嘴里飘传来一股甜甜的甘草味儿。

"……自己画抄画之前，要这样翻画三千张。"

停下磨墨，母亲给我看八开纸上的画，是用细黑线画的一位老人，他身穿长长的、拖到地上的、带褶子的中式服装。

"是十王。"

我伸出脖子想看得更仔细些，母亲便给我拿来放在藏蓝色褶裙后面的几张图画。第一个画是圆脸的头像，打卷的头发周围的花纹装饰非常华丽，额头中央有一尊小小的佛像。

"这是菩萨抄画。"

"那，这是佛祖吧？"

是熟悉的禅坐着的释迦牟尼。

"对，这是如来抄画……但想要画它就要先画前面的这些，每个都要画三千张。明天画五十张后天再画五十张，十王抄画就画完了，就算一天不落地画，也要两个多月呢。"

我以为这些便是全部，正要放下手中的画，这时我发现了最后一张，不由得露出了微笑。

"先画这个多好啊。多美啊。"

女人沉静的脸庞斜斜地俯视着脚下，她的手里轻轻地拈着结了骨朵的莲花。

"这是观音抄画，最后才能画。"

我借了母亲的毛笔，铺开新的宣纸，细笔蘸了墨水，画出了观音像。

"……有点画画的本领，但是……"母亲仔细端详着我的画摇了摇头，责怪似的说道，"不能那么做，向佛祖磕头那样虔诚地一张一张地按画样画才行。要做到连一丝折纹、一条肩部线条都要完全一致。不能那么画。"

母亲在十王抄画上面放上宣纸后便端坐了起来，她笔直地握住蘸上墨水的毛笔，用非常端正的姿势画起画来。按着曲线认真地画上衣服，画上面孔，最后点上眼睛，把画平整地摆放到了旁边。之后重新端正姿势，铺上新的宣纸，翻画起同样的画。母亲的表情非常认真专注。

如往常一样，我感觉到无声的距离，退后坐着。母亲总是那样，像深山一般，很难看透她的内心。母亲曾亲口说过，因为很早就既当爹又当妈，所以才造就了这样的性格。我小时候去朋友家看到别人和蔼可亲的妈妈时，心中不由得羡慕，同时感觉有点陌生。我沉默寡言的性格可能就是源自母亲吧。

母亲甚至不会掉眼泪。偶尔看到我流泪，她厚粗的巴掌就会飞过来。我没见过比她下手更狠的人了，挨揍后如果疼得哭起来，她便会变本加厉地用手掌抽打我的肩膀、后背和腰。

"不要靠眼泪来应对这世界。"

打人也可能打累了，喘着粗气，像是要表明动手不是因为对女儿没有感情，母亲总是用低沉的嗓音这样说道。

"压根儿就别指望靠眼泪来应对这世界。"

母亲从来没说过自己累，即使年岁很大，她还是靠从凌晨到深夜做韩服的活儿维持着生计，又教育着我们兄妹二人。也许是有所预感，她在中风的前一天曾对儿媳妇这样说过：

"一生的怨恨酿成了我一身病……现在一想，真是后悔，我这一生都是心里怀着刀活过来的。"

"这样画画心里很踏实，一张比一张要好。"

母亲往砚上倒了点水重新开始磨墨。染发剂的颜色已开始脱落，母亲花白的头发随着手臂的动作晃动着。一模一样的画，难道她真要每页都翻画三千张吗？

"……女婿过得怎么样？每天都能通过电视看见他，想必过得很好。"

母亲头也没抬地问道。

"是，很好。"

母亲和我都沉默了。

挥动毛笔的瞬间，母亲仿佛游离于这个世界之外。母亲的话语、想法以及老去的躯体，通通都像被吸进那图画中一样。

当嫂子趿拉着拖鞋从厨房出来时，我已拿着外套站了起来。嫂子看到我起身，便说道：

"干吗这么早就走？吃过午饭再走吧，铉石也快过来了。"

"我得回去工作了。"

"刚才听到你有点咳嗽，我给你煮黄豆芽汤吧？"

"积压了很多工作，真得走了。"

母亲的眼睛依旧没有离开宣纸，说："那就走吧，我不出去了。"

本想亲眼看母亲不拄拐杖走路的样子，但还是终于没能如愿就回了家。

十二点刚过，他回到了家，跟往常一样，我用陌生的眼光看了他一眼。也许是因为没看那天晚上的新闻，觉得他更加陌生了。看着他刮净胡须泛着青光的下巴，搭配得非常时尚的领带和衬衫，挺拔英俊的鼻尖，我感觉不到一丝背叛，相反，我发现自己竟坦然接受了他正和其他女人恋爱这一事实。

"跟同事们一起喝了一杯。"

他嘴里散发出淡淡的啤酒味儿。如果是平时，我会说"给个电话多好"这样一句，但现在我并没有说出口。

他解下了领带和衬衣，露出红彤彤的臂膀，像往常一样敞开着浴室门刷了半天牙。他配备了四种牙膏，竹盐牙膏、含氟牙膏、添加了抗菌成分的新产品，以及液体牙膏。他以前曾给我讲解过，因为它们各自含有不同的有益成分，所以他轮流交替使用前三种牙膏刷牙，而液体牙膏则用来清除齿缝中隐藏的牙垢。

镜子里刷着牙的他，面部表情非常专注和投入。望着镜中，我像是若无其事地问道：

"……那个女的知道吗？"

满口的牙膏泡沫流了出来。他透过镜子看了我一眼，白色泡沫顺着他停止刷牙动作的手背淌了下来。

我紧张起来，犹豫着是否要说出伤害他的话。

应该说出来。

我下定了决心。

不能犹豫，现在就得问。

他把嘴里含着的泡沫吐到了洗脸池里，没有反问，而是用眼睛质询着我。他不想贸然行动，在没有准确理解我的话之前，他不想草率地应对我。尽管全身的神经都绷紧了，我仍然缓慢而若无其事地开口说道：

"你的身体，那个女的知道吗？"

他的眼皮在微微颤动。他怒视着我，嘴角沾着白色泡沫，手里握着牙刷，唾液和牙膏正顺着这把牙刷往下淌着。

我没有回避他的眼光。他先低头用牙缸接了水漱了口，用毛巾擦完脸后便脱下橡胶拖鞋走了出来。在他擦肩而过的一瞬间，一股让人战栗的寒意混着液体牙膏的薄荷味袭了过来。

"说要打电话，真打了。"

他走到沙发那里嘀咕了一句，却没有坐下来。然后转动身子向我补充了一句：

"那女孩儿跟你不一样。"

他表情沉着平静，而他说出的话果断有力，像是要吐出憋了很久的故事一样。我发现，那个女人称他为"那位"，而他称那个女人为"女孩儿"，难道两人年龄差距那么大？

"她不像你那样双重性格，她会喜欢我的全部。"

"那么，她还不知道吗？"

过了一会儿我又问了他。

突然，他的拳头砸向了墙壁，可能因为夜里很寂静，那声音听起来特别响。如同呼吸不畅的病人一样，他的肩膀剧烈起伏着。他有意识地压低了声音说：

"我说过，那女孩儿不会像你那样。"

"……像我这样是什么样？"

他终于爆发了。

"一定要我说出来吗！"

他薄薄的嘴唇微微颤动，鼻孔因兴奋而不停地翕张着。

对，这个人发火时嘴会向左略歪，很长时间里我都忘记他这一点了。

我茫然地这样想。

"我无所谓。"等他的情绪稳定后，我这样说道，"所以我跟那个人说了，随她怎么做。"

他没有说话，只是直愣愣地怒视着我的眼睛。这一瞬间，他的眼睛里闪烁着的是什么呢？是憎恶、轻蔑，还是愤怒？我默默地望着他的脸。

3

那个女人用像配音演员一样温柔动听的声音对我这样说道：

"听说你们俩之间没有感情，虽然同床共枕，可是跟分居没什么两样。"

她仿佛将这些话写在字条上一样，很有逻辑又准确地说明了自己打电话的理由。

"遇到这种事儿，那位好像非常难过。您也知道，他是个完美主义者……很难当面说出来，所以我才偷偷给您打电话。"

她说自己爱他，不，从她说话的口气推测，应该说尊敬他更为恰当。她说，相爱的人应该生活在一起，如果我对他没有感情，两人继续在一起就没有意义。还说电话里说这些话双方都别扭，不如见面谈谈。

我说道："有必要见面吗？""我无所谓，随你怎么做。"这些似乎在我心里准备已久的话，竟然毫不犹豫地脱口而出。

正如她所说，他是一个完美主义者，有时还很独断。我当初就知道，他的这种性格跟不喜欢权威和条条框框限制的我不怎么相配。我不喜欢他那过分华丽的职业，也并没有觉得我真心爱他或爱他爱到离不开他。那么受人瞩目的一个男人对我这样平凡的女人表现出关爱，这让我很讶异，也许这种感觉占据了更大的比重。所以从来没想过两个人的将来，一旦他提起，我也会故意转移话题。可自从第一次去他的公寓之后，我才决定跟他结婚。

那天，两人隔着餐桌正喝着咖啡谈天说地。一会儿，他脸上露出迟疑的神色，最后放下茶杯站了起来。我有些吃惊，想他是不是要走到我身边。他一边望着我，一边解开自己衬衫的扣子。

"上初中的时候，家里着了火。"

为了解开最后一个扣子，他从裤子里抻出衬衫，同时说道。

"是一场大火，幸亏都活了下来。爸爸是公务员，得到不少援助。家人们被分散安置到亲戚家，几年后租下一套包租房，全家人才得以团聚。"

他还没脱完衬衫，我已经屏住了呼吸。他脱掉背心和裤子，只穿着内裤伫立在我面前。餐桌上方的天花板上悬吊的三十瓦白炽灯光斜照在他那赤红的身上。

"现在才明白吧？这就是我夏天也只穿长袖衬衫的原因。"

他假装轻描淡写地说道，声音却在颤抖着。

"明白了吗？我不去游泳池，不解开衬衫第一个扣子的理由。"

他咽下一口口水，喉头随之动了一下，他的目光中充满着捉摸不透的勇气与恐惧。

我站起来走到他的身边，抚摩了他抽动的脸，用我的嘴唇盖住了他发颤的嘴唇。

我打算一同接受他的伤疤与他的勇气。不，更准确地说，正是因为那个伤疤带给我的震撼，也正是因为我很感激他那么信赖我，把想要隐藏一辈子的裸体展示给我，所以才接受了他。

在婚礼筹备期间，我们在对方身上发现了几个共同点：在性格坚强的母亲手下孤零零地长大，出生于并不富裕的家庭，特别讨厌接受别人经济上的帮助。尽管发现了几个珍贵的共同点，结婚初期我们之间也不是很融洽。

他细心周密，却会因为一点意外的琐碎小事就失去平静。过于较真的性格当中，究竟藏着一种什么样的不安心理呢？一旦失去理智，就无法自控。他有时会讽刺我的职业，说我没出息，只会帮衬别人，又说搞不清我那么拼命做那种工作到底有什么意义。夜深人静的时候，经常有说是以前只见过三四次面的女人，或是疯狂的女高中生粉丝用酒后甜美的声音或抽泣的声音打电话来。

跟一般的新婚夫妻一样，我们也经常吵架。唯一不同的是，吵完架后我会变得异常冷静，甚至希望他干脆死掉。若遇到他录制完节目该到家的时刻已过一个小时还未回来，我发现自己竟盼望他遇到什么事故，对这样的自己，我也感到惊讶不已。想象着自己穿孝服的样子，心里就会莫名地感到舒服。

不知是从什么时候开始，不，也许是从一开始我就很讨厌他的伤疤碰到我。我厌恶伤疤碰到胸部的感觉，同房时也不愿脱上衣，因而想尽量回避肌肤之亲。他要抱我，我假装睡着翻过身去，他伸手要碰我，我就装作在睡梦中推开他。

我们吵架一次比一次激烈。他发火，我也跟着发火。万事开头难，随着时间的流逝，所谓的情绪爆发也变成了一种习惯。失去理智愤怒爆发的瞬间，全身都随着头脑发热产生连锁反应，只要那个眼冒金星的瞬间一过，我就陷入无尽的空虚之中，瘫坐在工作室里消耗时间。偶尔我会在心里嘀咕：

"我一天天地忍耐，忍耐你的身体，你怎么可以这样对我？"

也许人们没有察觉到，但是我能感觉到，我的图画作品已经很快失去了冷静，它是我与世界之间安静的空间，也是安详的微笑。

一个星期天的早上，他说浑身发软要出去锻炼，我跟着他出了家门。当时正是酷暑刚开始的时候。我们从小路旁边的铁丝网破洞钻出去，沿着北汉山的山路走。我们默默地走着上坡路，突然我停下了脚步。

"怎么不过来呀？"

他站在山丘上很不耐烦。

"啄木鸟……"

"什么？"

"我看到啄木鸟了。"

"走这么慢，怎么锻炼？"

那边儿有只拳头大的啄木鸟正在啄着树干的底部。可能是一只雏鸟，嘴巴又软又小，再怎么努力啄，树皮依旧一动也不动。

等我赶上的时候，他还在皱着眉头。我和他保持十几步的距离跟着他。那时，看到狭窄的登山路上迎面走来一个男人。

与其说是男人，不如说是男孩，顶多二十一二岁，脸上带着孩子气，下身穿着褪色的牛仔裤，上身光着膀子。

白皙耀眼的身板。那男孩没有特发达的肌肉，也没有什么赘肉，身材挺拔。我的目光始终没有离开那个极其平凡的半裸的身体。

感觉全身的血液都涌到了头上。真想抚摩那个男孩儿的胸膛，想把我的胸部贴到那光亮的皮肤上。真想感受一下我细嫩的皮肤触碰那男孩儿的身体，细嫩的皮肤之间紧密摩擦的感觉。

由于路窄，那个男孩儿的肩膀轻轻地擦过我的肩膀。我耷着眼皮，感觉自己的耳垂因发热变得红红的，呼吸也变得急促了起来。

坡终于爬完了。我们来到了视野开阔的峭壁上。六七名登山客分坐几处，有的削黄瓜吃，有的喝着水。也能看见他的侧影。他仍是皱着脸眺望着峭壁另一边的山石。我靠过去，站在了他的身边。

他穿着袖子一直遮到手腕上的白色 Polo 衫和米黄色棉裤。他是多汗体质，却不能穿圆领 T 恤。

Polo 衫的衣领比衬衫低，所以他后脖颈下的疤痕露得更多些。坐在岩石上的中年男子们在看着他那个部位低声嘀咕着什么。他们早就认出了他的脸，正在谈论着他那个疤痕。

我俯身看了看峭壁下方郁郁葱葱的树木。这绿色绿得过分沉重，令人生畏。那些浓荫的树叶如同热带的密林，像巨大的肉食动物吞噬着大地。

我感到脚下的地面正在渐渐倾斜，好像有什么东西在峭壁下面强烈吸引着我的身体。记得有一天，我跟他吵架之后，同坐在车上，两个人都默默无语，车往前行驶着。那时我突然产生了强烈的冲动，想一把抢过他的方向盘让车越过中线，我感受到想同时终结我们两个人命运的可怕欲望。望着峭壁下面，我又感觉到自己并不愿意承认的那份冲动。

"怎么了？"

可能是我的身体在不由自主地剧烈颤动，他皱着眉头再次问了起来。

"为什么那样发抖，站在崖边上，不危险啊？"

涂抹了抗紫外线防晒霜，戴着一顶白色遮阳帽的他的脸，白白的，在刚熨过的 Polo 衫上方绽放如花。

就在那时，我有了想要撕开他衬衫的冲动。想扒光他的衣服，让那丑陋的身体在阳光下暴露无遗。我真想给一直注视着他的那些中年男子看他的裸体，真想对他们大声叫喊。

就像要逃离那种想象一样，我向后退了一步。

"……没事儿，我有点累了。"

那天回家的路上我还觉得没事。回到家，他先进去冲澡了。我想把他和我戴过的遮阳帽放进衣柜，但刚一开了里屋的门，我便瘫坐在那里。

眼前一片漆黑。

我跪爬着出了里屋，斜躺在冰凉的客厅地板上，闭上眼睛。我在发烧，脑门像被什么东西烤着一样滚烫，似乎有头隐形的野兽正紧贴在那个炙烤着我的地方，用吸盘吮吸着我的意识。

脸上突然感觉到阵阵的刺痛。我醒了过来。

"怎么回事啊？"

听见了他的声音。接着他的脸庞映入了我的视野。他伸手想要抚摩我的脸，我推开了他的手，之前是这双白皙的手打了我的脸。我转头看了看里屋。

我看见了。看见了八尺原木衣柜，还看见了要跟他一起躺着睡时使用的麻织被褥。

"进去，进去躺着吧。"

他扶起了我。

当他抱着我的腰扶我进里屋的瞬间，万物的轮廓又消失了。刚冷却下来的灼热又往额头上冒。胸口在汹涌，仿佛马上要呕吐一样。

"放开！"

我使出全身的力气挣脱了他的手。

"求你放开，别碰我！"

就像掉进水里的人一样，我挥动着双臂，倚靠到墙壁上。

"我得出去。"

他好像吓了一跳。

"要去哪儿啊？"

"就一会儿。"我喘着粗气说，"休息一会儿就会出去的。"

我试着闭上眼睛又睁开。仍是看不见。曾听说过精神重度疲劳会导致这样的症状。

"要冷静！"

我向自己呢喃着。我试着做了深呼吸。

"没事的，要冷静。"

我再次呢喃道："你不会进那个屋里的。

"这一生再也不会躺在那个床上。所以要冷静。"

眼前逐渐亮了起来。

光亮逐渐聚合，暗部也逐渐融合起来，万物逐渐恢复了原本的面貌。

"要去哪儿啊？身体不是不舒服吗？"

他伸手要搂住我的肩膀，我不理睬，甩开了他的手，粗暴地关上了大门，拼尽全力扶着墙壁走下阶梯。

没有我可去的地方，不想去佛光洞的哥哥家。我大部分的朋友都已经结婚，又因为是周末，她们都会跟自己的丈夫在一起。几个单身的朋友则大都在家乡当老师。

我沿着正逐渐变暗的小路摇晃着走去。眼前有东西在晃动，那东西就像鸡蛋白一样白而嫩滑。不知道地上有什么东西，也不知我的脚踩着了什么。偶尔我扶着铁栅栏休息一会儿，恢复力气之后再度迈步。

亭子里坐着几个老人和中年妇女，我到了那里便靠着木柱坐了下来。

茂盛的青冈林在我面前展开。溪谷里流水的声音和孩子们戏水的声音，填满了周末森林的下午。草中的昆虫在不远处鸣叫着。

我倾听着那些声音，调整着呼吸，视野逐渐清晰了起来。能够明确辨认事物的时候，我也逐渐认识到一个不容置疑的事实，那就是我现在能回的地方只剩下家了。

就像有人在我耳边细语一样，一个非常重要的现实如同启示般浮现了出来。

我从一开始就没爱过他。

虽然难以置信，当初我是因为他那个疤痕才自认为爱他，现在却是因为同一个疤痕而厌恶他。虽然我明确知道他的疤痕只不过是一层薄薄的皮肤，却不能剥除我心灵的那一层隔膜。

我想，那不是他的错。如果论罪，全都是我的罪。

那是没想到人生有多漫长之罪，悖逆肉体需求之罪，奢望过分精神追求之罪，梦想不切实际的爱情之罪，没认识到自己极限之罪。还有憎恶他之罪，从内心深处对他施虐之罪。

我一进门厅，他面色沉痛地默默看着我的脸。我像对陌生人那样不自然地瞄了一下他的面庞。那是一张不知不觉被人抛弃的少年的脸，深深地隐藏疤痕的脸。他孤独地伫立在那里。

那天之后，我们的关系完全变了。

我像看待陌路人那样看着他的疤痕，我像善待其他人一样善意地对待他。

世界仿佛变了个样，以另一种方式展现着自己。我用陌生的眼光久久地注视着所有的一切。善与恶，义务、责任与放弃，真实与虚假，它们在我面前逐渐失去了界限。我再也没有对这样的混乱感到不解或惊慌，只是默默地注视着。正是它们拯救了我。

我们再也没有吵架，我再也没有憎恶他。和平重新回到身边之后，我又能专心做我的工作了，而且比之前更加热爱了。就像母亲曾经那样活过来一样，我也会勤奋工作一辈子。整天把自己关在工作室的时候，我感觉自己获得了自由。难道还有比全身心投入更能赋予人自由的事情吗？

为了忠于自己的工作，应该照顾好自己的身体。我每天早上做运动，工作的间隙也做一些伸展活动，做菜和吃饭时候也兼顾着营养成分。我也努力跟他维护好关系。他总是很紧张，狂躁，就像抱着一颗定时炸弹一样。我也理解，他之所以有这样的性格，是因为他在跟疤痕做斗争，与之挣扎，他是在通过这样的方式尽力摆脱自己的疤痕。我也明白，他在压力大到无法承受的时候便会爆发。我也明白，尽管屏幕上他的面孔看似很放松，但插在他耳朵里的监听耳机却会给他源源不断地传输着新闻工作室的嘈杂声，我也理解每天结束直播回来的他都像经历了一场战斗一样疲惫。同时我理解，他去捕捉全世界发生的那些事件后又只是把它们扔在那儿，除了无尽的空虚，什么都没留下。

他曾跟我这样说过："偶尔我做这样的梦，我坐在新闻中心现场，像金鱼一样只是嚅动着嘴……再怎么一张一翕地动嘴也发不出声音。做七点新闻时最好，黄金时间段的新闻最累。一想到一扇扇里头亮着灯的公寓窗户我就发晕。一想那些人都在看着我，我就……"

时间久了，心情好的时候我也能像吻小孩子一样发出声音地吻他，也会和他一起说笑。每当我感觉他的身体很丑陋时，带着自己对他怀有的厌恶感的补偿，我会更亲切地对他。虽然少之又少，我们还会在熄灯的房间中做爱。

我相信这样点滴地培养感情就能过下去，无论怎样也能挺下去。

那个女人曾说："要是不相爱的人在一起生活，那就是在浪费时间。"

我在想：是吗，我是在浪费时间吗？

二月接那个女人的电话之后，我身上发生的最大变化就是对尖锐的东西表现出了异乎寻常的敏感。有一次，我在胶合板门上贴上了贺年卡，后来摘除了卡片，摁钉却因为拿不下来就那么放着。可是一天早上不经意间看到那个摁钉时，我仿佛感觉到了木板被扎时的刺痛，而当时我后脑勺的某个部位的皮肤确实隐隐作痛。削苹果的时候，也会感觉水果刀的刀尖锋利无比，吓得我直打寒战。而当我看到断了头的收音机天线时，眼睛就会发酸。

"在浪费时间。"

当我埋头于工作中的时候，那个女人的话时不时地出现在脑海里，我总是摇摇头想要否定。

4

到了三月，我经常积食消化不良，后来隔一天就吐一次。原本一直维持在五十公斤左右的体重，两周之内一下就掉到四十三公斤。超市和洗衣店的女人们用好奇的眼光问我是不是怀孕了。那根本就不可能。我做胃镜检查，可是胃一点问题也没有。

"像白玉，很干净啊。"

年轻的大夫看着内窥镜显示器跟护士嘀咕道。我抚摩着因麻醉药而变干涩的喉咙走出更衣室。大夫说道：

"您去看看中医吧，要么看看神经科怎么样？"

我没去看中医和神经科，只要不是什么严重的病就好了。至于精神方面的理由，我倒是很清楚，只要摆脱这个状况，身体就会好起来的。

我等待着我们的结局，每天一点一点地打包。为了完成工作，我打算只留下一套画具。身体原因让很多事被耽搁下来积压在那里。有一本用于治疗儿童语言障碍的书籍，插图已画得差不多了，可是我担心将来一个人过的时候生活上不稳定，便托亲朋好友到处找来好多活儿。其中有童话书籍的插图和有氧运动小册子，这些我根本就没有动过。手头的积蓄虽然足以租个小的单间公寓，可考虑到我的工作不稳定，觉得还是留一些钱备用比较好，于是我就选了独栋楼二楼的一间，签订了租赁合同。搬家日期是四月的第二个星期天。

他几乎每天都过了午夜还不回家，却好像比以往更无倦意。早上也比从前起得早，而且脸上很精神。

据说她是他所在电视台的交响乐团的小提琴手，去年刚在音乐学院拿到硕士学位入了乐团。年纪虽小，但身为家中长女的她性格却很成熟。她的父亲是名牌大学经济学教授，母亲是精神科医生，弟弟是在读的医科大学学生。我明白，他终于找到了跟他般配的人。

他讨厌寒酸的样子，讨厌犹豫的作风，也讨厌贫困的小区。他向往着华丽、漂亮和干净舒适。他讨厌回顾往事，任何一丝可能让他退步的失误，他都不能容纳。他的心里有把火，虽然看似矛盾，可就是因为那把火，他才能够冷静下来。电视台的同事给他起的所谓"克里姆林"或"扑克脸"的外号，也是因为那把火而来的。

有一次他曾经说过：

"高中的时候我想，如果能考上大学，我的一切将得到补偿。大学毕业的那段时间，又想，只要能进电视台工作，一切将得到补偿。所以我就没有跟那些无聊的朋友混在一块儿，也没有谈无谓的恋爱。因为我想爬得更高，不想以后身居高位时因以前所做的事而后悔。"

就像烈火与冷静并存一样，他的性格中虚假与真实同样并存。从电视屏幕上看到他真挚的表情，我有时怀疑他是否真的对自己所说的话倾注了所有一切。他过分追求攀升，也过分地计较、猜疑，太过看重自己的形象。看似矛盾的几面，到他那里就很自然地融为一体了。

他打算从秋季学期开始在母校读新闻学硕士，而且已经跟出版社签好合同，在开学前写完电视界的故事并交稿。他是有了目标就竭尽全力的人。如今他花在跟女友交往上的时间比写书还要多，简直就是为争取那个女人而竭尽全力。就像以前跟我谈恋爱的时候一样，他将会是个很完美的情人。而一旦得到了她，他又将彻彻底底地忠于自己的新计划。

当她说到"我爱他"的时候，我只理解了她一半。他像刚从广告宣传册里跑出来的人物一样，高高的身材，穿着打扮也非常精干，大可不必穿赞助商提供的衣服，完全能够靠自己的眼力购买，这些在她眼里必定魅力四射。就像当初我被他迷住一样，她也会为之倾倒，会被他真诚的眼神，被他准确的发音和隐隐散发的麝香味迷倒。可是倾倒与爱情之间的距离有多远？为什么我从来没对别人说过"我爱他"这句话，而她却那么容易就说出了呢？

我在工作室一直待到他睡着，将近两点才到客厅的沙发上盖上毛毯躺了下来。这样反而更舒服，夜里一次也没醒，也没做梦，一直睡到早晨。可不知什么原因，肠胃老出问题。

三月中旬的一个晚上，我见到了那个女人。那一阵肠胃有所好转，而我又开始专心工作了。这一天他结束新闻直播后径直回到家里。以往在家他从来都不开口，直到这一天他才好像注意到了我的脸。

"脸怎么了？"

"……我的脸？"

"像白纸一样苍白，哪儿不舒服？"

"我做过胃镜检查。"

"怎么样？"

"说像白玉，很干净，没有任何异常。"

"那太好了。"

他一边点头，一边摆出困惑的表情。

"那到底是哪儿出了问题？"

"没有异常，说是心病。"

他呆呆地问道：

"心里难过吗？"

好像到这时才知道我有一颗心似的，他的语调中透着强烈的疑惑。

他的手机突然响了。他的表情变得更加困惑，背对着我进了卧室。从里屋传来"嗯，嗯，这就出去"的声音后，他又重新披上风衣从卧室走了出来。

"我出去一会儿。"

我锁上了大门。

心里无缘无故平静不下来，我开始在客厅里踱来踱去，走到镜子前停住了脚步，仔细观察着连对我满不在乎的他也能发觉的瘦下去的脸。不知道在短短的时间内，人的脸到底能有多大变化。镜子里的人鼻子明显突出，眼皮和两腮塌陷，失去了生命的光彩，一张完全陌生的面孔。

　　忽然，我离开了镜子前，某种力量驱使着身体，我茫然地打开了客厅的窗户。

　　穿着风衣的他站在被灯光照亮的停车场入口处，而他对面的女人正靠着新款褐色小车的前门站着。她有一头浓密的及腰褐色鬈发，个子很高挑，穿着一身浅灰色的套装。灯光恰好照在她的脸上，离我站着的窗口也不远，我能清清楚楚地观察她的五官。

　　有着一副好嗓音的她还兼具美貌。泪水打湿的两腮在灯光下闪闪发亮。虽然听不到他们说话的内容，却能肯定是在争吵。似乎那个女人在诉苦，而他却在辩解。两人的声音越来越大。

　　"……再忍忍，给我时间。"

　　乘着寂静的晚风，他洪亮的嗓音传了过来。

　　他轻轻地拍了两下那女人的肩膀，便伸出双臂抱住了她。我看到了靠在他肩上的那女人的脸。虽然在哭泣，她的脸上却有一种从远处也能辨识的光芒，那是坠入爱河的人才会散发的光彩。

　　我关上窗户转身走向厨房，又在镜子前停住。

　　我的脸跟刚才没有什么变化，没有受惊也没有难过，可是原本平静的脸上好像有一丝裂痕，那道裂痕看似是被很久的忍耐和自责一点一点堆积起来的，而且从边角开始渐渐倒塌。

可为什么在那一瞬间我感到了愤怒呢？

我并不因为他主张自己幸福的权利而愤怒，我不在乎他对我有无亏欠感。一个月前，他曾经用发颤的声音问过我："过去三年里，你有一次是情愿跟我上床的吗？"还问过："到底是谁像躲避臭虫一样嫌弃我？""你知道你每次那么对我的时候我感觉自己有多惨吗？"

他还说过："那女孩需要我，你知道，被人需要的感觉有多么幸福，我已经很久没有过了。"

我并没有反驳他。

那会是什么？

大约十二岁的时候。曾经有一段时间我有过这样的强迫症症状。害怕好好地悬吊在天花板上的日光灯砸到身上。跟妈妈睡一起的房间很窄，为了不让日光灯砸下来，只能把身体往墙上贴。每当我那样睡觉，洗漱完毕回到房间的妈妈就把我往中间推。等妈妈入睡后，我便又往墙上贴过去。并不是说日光灯砸到妈妈就没关系，其实我也明白，它并不会掉下来，我的恐惧只不过是种异常的不安罢了。即便明白，可还是无法停止那种想法。我整夜整夜地无法沉睡，一有声响就一次次地惊醒，害怕我入睡后妈妈会把我挪到日光灯底下。

我就是怀着那种焦虑万分的心情，尽可能地远离他的身子，总是贴紧衣柜睡觉。害怕他的手伸向我的胸部，害怕他的身子压在我身上，我总是心惊胆战，不敢熟睡。

就那样，三年过去了。

我对那个蜷缩着身子躺着的自己感到愤怒，让我变成那副样子的是我自己，如果这是别人造成的，我会原谅那个人吗？

镜子里的我仿佛没有任何动摇似的，纹丝不动地伫立在那里，既镇定又坚强。

我走进工作室。

我最后要画的是父亲为了哄不肯说话的孩子做骑马游戏的五张漫画。出版社给我的漫画脚本内容是这样的：

“我是马，咴儿咴儿！”

爸爸伏地说道，孩子咯咯笑了起来。

“你好，我是马，请骑上去。”

孩子骑到爸爸的背上。

“咴儿咴儿，好沉啊。”

孩子面带微笑沉默无语。

“叫‘驾’啊，那样才走啊，快走，驾，驾，驾！”（“驾”字越变越大。）

孩子咯咯地笑，第一次喊出声来。

“驾！”

我在草稿纸上画了轮廓，发愁到底要把骑到爸爸背上的孩子第一次开口说话时画成举起两条胳膊呢，还是把两只手放到爸爸的肩上翘着屁股呢。我从孩子咯咯的笑声中得到了安慰，从第一幅插图开始，我就从一直苦心为孩子而努力的年轻爸爸的喜悦中得到了安慰。

我打算画成孩子举起双手，屁股也稍微抬起来，看似要忽地飞起来一样，爸爸的身体也跟着要飞起来。

勾画着线条的时候，听到他用钥匙开房门的声音。我一边侧耳听他待在浴室里过了好久才进卧室的声音，一边手里握着笔等待，直到我的食指尖儿发麻。

等到声音消失的时候，我才走到客厅。

关掉灯，皎洁而清冷的光浮泛在沙发上。拉上窗帘之前，望了一眼窗外。窗外，正月十一的月亮用巨大的、银色蛛网般的光芒照射着屋后的树林。

我和衣躺在沙发上，把毛毯一直拉到脖子上。挂钟的秒针仿佛人走路的声音一样，在我脑袋上方嘀嗒嘀嗒响。身子虽然疲惫不堪，可我就是睡不着，折腾了一个半小时才合了眼。

那天晚上，我又梦到童佛。在一个漆黑的洞穴里，有张脸在摇曳的烛光下发出阴森森的笑容。

我伸出手捧起那张脸周围的红泥巴盖住了它。

"我要把你埋掉。

"埋掉你。"

在上面盖了泥土，使劲踩成厚厚的坟墓，可是当我脚一离地，那面孔变得更加清晰，它直直地仰视着我。扭曲的额头，嘴角微翘的笑容，冷冷的、讽刺般的眼神鲜明异常。

我双膝跪下趴在地上，用两手把了那张脸周围的土，拣了又红又黏的土块儿往那脸上搓，还站起来用穿着运动鞋的脚使劲踩。

"埋掉你。"

我上气不接下气。

"可恶，真可恶。"

每当我的脚一离开，那张脸又好端端地恢复原样，好像在故意捉弄我似的。嘴角微翘着，像是在嘲弄已经冒出汗来的我。那张脸像是刻在我的运动鞋底儿上似的，当我用脚踩的时候，仿佛印在了土坟上。我脱掉鞋扔到一边，粗暴地撩了一下粘在脸颊上被汗水打湿了的头发，把全身的重力集中到赤裸的脚后跟，使劲去踩踏它。

就在那时候，我的身体往前栽倒了下去。

脚不听使唤，迈不开步子，脚底下的黏土怎么也抖不掉，我咬了下嘴唇，四肢伏卧在地上左右扭着腿。

"走开，马上给我消失！"

越是挣扎，泥土越是黏糊地缠在一起。

"不！"

想大声叫喊，嗓子却叫不出声来。

"不是童佛！"

嘴张不开，我像个从来都没有张嘴说过话的婴儿一样紧闭着嘴唇摇晃着脑袋。有种窒息的感觉，好像有什么东西在勒紧我的脖子。我举起了满是黏土的右手揪住紧闭的嘴唇，使出浑身的劲儿掰开它。

洞穴消失了，无数道长矛般的光线照射到沙地上。

5

"那位和尚说，观世音菩萨就在我的心中，等到我的肉身充满宽恕时，那就是观世音菩萨。"

在描绘第五张观音抄画的时候，母亲对我说道。一直寡言的她今天比平常话多。

我看了看母亲描绘的菩萨抄画，仅仅几个星期的时间，母亲的绘画果然比以往轻快多了。虽然还是在下功夫地描绘，可速度却快了不少，挥笔也很洒脱。

宽恕？对如同铁人般走过一生的耿直的母亲来说，心里难道还有什么宽不宽恕的概念？

"后悔啊……所有的一切，都很后悔啊。"

前年秋天，在昏迷两天后醒过来的那天，母亲第一次对围坐在住院部病房床边的儿女们说这样的话。哥哥几次问母亲说的是什么，可母亲只是沉默不语地闭上了眼睛。

我心里想，母亲后悔的会是什么？描绘三千张佛画到底是用来抚慰什么样的心灵呢？

在那一年的秋冬季节里，母亲每天去康复院治疗，慢慢恢复了健康。偶尔去佛光洞，母亲会叫我念译成韩语的《佛经》给她听。她微微闭着眼睛倾听我朗读，时不时擤擤鼻涕。每到那时我都大吃一惊，以为母亲在哭，便立即停止朗读，但发现她的眼角是干的，才继续念下去。

母亲能够拄着拐杖走路是去年春天的事情。她不再去康复院接受治疗，开始跟哥哥一起在操场走路也是那个时候的事儿。

"像我这种人下辈子还能做人的话……"

听哥哥说，一个晚春的早上，在绕完操场三圈后回家的路上，母亲曾说过这样的话。

"……到那个时候，我也想修道。"

母亲画完了观音的身躯，现在只剩下脖子以上的面部，那面部的轮廓依稀浮现在宣纸底下。

这种默默的忍耐究竟从何而来？

我一边给毛笔蘸墨一边想。

表情怎会如此安详？

观音菩萨的嘴唇隐隐约约含着微笑。也许是位耳朵特别灵敏的菩萨，听母亲说，观音菩萨是听雨声时顿悟得道的，并且总是耳观世人之声，一听到痛苦的呼唤声就马上前去救济。母亲还说，观音手中的莲花代表人本有的佛性，莲花绽开意味成佛，其花蕾意味佛性不被烦恼所染将会开花。这样说来，我画的莲花花蕾还未被烦恼所染。

听母亲说，前不久观音斋那天早晨，她与嫂子去了离家近的般若寺。法会结束后，一瘸一拐走出来的母亲便去了趟寺院总务处，到那里登记供奉农历四月初八浴佛节的莲灯，那时，母亲问过观音菩萨手里的莲花代表什么。也许正巧周围没有别的僧人，那个负责登记的稚气的沙弥有条不紊地讲给母亲听。当母亲问"那么，观世音菩萨能让我心中的莲花不枯萎，是吗"的时候，那个沙弥僧害羞地回答说："据我所知，它是不会枯萎或凋谢的。"

"那个和尚看起来比你还年轻四五岁呢。"

也许是因为说得太久，母亲有些喘不过气来，她"嚯"的一声长长地叹了口气，带着甘草的味道。

很久以来，我经常能听到那个声音。那声音仿佛是内心隐秘之处一层一层堆积的黑暗，忍不住将要跳出来一样。母亲经常在穿完针线缝领子的时候，缝指箍的时候，缝马褂儿上琥珀扣子的时候，时不时那样深深地叹口气。每当那时，拿着线头团儿在旁边打着滚玩的我虽然年纪小，却觉得自己身上的力气也随之尽失，便反其道而行之吸一口气。仿佛吐到空气中的母亲身体里的黑暗，被我吸入并从喉咙咽下，每当这时，那种感觉不好也不坏，只是很奇妙。

母亲把新的宣纸放到菩萨抄画上面，挺着腰开始描。我描了观音的下巴和优美的脸部曲线，含着微笑的嘴唇。

"画剩得还多吗？"

嫂子取出埋在院子里的辣白菜进门时问道。我停止了描绘。

"要不要拿点辣白菜回去？"

"不用了。"

"就拿几棵吧，变得更酸之前放到冰箱里。"

沾在嫂子朱黄色橡皮手套上的红色辣白菜汁儿似乎就要滴到客厅地板上了。

"真的不用了。"

"人家要给东西，就算勉强也得收下来吧，欸，也得考虑对方的心意呀！"

她脸上露出非常失望、难过的表情。

那天上午，我好不容易在截稿日期前到出版社递交了稿子，随即就到街上逛逛。自从病了以后，那是第一次出门。漫长而凄凉的冬天一晃就要过去了。街上女人们的衣服变薄了，空气中悄悄地弥散着喜悦的气氛。树枝还是干枯的，还找不到绿色，可分明是有什么地方发生了变化。我两手插在过时的冬大衣兜里，像眼睛受到刺激一样皱着眉头伫立在人行道中央。

事先没打任何招呼，我便来到佛光洞的家门前，正巧碰上出来倒垃圾的嫂子。她看到我的脸，惊叫了一声，随后又跟那些店铺女人一样问了同样的问题，我也用跟那时同样的话回答了她，听到我的回答后，她的失望跟那些店铺女人毫无二致。

"到大医院好好做做全身检查吧，这是什么事儿啊？"

她一边跟我进门，一边提高了嗓音。

"医疗保险金是白交的吗？不就是在这种时候用的吗？"

我笑了。

"病都好了，什么事儿都没有去医院干吗？"

平时不怎么显露表情的母亲只是呆呆地盯了我几秒钟，又把目光转移到佛画上继续作画。我挨着母亲在旁边垫上报纸开始磨起墨来，这时，嫂子背着手用担心的表情看了我半天，过了一会儿，才用温和的语气说：

"……杜鹃花发芽了，画完了就出去吹吹风吧，顺便陪妈沿着山脊走走，妈这几天还能走山路呢。"

山路偏僻而泥泞，我看着母亲花白的头发，跟在她的身后。不管是十八个月前中风瘸了腿的母亲，还是一下子瘦了很多的我，速度都一样慢，都迈着艰难的步伐。

"听说一直顺着这条路走下去就是你住的地方，这么走不知要五天还是六天呢。想往回走吧，有时总觉得被丢在了山的那一边似的，心里很不是滋味。"母亲回头看了看扶着树墩休息的我，说了句让我颇感意外的话，"在家的时候，也望着这座山，一想到你住在山的后面……觉得这座山连接着你和我，觉得欠它很多，又觉得这山比以前更高大了。"

因为母亲这一生都没怎么对女儿说过贴心话，所以我真不知道该如何作答才好。做梦也没想过母亲每当望着北汉山的时候都会想到我。

"妈也真是的，说哪儿的话。"

我假装擦汗，故意避开了母亲的目光。

沿着溪谷上去的路越来越陡。泥泞的泥地上散发出一种特殊的土腥气，不光是落叶腐败的味儿，这是一个全新季节的气味。当我想停下脚步深深呼吸那股气味的时候，母亲总是回头对我报以沉静的微笑。

在很久以前，我就很熟悉那个微笑，那是她自己也很累却仍旧送给我的微笑，是因为过于坚强深邃反让对方感到遥远的那种表情。也许是那个缘故，上初中之前我还常常怀疑我不是母亲的亲生女儿，我想如果是亲妈，就不会让我那么孤独。可自从我到了一定的年龄，能客观地辨认出我的长相和体形活像妈妈的时候，才不再怀疑。

"再慢点走吧，妈不也累吗？"我收回了这句已经到了嘴边的话，继续挪动着发软的腿向前赶。之前只是腋下流汗，现在已是腰背都湿了，额头上的汗顺着耳边淌到脖颈。

我打算在这次山行中跟母亲说，想在嫂子不在的地方，简略地向她倾吐跟他的关系快要结束的事儿。如果母亲问理由的话，我想回答说，其实早该如此，硬撑到现在挺愚蠢的。

可是又要用什么话破题呢？

突然间，有一张面孔出现在我眼前的泥土上。

我揉了揉眼睛，那个刚刚已然露出的面孔却变得无影无踪。

长脸形。眼角上翘的眼睛，带着讽刺的嘴，满是贪婪和怨恨的表情，越捏越变冷酷的面孔，仿佛是清醒的时候看到的一样，那般活灵活现。

"怎么比老迈多病的我还慢啊？"

我抬头望了望在十几步前回头看着我的母亲那伛偻的身躯，她那洪亮的声音如耳鸣般回荡在我的耳中。

山上起了风，干枯的赤杨枝条舞动了起来。不知从何处飘来了一阵松香。我看到了凄凉地拂荡着的一群掉光叶子只剩下瘦瘦枝干的树。

"您先走吧，妈！"

"再走一会儿就到接山泉水的地方了，在那儿喝点儿水就下去吧。"

"我会马上赶过去的。"

望着母亲的身影离开视野，我伫立在原处。

母亲是个冷漠的人，从不容忍别人叫痛。

我还小的时候，只要我一叫冷叫热地耍赖磨人，她就会板着脸责怪我："你连一点耐性都没有！"她从来没有娇惯过我，就连年幼时的我犯下错误，她都从不姑息。每次我伸一伸舌头或嘎吱嘎吱嚼指甲对她根本不起任何作用。

大约在九岁那年，我发了烧，跟母亲去了儿科。母亲对不想打针畏畏缩缩的我冷冷地劝说"不要害怕"，嗓音低沉又平静，那好像是在对同辈的妹妹说话，而不是在对孩子。

"……就这么一会儿的痛还不能忍，那以后怎么办啊？"

我在地上蹲坐了下来。

体力不支怎么会到这种地步呢？

想起他望着我说过"脸像白纸一样苍白"，又想起在路灯的照耀下散发出光彩的那个女人的脸。脑子里浮现他紧紧拥抱那个女人时的背影和他一天比一天有活力和开朗的表情。

"我会幸福的。"他说道。

"我们会幸福的，那个女孩跟你不同。"

"只要跟你的手续一办完，就马上把她带回家给爸爸看。"

我低下了头，眼前突然闪现出自己仿佛在空中鸟瞰一般枯瘦如柴的身体。我只不过是一头困兽而已，被汗水打湿趴在山坡上，只剩一层破皮毛的病弱的困兽。在那层皮毛之下是堆积已久的愤怒、后悔与怨恨，委屈、自责与耻辱，它们像臭气熏天的泡沫一样翻滚着，一点一点从内部腐蚀着我的肉体。

"善姬！"

被茂盛的树枝挡住了脸的母亲在山脊上叫我。

"……善姬？！"

那时我才明白过来，背负着一颗单薄的心，累累的罪过与懊悔，是不可能继续登上山去的。它们犹如铁锤般吊在我身上，让我的腰驼了下去，让我的肺不断萎缩，用冷汗打湿了我的后背。

这时我看见了低矮的杜鹃，它应该老早就站在我面前。像嫂子说的一样，毛笔似的花芽尖儿上果然有艳丽而火红的颜色。我紧紧地握住了旁边结实粗大的橡树根。

不要想。

什么都别去想。

我这才有了力气继续迈开步子。

那天，最终还是没能跟母亲提他的事儿就跟着她下了山。

6

四月临近，有氧运动小册子的插图很成功。根据粗劣的原画和动作说明，我画出了每个女人带着不同微笑摆出有力动作的插图。起初对我没有什么期待并以廉价稿费委托我作画的小出版社社长非常满意，还和我预订了下次的活儿。

采用全彩印刷的童话插图也够让我忙活的。首先，具有幻想色彩的内容吸引了人们的眼球。其次，对于喜欢运用丰富多彩的颜色的我来说，这是可以尽情发挥创造性的作品，这一点最令我欣慰。

单靠思考无法解决的问题，我便下决心不再想它，这种单纯的想法倒让我轻松了很多。我决心要活得简单一些，我将有规律地起床、吃饭、工作，让情绪不受干扰。我和他之间所有错综复杂的感情也将告终。

原以为我的一生中不会出现这样的时刻，以为只要不抛弃他，就不可能发生这种事，因为我也不是可以抛弃别人的人，所以我曾坚信这种生活将永不结束地继续下去，除非其中一个人死去。

我是多么愚蠢，我的愚蠢让两人都饱受折磨却还不能醒悟。我一直坚信那就是忍耐或是怜悯，可到底是为谁而忍耐呢？

在法律上我和他已经没有任何关系。为了就算第二天也能马上离开，我只留下了一套画具和几套衣服，其余都已打包好等着搬家的那一天。可真要离开的时候，我发觉自己对这个小区竟有些依依不舍。

随着我们的积蓄越攒越多，他曾希望搬到新建卫星城市的公寓。对忙碌的他来说，这个小区是个憋屈又不便的地方。如果不是经营劳务公司的房主用房子抵押贷了款，这间包租房早就能转租出去，若是那样，大约在一年前我们就已经搬了家。他最大的不满就是我们不好意思拒绝房主一次又一次的求情，将搬家的事儿一直拖到现在。

但这个只有一班小客车来回于地铁站，像地方小镇一样安静的边缘小区对我来说却是舒适的空间。特别是夏日的下午，等着从尘土中晃晃荡荡驶来的小客车的时候，更是如此。去市区，就好像好久才到大城市一次的乡下人那样感到疲惫。浑浊的空气，急匆匆赶路的人群，每条路上堵车的噪声让我晕头转向。每当那时候，我就会想起这个小区安静的傍晚。一心想着赶快回到我的房间，回到那儿继续我的工作，我便夹在忙碌的行人队伍中加快了脚步。

小区很安静，住在这里的居民们性格也都很平和。以能够叫出每个进进出出的孩子的名字而自豪的超市老板娘，笑的时候露出塞着辣椒末的门牙的洗衣店老板，因为皲裂双颊总是红彤彤的四十岁了还像个少女般含糊其词的蔬菜店的女人，卖豆腐和粗豆腐的喜欢骂人的老妇，影碟出租店的看上去妆也不化的年轻女人，在过去三年里我和他们并没什么特别的感情，可想到以后再也见不到了，舌尖儿就有些苦苦的。

我有这么愚蠢和软弱的一面，总是不善于应对告别这样的事儿。跟朋友见面，从不会先开口说要走，哪怕是遇到非要告别不可的情况，虽然嘴里没说但心里总是充满过度的歉意。不用的东西我也不会果断丢掉，因此屋子里总是有些凌乱，衣服或鞋子一旦买来就要穿到变形为止。哪怕并不亲密的人去世也会有些难受，成为一个不小的打击，然后让我久久地记住他们最后的样子。我五岁时失去父亲，现在连他的长相都记不清了，也许是这个缘故，我想都没想过我会先离开他，也许这也要怪我天生优柔寡断吧。

经别人介绍我们第一次见面的那个下午，我们坐在光线较好的咖啡屋靠窗的位置上。等到只剩下我们两个人的时候，他曾说过"听说你话少，善良温和……其实这正是我喜欢的类型"。他的表情非常真诚，看来他是被当媒人的学长的惯用介绍语所吸引才出来见我的。

我解释着说"我不是那样的人"时，他笑了。他的笑容看似淡然，可其中却有些敏锐和焦躁，让人感到无法不跟着笑一下。

"不是善良温和，应该是死心眼儿和优柔寡断。"

"是啊，也有人把它说成那样。"

他声音略带紧张但口齿清晰地回答道。一本正经地望着我的眼神隐约地闪烁着光芒。那是昙花一现、稍纵即逝的光，那光表达的是爱慕还是希望？应该更接近于希望吧。

"虽然知道你是那种人，可万万没想到会冷得像块冰一样。就算时间再怎么短，就这样一起生活，你不觉得也很可怕吗？不管是我出去，还是你出去，分开过不是更好吗？"

一天，在上班前，他跟我说了这些话。

"不知道你是怎么想的，反正我是一看到你那冷漠的表情就憋闷得慌。"

他仔细地观察着我的脸。刚刚刮过胡子的下巴散发出前不久新换的润肤液的味道。

他仿佛希望看到并读懂我的表情。他沉重的表情里泛出一种坚决的气势。或许他急于下结论。他想明确地下一个这样的结论。我们之间所有的问题都是我的错误造成的。或许他的结论是正确的。

我心里在想，那个女人会知道他这一面吗？他沉浸在自己的逻辑中，不够完美就无法忍受，她知道那是隐藏在他内心深处脆弱使然的一种强迫症吗？

　　当时我没有作答或辩解，没有去说些诸如"不是我冷漠，是我不爱你了"或是"要是心不冷漠，还能撑到现在吗""我努力了，因为是我选择的，所以也想承担责任""能怎么办，我就只能做到这份儿上"之类的话。仿佛深信视线可以穿透万物似的，我只是死死地盯着在他脑袋后挺立着的铁制大门。

　　那天晚上，八岁的侄子铉石打来电话。碰巧那天他准时回来，侄子要他接电话。他从我手里接过无线话筒，只是"嗯"地回答。

　　"嗯。

　　"嗯。

　　"好吧。"

　　把无线话筒插到座机上后，他抱着双手，看到我询问的眼神，说道：

　　"他在同学们的面前说我是他姑父，他们就说要我的签名。"

　　两人之间沉默了一会儿。

　　"真是可怕。"

　　他一边交叉着十指，一边嘀咕道。

　　"什么？"

　　"你不觉得可怕吗？"

　　我正盯着他刚插回座机的无线话筒上的两个红灯。"可怕"这个词仿佛第一次听到一样陌生，我重复了好久。

<h2 style="text-align:center">7</h2>

　　那天夜里雨倾盆而下，偶尔划过的闪电照亮了北汉山的树林，这一夜他没有回来。这天是星期五。隔十天轮一次的国际部值班已在上周轮过，对他来说这一天是个很长时间才轮一次的周末。

　　我并不是在等他回家，但就是睡不着。雨声很大，几次睡着又被吵醒，感觉自己把头露在了窗外，整晚雨一直都打在我的脸上。

　　到了第二天早上，雨开始变小了一些。雨停后我下午出去一看，本来结了花骨朵的金达莱齐刷刷地绽放着。从树林里飞来的许多山喜鹊，在独立院落人家的杏树上叽喳叫着，红墙上的木莲花朵朵绽放。

　　因为是在树上绽放的莲花，所以叫木莲花。

　　我一边这样想着一边抬头看去，在午后阳光的照耀下，那些花骨朵闪闪发亮，就像花瓣里藏着一盏盏白色灯泡。

　　我一进门厅，电话铃声就响了起来。

　　"不知你过得怎么样，一直没有消息所以给你打个电话。"

能感觉到嫂子在电话那边笑着。

"很忙吗？"

"只是心急而已。"

突然嫂子的话变快了起来。

"知道你忙，但也不是什么难事……就是妹夫的签名嘛。铉石催我催得很紧啊。最近妹夫也很忙吗？以前最少两个月也会来一趟，铉石爸爸也很挂念他呢。"

我转换了话题。

"妈妈怎么样？"

"妈妈还那样呗，仍然在画佛画。"

"现在还在画着菩萨抄画，是吗？"

"说是再画十天就能画完三千张。那个暂且不说……"

往冷饭里放入泡菜和洋葱做了炒饭充饥，吃完饭洗刷碗筷时我流鼻血了。很久以前在出版社工作时每个月都流一次鼻血，自那以后这是第一次。明知抬头向上仰是不恰当的民间疗法，但我还是这么做了。我没有去理会那甜腥的血顺着舌根沿着食道往下流。看上去止住了的血在我低头时又流了下来，浸湿了五张手纸后才完全停住。

这时尖厉的电话铃声响了起来。我用衬衣下摆擦了擦手，便往客厅的电话走去，没等我接，铃声停下了。在那儿愣愣地站了一会儿，我刚转过身，尖厉的铃声又响了起来。

电话另一边什么声音都没有。

"喂。"

"喂？你好。"

"请重新打过来吧，根本听不见啊。"

我挂断了电话，对方并没有重新打来。

过了午夜，他才回到家，可能是没带钥匙，他粗暴地敲着铁制大门。如果为邻居考虑，他肯定会摁门铃的。真不像平时的他。打开门后我就要转身回屋，这时他却朝我的侧脸甩出一句话。

"她在蔑视我。"

他的舌头打结得厉害，他身上有股难闻的气味儿，像醉酒呕吐后的味儿一样。

"尽管尽情地蔑视我吧，干脆朝我脸上吐口水吧。"

我转过了身面向他，他像要抽我耳光一样举起了右臂，但马上又放了下来。他目光涣散，没有了焦点。嘴角边沾着白白的唾沫干涸后的痕迹。为了不摔倒，他挪动着脚步寻找着平衡。

"全都一个样。……"

还没说完，他竟然哗哗地流下眼泪来。

他用拳头揉着眼睛，踉踉跄跄地往浴室走去，腿撞到墙上差点摔倒。

"女人啊……全都那个德行。"

我呆呆地站在那里，没去扶他。

奇怪的是，我并没被吓住，就像是抽出了很久以前就已经料想会拿到的一张命运牌而已。我淡定地望着他哭泣的脸。他摇晃着身体用手扶着墙找平衡。竟然会皱歪成那副模样，他协调匀称的脸竟会变得那么丑陋。

他解开裤子迟迟没有撒尿，只是呆呆地站立在便器前。过一会儿，他又拉上了拉链，打开盥洗池的水龙头，任由透明的水哗啦哗啦地响着，从盥洗池没塞塞子的下水通口全部流走。

"她说很尊敬你呢，呵呵。"

他用沾过水的手揉搓着眼睛，突然又停下，哧哧地笑了起来。

"真好笑……真是笑死人了。竟说自己对你犯了大错！"

他的腰弯成了直角，以为他失去了重心，但他却用双手抓住了盥洗池边，开始往硬硬的边缘撞击自己的头。

难道是醉得连痛觉都麻痹了？他嘴里不断地骂着脏话。他越撞越用力，声音也越来越大。我跑向浴室。

"别闹了。"

他咬紧牙，要把自己的脸撞向洗面台。

"别闹了！"

我不由自主地伸手抱住了他的头。他并没察觉，而是猛烈地把我的手背砸向了盥洗池，我惊叫了出来。

他的身体无力地瘫倒在了瓷砖地上。

我的眼睛不由得发烫。像条件反射一样，这时我想起了母亲毫不留情的冷酷的巴掌。用另一只不疼的手背擦着脸颊，我并没有兴奋。我知道那泪水并非为别人而流，而是为我自己流下的。我一点也没感到自己是不幸的，我知道，我的不幸还不及他的四分之一。

我勉勉强强地将瘫软在地上的他拖进了里屋。脱下他的外衣和袜子后，我给他盖上了被子，这时我想起了他的母亲。每次给刚到青春期的他换衣服的时候，她没有哭，而是紧紧地咬住了嘴唇。也许那一刻她知道，自己的眼泪只会让他觉得更悲惨。

咬得真够狠的，他的嘴唇都破了，留下了血印。到明天早上会变青。我擦掉他湿发之下破了皮的前额上的血，给他抹上了双氧水。我想，这样面带伤痕他很难去播音了，但这双氧水总比擦不掉的红药水强多了。

我把急救药箱放进柜子后，在他的枕边盘腿坐了下来。

他是不是像很久以前在我面前脱下衣服那样在她面前做相同的动作呢？她看见他的裸体时，她的脸、她那闪着美丽光彩的脸，会皱成什么样呢？

我的手掌和手背热辣辣地酸痛起来，中指关节处虽然擦破了皮，但没有流血。像往常一样，我并没理会疼痛，而是静静地坐在那里。

我从小就学会了这样不去抚慰和理会自己的疼痛，就像它原本就不存在一样。为了躲避母亲厚厚的手掌的洗礼，我学会了不流眼泪，一声不吭，我是被驯化成这样的。对年幼的女儿异常严厉的母亲对我的决定却尊重得像对待成人一样。我放弃复读进入专科大学，后来抛弃每个月都有工资可领的出版社美术编辑的工作，选择去做一个自由职业者，母亲尊重我的意愿，二话没说欣然同意了。虽然他长得很帅，但即使不是那样，母亲也不会反对的。第一次说出我有了恋爱对象时，我还没有说出他的职业、文凭、家庭等情况，母亲就说"是你自己做主的事儿，我知道什么呀"，就像是对待外人一样。

"你小时候就比别人老成。"

去看金达莱小花蕾的那天，下山路上母亲令人意外地说了这番话。这是我长这么大第一次从她口中听到可以称得上夸奖的话。

"……小孩儿肯定一味地希望得到别人关爱，但当我扛着很重的东西回来时，你却因为无法帮我而焦急万分，脸急得通红，几乎要哭出来。当我的指尖被针扎了，你就像自己被扎了一样不知所措。"

母亲扶着树干底部从岩石上走了下来，她的脸孤独地下垂着。

"我不喜欢你那样……我认为你不该那样活着。我总是想，用那样的一颗脆弱的心是无法去应对这个世界的。所以跟相对懂事的哥哥比起来，我总是对你更加严厉……我希望你少笑些、少哭些、少受伤害。"

像要去找回失去的记忆一样，母亲紧锁着眉头。

"……每当想起过去这样对你，我就久久不能释怀。"

"休息一会儿再走吧。"母亲这样说着深深地呼了口气。坐在棱角分明的岩石上，她用手掌揉搓着让她一瘸一拐的左膝盖。

"人活着总有一天会来到那个时刻……所有的一切一下子都那么令人后悔的时刻。那个时刻早日到来，反倒是个好事，晚到的话后悔也就晚了。"

母亲深陷的眼睛眺望着远处山坡上那些浓密的干树枝。她的鬓角下满是淡淡的黑斑，布满皱纹的眼袋上，乌黑的眼睛闪着光。

"……但是我怎么能用语言给别人解释清楚这些呢？对自己的孩子也是，怎么能够说得明白呢？自己不亲身体验是绝对不能理解的。你姥姥临走之前跟我说过'不堪回首啊，这么惭愧，怎么能去呢'，这句话到现在我才理解。"

当我拿起扔在客厅沙发上他的西服时，他的钱包跟手机一起掉到了地上，我便弯腰捡了起来。我看到打开的钱包里贴着半个大拇指那么大的胶粘相片。

相片里他和那个女人头挨着头，从来不会开怀大笑的他露出又白又齐的牙齿灿烂地笑着。那个女人如花绽放的微笑看起来像紫玉兰一样优雅。他们选用可以远远看见一对雪人并肩而立的窗框作为相片背景。

8

那天夜里我又做梦了，但不知道算不算是关于童佛的梦。

我正在一个不知国名的遥远国度旅行。为了一睹以美丽著称的童子佛像，我正坐着巴士赶往什么地方，到站下车后，我却看到了一望无际的沙漠。

那儿什么都没有，只有仿佛要把我身体全都蒸发掉的阳光。

应该往哪个方向走呢？

我往金黄色巨大沙丘走去。走着走着，无尽的沙地随风如蛇爬行似的左右来回打着弯，回头一看，沙尘笼罩的那一边，巴士、车站，还有我走过来的脚印都消失得无影无踪。

像一个巨大墓坑的地穴出现在我眼前，我试着往那儿迈开脚步，身子就像被什么东西吸进去一样沿着陡坡滚了下去。

轻轻摇曳的烛火把我的影子投到了地穴圆圆的内壁上，多重影子也随着烛火晃动着。

看不见有什么面孔，我踌躇着往烛火靠近。

童佛在哪儿？

童子佛像在哪儿呢？

为了揉揉还未习惯黑暗的眼睛，我拍了一下沾了沙的手，未曾想到，手指变成了沙砾，稀里哗啦散落下来。

看来我是和衣在他的床头睡着的。微微的晨曦透到里屋。他还在熟睡中，才一天没刮胡子，他的下巴上就长出了黑乎乎的硬硬的胡须。被掀开的被子上方，露出了他光着的肩膀和胸部。

一夜之间，他额头上的瘀青变得更鲜明了。我用手小心翼翼地抚过那肿起来的部位，或许在沉睡中也感觉到了疼痛，他扭了一下头。不知是什么时候弄的，他红红的后脖颈也有了伤疤。被什么东西割开的三厘米长的伤口正好撕裂了他扭曲的疤痕。我把手伸向凝固的瘀血，当我颤抖的手碰到那个部位的一刹那，伴随着细细的呻吟声，他的肩猛地抖了一下。

我的早晨跟以往没什么不同。我从冰箱里拿出玻璃罐子，把泡在里面的柚子往两个马克杯里各放了三勺，一杯没加开水放在餐桌上，另一杯闭着眼分三次喝完。四种晨报我扫过一眼标题之后便扔进了门厅。再沿着小路走到接山泉水的地方，坐在木亭子里。

周围散发着类似生姜味的树的味道。无声无息的青冈树将干枯的树枝伸向天空，但黑色的树皮下或许早已流动着大地回春的树汁。再过一周，它就会发芽。

我望着向解冻的春天溪谷弯着腰的那些松树，突然发现了一个新的事实。尽管在冬季，锋利的松叶也是绿色的，但是仔细一看，虽然同样是绿色，却已然绿得不同。现在的松叶仿佛是刚刚钻出来的新芽一样，泛出更具生气的浅绿色。

"冬天我已挺过，春天我满心欢喜。"

我坐在原地不动，嘴里不停重复着像是有人提示过一般突然想起的这一句话。晨光在慢慢扩散，一只蓝尾的山喜鹊喳喳喳地叫着飞到铁丝网另一边。每当有风吹过，干枯的树枝便会唰唰作响。

——刊载于《文学与社会》1999 年夏季刊

傍晚时狗会是

一种什么样的

心情

孩子想，难道妈妈想说的就是那个吗？

看着像孩子一样抖着肩膀哭泣的爸爸，为他肝肠寸断，想去安慰他说"不要紧"。

妈妈想说的也许就是这种心痛的感觉吧。

是不是这种感觉时时刻刻都在折磨妈妈，所以她才丢掉了它，也丢下了我和爸爸呢？

1

傍晚时狗会是一种什么样的心情？每当到了傍晚，孩子便想朝着窗外朦胧而遥远的大海走去，她想近距离地看看舔着泥滩的波浪翻起的泡沫到底是白色的还是金色的。

然而孩子没有那样做过。每当残冬的太阳苍白地照射地平线，孩子就会把两个枕头叠放在窗框下，然后踩上去，把凸出的额头贴在玻璃上，两眼盯着窗外的风景，直到一片火红的大海被黑暗完全吞噬。玻璃下面有很久以前给窗框上漆时留下来的青灰色油漆痕，孩子呼出的鼻息结成白色的雾气，在玻璃上渐渐散开。

旅馆是栋三层高的平顶建筑，孩子的房间在二层走廊的尽头。从窗户探出头可以看到马路对面的超市、五金店、面包店等平房。而后边的矮房屋顶铺着橘红色和墨绿色的瓦片，矮房后是入冬以来一直空荡荡的旱田，再往远处望去就是浅桃色的泥滩和大海。通往大海的路从旅馆对面的胡同延伸出去，贯穿旱田中央，但不知什么原因，那段水泥路只铺了一半，从中间起便是土路。

到这偏僻小镇的第三天下午，孩子决定独自沿着那条田埂小路走到海边。看了一眼把额头埋在地板上正在熟睡的爸爸，孩子溜出旅馆的房间，轻轻走下水泥楼梯。

旅馆一百米开外的药店门前有条没安信号灯的斑马线，可几乎没有人在意它的存在。那里的人们喜欢横穿马路，所以也就没有高速行驶的车辆。孩子很从容，红色运动鞋尖踢着一个可乐瓶瓶盖，走到人行横道前。在路边，孩子使劲踢了一脚，瓶盖发出咯啷啷的声音，正好掉在远处两条黄色中线中间。孩子目视前方过了马路，走到对面的人行道时，她才飞快地回头瞥了一眼那个闪着灰色光泽的瓶盖，宛如在看一个丢在路上的小孩儿一样，随后便转过头去。

四栋平屋顶住宅楼只在楼体正面这边设了粗糙的瓦屋顶，走过那里就是田埂小路。孩子走了近五分钟，水泥路就不见了。前面是红土路，她又走了好一会儿。有条双向车道马路出现在眼前，那条马路在旅馆房间里是看不到的。这是一条沿着海岸线铺设的道路，一路望去，在远处海湾视线尽头附近，可以隐约望见挖掘机，看样子还没有完工。

从那条路上跳下去便是泥滩，但问题就在那儿。在荒废的旱田尽头，沿着海岸道路边有许多参差不齐、摇摇欲坠的违章建筑，那片干草横生的空地里还有五六条没拴绳子的大狗走动着。一瞬间，一群跟小牛崽一样大的狗挡住了孩子的路。它们像野兽一样乱吠，声音如雷，差一点震破孩子的耳膜。

孩子转过身，本能地意识到自己不能跑。她装作若无其事的样子迈开步子，膝盖不由得颤抖。等她走到田埂小路的水泥路段时才开始跑了起来，一直跑过刚好没有车的马路，一口气跑上旅馆楼梯把门锁上，又顺手闩上防盗锁。

房间里很静，有股难闻的味儿，跟不久前孩子溜出去的时候一个样子。爸爸依旧趴在地板上，两条手臂向两侧张开着。剩一半的烧酒瓶和见底的高粱酒瓶依旧立在爸爸的脑袋旁边，腰部边上有个一次性盘子，盘子里还剩三分之一的中国菜，盘子外洒出了一些。因为带有芥末味，孩子最讨厌吃这道中国菜。爸爸的赭黄色灯芯绒裤不知是由于长时间没洗还是褪色，看上去像是穿了好几百年。

孩子在爸爸的脚边盘腿坐下，呼吸还没平稳下来，肩头上下起伏。红白格子的短裙下露出了长筒袜大腿内侧处一个枫叶大小的洞。地板上放着一个黑色的塑料烟灰缸，孩子弯着腰，胳膊肘支在大腿上，双手托着下巴，仔细观察烟灰缸旁被爸爸的烟头烫得像伤疤一样的痕迹。

远处传来有规律的嗵嗵声，和爸爸带着鼻音的喘气声交织在一起。孩子起初以为是小船的马达，仔细一听，原来是马路对面钉钉子的声音。

"受够了。"

孩子嘟囔着妈妈的这句口头禅。声音很快被周围的寂静吞没。

"……受够了，烦透了。"

孩子学着妈妈皱眉头的样子，望着爸爸默不作声的背影，小声地重复着这句话。

那天下午，孩子看到了日落。从远处的天边垂下来的红色光芒把玻璃窗照得很亮。孩子向窗户走了过去，脸上还带着一些被狗惊吓后的表情。夕阳下一片片云彩层层叠叠，仿佛不属于这个世界，显得那样神秘和温柔。

孩子头脑里浮现出匆匆瞟了一眼的在那群狗的身后延展开的泥滩。泥沙里含着水分，像磨得细软的玻璃末一样光滑柔软。一想到映在泥滩里的金黄色云彩纹理，孩子的心就开始莫名地激动，不久前所受到的惊吓似乎荡然无存了。

她心想，天空中到底是什么东西发出那种光芒？为什么那么快就消失？

走到海边是不是就可以看清楚？那道光从哪里来又在哪里消失的呢？孩子觉得很好奇。

但之后的一星期里，孩子也没能去海边。她只是把自己的脸贴在冰凉的玻璃窗上望着屋外，偶尔想象着傍晚时狗会是一种什么样的心情。

孩子遇到狗是在下午两点。可是，到了傍晚那些狗是否也想看看映在白色泥滩上的夕阳呢？它们会和她一起走而不是围着她露出尖牙吼叫吗？它们会不会一动不动地并排坐着看日落？一到这个时候，孩子总是想知道这些。

2

来到这里的一个星期里，爸爸天天蜷缩在旅馆房间里就着中国菜喝酒。可是从前天开始，他外出以后很晚也不回来，今天也一样。下午的阳光斜照着旅馆前山茶树的枯枝时，爸爸给了孩子两张万元韩币，并指了指贴满外卖广告纸的梳妆台镜子，对孩子只说了一句"锁好门"，便把塑料钥匙牌塞进野战夹克兜里出去了。

　　孩子想起了昨晚爸爸的样子。他皱起了眉头，踉踉跄跄地走进屋，往马桶里吐了一大堆刺鼻恶心的东西。即使是在睡梦中，孩子也厌恶透了爸爸，像个好几十岁的女人一样对着爸爸的背嘟囔"受够了，受够了"。她想，妈妈是因为爸爸才离开的，受够了这样的爸爸才离开的。

　　但是一个人待在这样安静的房间里，孩子却希望那个讨厌的爸爸能够陪在身边，不管是呆呆地坐在那里喝酒也好，还是前排牙齿咬着下嘴唇叨咕着"狗男女，看我怎么收拾你们"也好。

　　孩子把门开了一半往楼梯那边看，想要确认两小时前放在外边的盛炸猪排的碟子有没有被小吃店的叔叔收走。没听到上楼的脚步声，应该没人来过。那个白色塑料碟子用报纸马马虎虎地包着。由于用了回锅油，炸猪排的颜色不对，肉很难咬动。而通心粉很凉，两片薄薄的黄瓜片干得像纸片一样。

　　"哐"的一声，孩子关上了门。

　　孩子一会儿背着手，一会儿像指挥家一样挥舞胳膊，一会儿又用手摸着墙在房间里转圈；一会儿从小冰箱里拿出矿泉水润润嘴唇，一会儿把她唯一一套格子裙掀起来，脱下起毛的深灰色长筒袜坐在马桶上。每到那时，她才会发觉自己既不口渴，也不想小便。

　　太阳又要下山了。

孩子爬到叠放在一起的枕头上，胳膊肘支在窗框上，双手托着下巴。虽然天马上要黑下来，但太阳消失前的最后瞬间却亮得让人震惊，仿佛做梦一样，在此刻世界是最美的。

孩子在想，日落前那群大狗会在哪里呢？天黑以后它们会去哪儿？她想象着在黑暗里泛着白光的野兽牙齿，不由得屏住气打了个寒战。

3

来这儿的第一天，爸爸丢下孩子出去后，她一整天都被关在这个陌生的房间里。那天孩子就吃了半袋核桃饼，那还是前一天爸爸从高速公路服务区买来的。她小口小口地咬着饼干，一会儿咬成月牙形，一会儿又咬成新月和残月的形状。尽管这么省着吃，但不到二十分钟油油的纸袋就空了。于是，孩子开始望着窗外，一看到跟爸爸身材差不多的男人就推开窗户，有时不由得喊出一声"爸爸"，但每当那时，她总是比那些人更早发现她认错人了。

等到天黑，爸爸才回到旅馆。手里提了一个过生日时也没见过的鲜奶油蛋糕盒子，打开一看，蛋糕的角都塌陷了，白色的奶油到处都是。

"泰莲啊！把车卖掉了。"

从傍晚开始，爸爸就吐字不清。他靠墙瘫坐着，嘴里散发出难闻的烧酒味儿。奇怪的是，他的眼神一点儿也不呆滞，反而看上去炯炯有神。

"……车卖了，以后哪儿也不用去了。"

爸爸说的是一辆小型卡车，夏天用来装冰激凌桶、华夫饼模具和刨冰机，冬天装鸡肉串烤盘、糖馅饼烤盘和鲫鱼饼模具等。以前，爸爸妈妈把车停在国立公园前或地铁附近的繁华街，利用后车厢做小生意。周末的时候，孩子总是一个人用一下午的时间坐在副驾驶座上写作业。实在无聊时她也会到后车厢，坐在液化气罐旁的红色塑料三脚椅上，以脚尖为轴转着圈玩。客人多的时候，孩子也会帮着烤鸡肉串，有时还会提高嗓门大声招呼客人。烤得过头的鲫鱼饼总是孩子的份儿，后来吃腻了甜豆沙馅，孩子就缠着妈妈要别的零食。

"竟然把那辆卡车卖掉了？"

孩子的脸色沉了一会儿，但是不管怎么样，肚子实在太饿了，于是就用舌头舔起了蛋糕。本以为爸爸会对舔着奶油的孩子发脾气，可不知为什么，他只是坐在那儿看着。

尽管孩子用舌头舔奶油，又用手指挖着蛋糕敞开胃口吃了一会儿，也只吃掉了三分之一。填饱肚子的孩子把黏糊糊的手指在裙子上蹭了蹭，才回过神来担心起卡车来。

自从妈妈离家出走后，孩子就和爸爸坐着那辆卡车颠沛流离了近一个月。爸爸有时走在孩子前面，有时拉着跟在后面的孩子的手，有时又将孩子一把背起来，就这样徘徊于无数条小巷与陌生的房子中间。爸爸的手里总是拿着一张白色的字条，那上面用黑色签字笔写着很多地址，每到过一个地方爸爸就划掉一个。到最后，字条折叠处被磨得很烂很烂。对孩子来说，那辆卡车是卧室也是厨房。她在那辆卡车上睡觉，又在那里用泡面或面包解决一日三餐。这个地方也是坐着那辆卡车来的，爸爸竟然把它卖掉了，孩子感到有些茫然，她想，以后怎么回首尔呢？

靠墙坐着的爸爸刚才还有神的眼睛开始变得迷糊。肩膀渐渐滑下来，脑袋也往前耷拉，靠着墙蜷成一团睡过去了。

孩子用尽全身力气把爸爸的身体从墙边拽下来，扶正他耷拉的头，让他平躺在地板上，把堆放在梳妆台边的被子拉过来盖在他身上。然后她又一次沉浸在对卡车的担忧中。

孩子看了会儿嗡嗡作响的日光灯，把窗框下的两个枕头拉过来，一个塞到爸爸脑后，又将另一个抱在怀里，躺了下来。

孩子怕黑，于是开着灯准备睡觉。刚才担心睡不着，而现在可能是太担心，真的睡不着了。她开始数数，可数过二百也无济于事。于是，她开始重新数起来，头脑却越发清醒。她只要一想起卡车的事儿，就刻意想用数字掩盖自己的担忧，就这样辗转反侧，很晚也没有入睡。

4

离开首尔，在高速公路上跑了一会儿又进入国道，沿着歪歪曲曲的小路一路而上，父女俩第一次找到的地方是个果园，满园的果树裸露着瘦瘦的枝干，显得格外萧瑟。

"这就是姥姥家吗？

"这儿真的是妈妈生活过的地方吗？"

孩子抓着爸爸的裤子连连发问，那个叫姥爷的人用他那粗糙的手掌抚摩孩子的脸，长满老人斑的手上散发出一股皮屑味儿。

他说道："我不知道啊。不是你当初不经我们的同意就把她带走的吗？我这儿连一个电话也没打过来啊。"

孩子拨弄着姥爷硬塞给她的皱巴巴的万元韩币，用疑惑的眼神仰望着枯瘦的果树，她无法相信妈妈说的那个地方居然是这样。

"到了春天，满地开着白色的梨花……苹果花……天地万物白茫茫的，到了晚上也像开着灯似的……"

每当爸爸很晚都不回来的时候，妈妈就开着卡车和孩子一起回家，回到家妈妈就捋着孩子的头发，给她讲那个果园的故事。孩子沉浸在幸福之中，希望整晚都不睡。可妈妈的故事像催眠曲一样，总能让孩子在不知不觉中入睡。等孩子醒来时，天已经蒙蒙亮了。

每个那样的早晨，孩子就能听见床头的低声争吵声。这时她就会闭上眼睛装睡。妈妈的声音时而清晰，时而轻细哽咽。爸爸说话时总是喜欢咬嘴唇，所以很难听清他说了什么。

"受够了……我真的受够了。"

妈妈时而打断爸爸说不清的辩解，吐了那么一句。

爸爸把孩子放到副驾驶座上，用力关上了门，对背着手站在远处的姥爷看都不看一眼，更别说挥手了。于是，孩子沉默了，她知道爸爸将要爆发，就算用别针轻轻碰一下，爸爸也会像气球一样爆炸的。

在沉默中，车子启动了。姥爷和妈妈一样高个子，方额头。他深邃的眼神一直重重地撞击着孩子的心。孩子偷偷地把手举到胸前跟姥爷挥了挥手。

姥爷的身影渐渐远去，再也看不到了，孩子心里反复回味着妈妈讲给她听的故事。她想，妈妈说的那个果园一定在别的地方，要是能找到那个地方，肯定可以看到明媚阳光和满园桃花。她还想，爸爸没有找到妈妈是因为没有找到那个真正的果园，妈妈会坐在梨花盛开的树下向她伸出手臂，怀里会散发香浓的果汁味。

5

"我的故乡漫山遍野都是花，桃花、杏花，还有那小小的金达莱。"

"又到了星期三？"

孩子从被子里钻了出来。爸爸还在枕着枕头睡觉，孩子只好把自己那个枕头放在窗户下面，踩上去踮起脚看着窗外。

轻快的轻音乐《故乡的春》流淌在静静的海边小镇里。

"今天是可再生垃圾回收日，可再生垃圾回收车已停在各位的门前。"

绿色大卡车在马路边像蜗牛一样蠕动，到面包店前停了下来。一个中年妇女拿着用绳子拴好的一大捆报纸向卡车走去。看起来风很大，她的头发和衣服在风中乱舞。穿着橘红色夜光服的清洁工们接过报纸，那个女人可能冷了，用夹克紧裹着身体小跑着消失在胡同里。

孩子拿起枕头躺回原位。

天色阴沉，屋子像黄昏时一样昏暗。风声透过窗户传来，就像吹口哨一样。孩子侧着身子，看着熟睡的爸爸的背。

孩子忽然想：这房间的门会不会是从外面锁上的？所有人都忘了我和爸爸在这里该怎么办？爸爸要是永远不醒来该怎

么办？

　　孩子咽了一口唾沫。爸爸一动不动，就像死人一样，想到这儿，她不禁打了一个冷战，于是紧紧抱住被热地板烤热的枕头。

　　孩子平躺了下来，仰头看着挂在梳妆台上面的挂钟。心想，如果一直盯着看，会不会看到黑色的分针在动呢？

　　时间一分一秒地流逝。银色的秒针不停地走动，在她目不转睛地看着它的时候，分针也转了一圈，但她还是没能看到分针移动。

　　过了中午，爸爸才醒了过来，可一醒来他就披上夹克出门了，出门前说是打完电话马上回来。孩子不相信爸爸的话，她也知道如果有意去等，时间会过得更慢。

　　孩子讨厌阴天。从早上开始阴阴的天空，连夕阳都没给她看就黑了。站在窗前的孩子一会儿狠狠地踩着枕头，一会儿又用脚尖把枕头推到墙边。孩子一会儿抱着枕头在地板上滚来滚去，一会儿又钻进被窝里。

　　在梦里，她坐在飞驰的卡车上，吃着爸爸给她买的蛋糕和牛奶。一个急刹车，牛奶洒在了毛衣上。

　　惊醒后发现已经是晚上，孩子环视黑乎乎的屋子，爸爸还没回来。

孩子站起身打开日光灯后又躺下，闭上眼睛却睡不着，于是又坐了起来。打开冰箱，是空的。日落前她吃掉了剩下的最后一块比萨。她又看了看梳妆台上的矿泉水瓶，也是空的。

6

"确定是跟那个小流氓一起失踪的吗？"

头发染成红棕色的年轻阿姨把咖啡杯放在盘腿而坐的爸爸面前，踩着小碎步向厨房走去。咖啡杯里升起袅袅的雾气，闻上去很香。孩子想：也给我一杯就好了。

"再耐心等等吧。有小孩，终究是要回来的，是不是？"

阿姨一边把咖啡和咖啡伴侣盒子放进灶台下面的柜子里，一边对孩子说道：

"小孩喝咖啡脑子会变笨，喝牛奶吗？"

没等孩子回答，阿姨就从冰箱里取出了牛奶盒，一边关上冰箱门一边说道：

"也许只是姐弟关系吧，会不会是你错怪了她？"

和爸爸眼神相交时，阿姨就把话尾含混过去了。

"……不管怎样只要一来电话，就一定给你问问联系方式。"

那个阿姨脸上长满了不知是雀斑还是小黑痣的一粒粒

东西。

沉默中大人们的对话断断续续，孩子感到厌烦，便四处张望起来。冰箱上用桌布盖着的一大串香蕉映入眼帘，她想转移视线，可目光总是不由自主地投向那里。她觉得丢脸，感觉阿姨的视线仿佛在审视自己，便低下了头。阿姨把牛奶杯放在孩子面前，在她身旁坐了下来，用刚摸过牛奶盒的冰凉的手把孩子的碎发挽到耳后。

"像爸爸还是像妈妈呀？"

阿姨的表情好像在说，孩子太可怜了，嘴角还挂着一丝苦笑，孩子很讨厌那样。

"都说女儿长得像爸爸，可这孩子更像她妈妈呀。"

孩子把脸往后缩了缩，避开了抚摩她脸的冰冷的手。这次阿姨又把手移到孩子的发夹上，问道：

"这是谁给你买的？是妈妈给你买的吗？你妈妈那么喜欢花，连发夹和罩衫上都是花纹，谁说不是果园家的女儿呢？"

阿姨露出缝隙很大的两颗门牙笑了笑，在一旁一直沉默的爸爸打断了她：

"静喜，你也知道吧。我……"

爸爸沉默了片刻。

"我是因为孩子妈妈才收了心的人啊。"

孩子天真地看着爸爸的脸，顿时屏住了呼吸。爸爸的下巴微微颤抖着，眼睛里似乎泛着绿光。孩子马上又看了看阿姨的脸色，阿姨好像也受到了惊吓，嘴边早已失去了笑意。

"请你记住，我是对这世界没有任何期待，也没有任何眷恋的家伙。"

那天，爸爸把孩子放在副驾驶座上，正要启动车子却突然停止了动作。他瞪着孩子的脸，伸手拽掉了孩子两个耳朵后面的那些发夹。好几天没梳的头发原本就很乱，这下子全都散落下来。妈妈离开后的那段时间里，甚至被爸爸拉着手离开家的早上都没有哭过的她，这天第一次哭了出来。

泪水模糊了视线，所以她没有看到爸爸是如何处置那些发夹的。爸爸开动了车子，孩子哭着哭着哭累了，不知不觉就睡着了。

梦里见到了妈妈。妈妈的样子越来越清晰，孩子的睡眠则变得越来越浅，半梦半醒中回到了从前。

那是一个阳光明媚的暮春早上，在去国立公园入口处卖东西的路上，妈妈停下卡车去摘从住宅区胡同砖墙里伸出的丁香花枝。那时孩子五岁，背起来实在累，叫她自己走又嫌走不快，于是妈妈就用一只手托着孩子的屁股背着她。妈妈把白色的花枝插在耳边，哼起孩子听不懂的歌。孩子趴在妈妈的背上，闻着妈妈幽香的汗味，听着妈妈的哼唱。浓郁的花香让孩子迷迷糊糊。

孩子醒来时，天已经黑了。卡车在高速公路上疾驰。眼角含着的泪水把对面车辆的白色灯光拉得很长很长。

孩子看了看爸爸的侧脸，毫无表情，冷冰冰的。

她心想，妈妈怎么跟爸爸这样的男人结婚了呢？

她想起了妈妈那幽香的脖子，想起了散发着丁香花香的头发。她怎么也无法理解自己的妈妈。

"……有一天爸爸哭得很厉害。一直以为你爸爸是冷血动物，可那次居然哭得那么伤心，从那时起就喜欢上你爸爸了。"

有一次，当孩子问起妈妈为什么喜欢爸爸的时候，妈妈这样回答过。那时孩子想起前一天下午在门槛摔倒后膝盖出血哭得很厉害，当时妈妈舔了她的膝盖。于是，她最后下了这样一个结论，哭和喜欢之间一定有什么联系。

"饿吗？"

爸爸用沙哑的声音问。目不斜视的爸爸怎么知道孩子醒来了呢？

孩子不说话，只是摇摇头。

"肚子不饿吗？"

爸爸又问，似乎没看到孩子摇头。爸爸手握方向盘凝视着前方，袖子挽得高高的。

爸爸说，自从和妈妈一起生活后，夏天就没穿过短袖上衣，因为右小臂上文着一条绀青色的龙。如果妈妈在，她会把爸爸的袖子放下来，扣上扣子。卖冰激凌的夏天，每当爸爸把袖子提上去的时候，妈妈总是笑着把它放下来。孩子记得妈妈怕爸爸难为情冲着爸爸挤眼笑的时候，她鼻梁上的那些细纹特别好看，孩子还记得妈妈含着笑深情望着爸爸时额头上挂满了汗珠。

"到底饿不饿？"

孩子依然只是摇头没有作答，于是爸爸的声音变大了。爸爸转过头来看了看她。孩子怕又一次看到他的眼睛里冒出绿光，可意外的是，她只看到一张疲惫的脸，紧咬着的嘴唇松了下来，眼神没有焦点，目光浑浊。

爸爸看了看被车灯照亮的高大标示牌，生硬地说："就在这儿休息吧。"

正要解下安全带的爸爸将视线停在孩子那凌乱的头发上，他把手伸进夹克口袋里。当他展开厚厚的掌心时，孩子的眼睛顿时变得很明亮，她犹犹豫豫地向那宝石一样闪闪发光的花朵发夹伸出手去。

7

不知是谁在摇醒孩子。前一天晚上孩子等爸爸等到很晚才睡，她用力地睁开沉重的眼皮。

"这是哪儿啊？"

孩子看到了爸爸的脸。接着进入视野的是棕色的天花板壁纸。孩子这才知道自己身在何处，这儿不是首尔的地下室。

"听说镇上有十日集[1]，我们去那儿吧。"

现在还没到十点，平时都是十一点以后才起床的爸爸今天连夹克都早早穿好了。

"十日集是什么？"

出生在首尔的孩子用没睡醒的声音问。爸爸没有回答，起身把双手插进裤兜。

孩子虽然想再问一句，但还是忍了。她知道当爸爸那样低头站着时，是听不懂自己的话的。爸爸要么就问一句"哦？什么"，要么就站在那儿直愣愣地看着孩子，仅此而已。

孩子一边推开被子一边想，爸爸没资格当爸爸，没资格当大人，如果是妈妈，肯定会给她解释的。

孩子穿上前一天洗好后晾在炕梢上的长筒袜。长筒袜起了毛，大腿处破了个洞，脚后跟的位置也都开了线。

"得买一双长筒袜了。"

孩子忽然听到爸爸生硬的口气，吓了一跳，她没想到爸爸都看在眼里。孩子仰头看了看爸爸，简直不敢相信这是他说的话。原本就比较消瘦的爸爸，这几个月下来颧骨都凸出来了，

1　集市周期为十天，即每十天赶集一次。

再加上没刮胡子，简直像变了个人，感觉很陌生。

爸爸给孩子买了长筒袜和红色雨靴，又买了新毛衣和裙子，还有一件带帽子的短大衣。更让人想不到的是，他让她挑一个喜欢的玩具。孩子没理睬排成一排的瘦瘦的白脸洋娃娃，而是挑了一个头发毛茸茸的胖乎乎的布娃娃。

"真的想要这个吗？"爸爸问。

孩子挑那个布娃娃不为别的，只是因为那个布娃娃是唯一看起来能让自己抱着感到温暖的。孩子抱着差不多有自己一半高的布娃娃，有些尴尬地快步跟在爸爸后面，心想爸爸今天有些古怪。

爸爸把孩子带到一家中餐馆，指着菜单上昂贵的菜叫孩子点。孩子心想，爸爸想把卖车的钱都花在这种地方吗？想到这儿，孩子大大落落地说要吃炸酱面，可是看到爸爸在强忍怒气，脸色变得很难看，便低下了头。爸爸叫了炸酱面和糖醋肉，还有肉丝拉皮。

"捂着鼻子用嘴呼吸。"

按着爸爸教的办法，孩子呼呼地用嘴呼着气试着吃了一口拉皮，没有什么味，就是辣。糖醋肉很好吃，她不知不觉就吃了一大半，肚子都饱了。孩子突然看了一眼爸爸，爸爸好像又要烂醉如泥，手里拿着高粱酒杯正一杯一杯地一饮而尽。孩子想，爸爸真够讨厌。

"好吃吗？……还有想吃的吗？"

爸爸意识到孩子的视线，仰起喝得通红的脸问道。孩子看着已经见底的半透明高粱酒瓶，她很讨厌爸爸这样喝酒，所以没有作答。可是，看在美味的炸酱面的分上，而且爸爸没有再叫酒而是默默地看着自己，孩子的气渐渐消了。

从中餐馆出来，爸爸停在了一个卖棉花糖的中年男子旁。像变魔术一样，爸爸的黑皮钱包里万元韩币源源不断。孩子选了蓝色的棉花糖。走到市场中央，孩子停在了一家糖馅饼店前。每当客人见少时，妈妈都会给她吃糖馅饼。怕孩子被红糖馅烫到嘴，妈妈总是先呼呼地吹好之后才递给她。刚想伸手让爸爸给她买，爸爸的脚步却变快了，他的侧脸看起来好像生气了一样。为了追上大步流星的爸爸，孩子几乎跑了起来。在药店前，爸爸停下脚步，叫孩子等着，然后走了进去。

"买什么药啊？

"爸哪儿不舒服吗？"

对于孩子的问话，爸爸只是点点头随便应和了一下。

爸爸进去了很长时间，只见他和一位身上没穿白大褂的老药剂师谈话的背影。

拴在药店旁水果店帐篷铁柱子上的一条狗进入了孩子的视线。那是条个头不大的杂种狗，身上像铜钱一样一块一块地掉了毛。狗冲着孩子吠叫，声音巨大，孩子不自觉地后退了几步。不一会儿，孩子壮壮胆子盯住狗的棕色眼睛，但是却招来了变本加厉的吼叫。孩子看着拴狗的绳子，保持着安全的距离，静静地观察着那张狗脸。她想知道那样叫着的狗会是一种什么样的心情，它会叫到什么时候，想猜一猜多久后它会龇着牙扑过来。

狗嘶声吼叫着，眼角开始微微颤动。孩子觉得很奇怪，便看得更仔细了。她想：做出这样的表情时，狗会是一种什么样的心情呢？

吠声变得凄厉，狗的肩膀打了个寒战，便颤抖了起来。腿好像没力气了，先是膝盖弯了起来，然后连尾巴都藏了起来。孩子清楚地留意着这一切。

"难道在怕我吗？"

孩子对自己目光的威力感到很惊讶。她怕狗，难道那狗也在怕她吗？

被忘得一干二净的爸爸从药店的反方向走来，右手拿着电话卡，看都不看孩子一眼就把电话卡插进了水果店旁的公用电话机里。

爸爸又要四处打电话了，没卖卡车前也是那样。每当在公路休息区休息时，爸爸就去公用电话亭打电话。孩子站在玻璃门外看着爸爸打电话的样子，就好像在看可笑的单人哑剧一

样，对方明明看不到任何动作，他还是使劲挥着手，时而提高
嗓音，时而又苦苦哀求。偶尔爸爸会粗暴地往后捋头发，每当
这时，她都能看见爸爸那张疲惫不堪的脸。

放下听筒，爸爸把写着地址的白纸塞进兜里，那张白纸
折叠处已经破了一半。他的裤腿在风中摇摆，好像里面是空的
一样。

"走吧。"

爸爸冷冷地甩下一句话就径直往前走了。孩子刚一转身，
一直趴在地上的那条狗马上来了精神，对着孩子的后背汪汪直
叫。孩子一回头，叫声马上消失，狗惊恐地向后退缩。

她想，狗是在怕自己。

孩子紧跟在爸爸身后，每当狗的叫声变大，孩子就回头看
一次，那个时候狗吠声就变小一次。

的确是，它的确在怕我。

孩子心里想着，嘴角往上扬了起来。皱红的脸颊上，没被
发夹拢住的碎发凌乱地飘舞着。

8

"闪电"头上戴着用金线绣着"怀基基夜总会"字样的黑
色礼帽，系着黑色围脖，身穿黑色长裤和夹克衫，脚蹬黑色长

靴，笑时会露出一口白牙。有的时候，他用尖锐的口哨声和吐着五彩纸舌头的玩具吓唬行人。有的时候，"闪电"拿着几十个铝箔气球，递给路过的女人们，嘴里还大声喊着姐姐。有的时候，给行人散发自己的名片，名片上用大字印有"怀基基"和"闪电"，下面还有小字"夜总会"和呼机号码。行人接过名片后不久便顺手扔掉，所以人行道上到处都是他的名片，路过的人任意踩踏。

每到傍晚，"闪电"就会跳起机器人舞，跳完舞就习惯性地把盖住半边脸的长发用力甩上去。接下来穿着整洁的"闪电"总不忘咳着嗓子向电线杆吐痰，吐出的痰块儿很恶心，总是令孩子皱眉。

一天，爸爸去买白糖的时候，"闪电"走到烤鲫鱼饼模具前。孩子正坐在红色塑料椅上，一边用脚踩着卡车后车厢的地板，一边用手扶着液化气罐转着圈玩。孩子看到"闪电"走过来，以为要买东西，就停下了玩耍。转着圈的过程中忽然停下时那种刺激的感觉是孩子最喜欢的。

"姐姐！""闪电"嬉皮笑脸地喊。

"这是免费给我们店的票。"

"闪电"的手里拿着两张电影票。他白白的脸上长了一脸白色汗毛，右边嘴角长了一颗黑痣，鼻子和嘴巴的线条精致优美，乌黑的眼睛带着玩世不恭的神态。妈妈摇手谢绝了他。

"我们哪儿有时间去啊，休息的时候跟女朋友一起去看吧。"

妈妈把爸爸烤好的鲫鱼饼装进纸袋子里递给了他。

"谢谢你，我心领了。"

妈妈戴着棉手套的手与"闪电"戴着白色燕尾手套的手在半空相遇，妈妈的脸泛着红晕。也许妈妈少女时期在花店工作时的脸是这样的吧。

爸爸说过喜欢看妈妈脸红。他说以前在西餐店当厨房助理，妈妈干活的花店就在楼下。西餐店每张桌上都要放一枝康乃馨，爸爸为了买康乃馨走进花店的时候，妈妈就马上红了脸。

二十岁的妈妈怀孕也是在那家花店工作期间。听说妈妈得了妊娠中毒症，全身肿得像豆腐一样，手也肿得像戴了副橡胶手套，用手指按一下，凹进去的地方都不会恢复。妈妈就用那双手修剪玫瑰，搬运装花的白铁桶。二十七岁的爸爸那时不知怎的，在一个又一个西餐厅做厨房助理，但每次都待不了两三周，最多一个月就因打架被赶出来了。为此，妈妈脆弱的心都伤透了。两人吵架时，妈妈总是擦着眼泪提起以前的事，而每当这时爸爸却心不在焉地看着别处，只说一句"够了"。

"泰莲啊，给'闪电'叔叔盛碗热汤，好不好？"

听到妈妈的女高音嗓门，孩子站起身来，在豆绿色塑料碗里盛了碗魔芋串海鲜汤递给了"闪电"，顺便也在自己的纸杯里盛了一汤勺。孩子喜欢双手握着杯子时那股热气环绕全身的感觉。"闪电"当然不懂这样的感觉，他好像不知道烫似的，一口气喝光了碗里的汤。他嘴里一边说"啊啊，真好喝"，一边露出雪白的门牙笑开了，眼睛也笑出了一条缝，看不到那黑黑的眼珠子。他双手插在裤兜里，前后交错晃动着双肩说道：

"真希望春天快点来啊。"

"你整天站在外面很冷吧？我们在火堆旁，所以没事。"

"天气冷倒不说，哎呀，真是的，树上连一片树叶也没有，这么活着也没意思啊！等天气变暖了，真想爬北汉山，在那儿找块大石头睡个够……小时候住在农村，那时候每到春天经常跟姐姐一块儿去大石头那儿玩。"

"闪电"原本白皙的脸忽然红了起来，连耳根都通红通红了。到底是什么让他感到害羞呢？

"可是姐姐你知道吗？"

"什么？"

"姐姐，你长得很像我姐。"

"像你姐姐？我吗？"

妈妈听了那句话后灿烂地笑了。

"笑的时候很像。"

"闪电"收起了笑容，接着小声地说了句"很像李子花"。他一本正经地望着妈妈的脸，耳根依然红红的。

9

太阳还没落山，孩子就开了日光灯和浴室的白炽灯，然后打开浴室的门，抱膝坐在里面。

黄昏就要降临了。

孩子在想为什么每到这个时候都觉得自己是孤身一人。她想去看大海，却又讨厌那条路，害怕那群狗。一想起水果店前面拴着的那条小狗，孩子的心情变得很复杂，而那样的心情终归是由恐惧引起的。可不知为什么，恐惧让她觉得很丢人，那种感觉总是缠着她。

太阳快要落山了，残阳把西边的天空染成一片火红。

孩子突然站起身，走近窗户拉上褪色的窗帘。她想，反正也不能近距离地看夕阳，像现在这样看夕阳都看腻了。于是，她干脆就躺在地板中央，用被子把自己蒙了起来。

黑暗中，孩子看到了爸爸睡觉的身影。爸爸是什么时候回来的？现在几点了呢？

听着爸爸有规律的呼吸声，孩子心里暖洋洋的。孩子像小虫子一样爬到爸爸身边，轻轻地躺在爸爸的胳膊上。

没过多久，爸爸的胳膊动了一下，发出一声压抑的叹息，突然推开孩子的脑袋。

"你们……这对狗男女，这对狗男女，狗男女……"

爸爸的头左右摇晃，说着一些含糊的梦话。

"我跟你们没完！狗娘养的！"

爸爸的声音顿时变得很清晰，身子像弹簧一样跳了起来。爸爸穿上野战夹克，眼里冒着绿光。孩子瞬间没有了睡意，迅速靠到墙边观察爸爸的脸色，然后抱着膝把头藏了起来。此时孩子最担心的就是让爸爸看到自己的眼神。

10

妈妈和爸爸在枕边吵架的次数越来越频繁。刚开始声音还很低，到后来越来越响，最后大到孩子都无法再装睡了。

"实话实说，你和那家伙到什么程度了？"

"你那是什么意思？"

"你以为我没长眼睛吗？你不知道我是从小看别人的眼色长大的吗？"

"泰莲她爸！"

"说不说？"

"泰莲她爸，你真的在怀疑我吗？"

"快点说！"

孩子坐了起来，她知道只要自己醒过来，他们的吵架就会停止。但是今天，他们好像没有意识到孩子的动静。

"太可笑了。我是怎样把泰莲拉扯大的呀？是一把鼻涕一把泪拉扯大的……你那么让我操心还不够啊，真是可笑，现在还怀疑我？到了什么程度？长着嘴就可以乱说话吗？"

妈妈声音很尖锐，到后面开始有些颤抖。爸爸打断了妈妈的话，大声喊道：

"快！还不快说！"

搁板上的收音机摔到了地上。孩子"哇"的一声哭出来，妈妈把她搂在怀里。闹钟、化妆品瓶子也陆续摔了下来。

那天，爸爸外出后没有回家。

以前一家三口在卡车的后车厢做生意的时候，房东奶奶坐小客车回家的路上经常在他们那儿买鲫鱼饼，而且不忘说"哎哟，像鸽子窝哦"。可是那一天房东奶奶出现时，妈妈正忙着烤鸡肉串、煎糖馅饼，还要来回翻弄鲫鱼饼烤模。孩子戴着妈妈脱给她的一只棉手套，正在给一群穿军装的叔叔盛魔芋串海鲜汤。

"凌晨出去的人到现在还没回来？"

啧啧不停的奶奶这回问了孩子。

"泰莲，不冷吗？"

孩子装作没听见，伸手把烤熟的鲫鱼饼拿出来。妈妈正用锡箔纸包好鸡肉串递给一个穿毛皮外套的鬈发大婶儿。

孩子用扦子翻鲫鱼饼，等到烤成金黄色的时候，便抓起鱼鳍把鲫鱼饼取出来。那些颜色还没烤成金黄色的还要盖上盖子烤一会儿才行。要想出来，就要在滚烫的模具里面再坚持一会儿，不坚持是绝对不能出来的。

把鲫鱼饼都拿出后要将模具竖起来。一旦向一侧倾斜，就会因为那部分受热太多，灌入面浆和甜浆后那一部分会被烤煳。

孩子专注地看着躺在铁丝网上的鲫鱼饼，在同样的模具里，那些鲫鱼都带着同样的笑脸。不是它们想笑，而是因为它们的模子是笑脸。

"泰莲真乖，还帮妈妈干活。"

奶奶接过妈妈递过去的一千韩元的糖馅饼，孩子朝奶奶干涩地笑了笑，她觉得自己就像鲫鱼似的，笑不笑不由自己。奶奶用同情的眼神看着孩子，这让她很不自在，她希望奶奶快点离开。

11

爸爸拉着孩子的手走到已经打烊的面包店前的一个公用电话亭。电话亭没有门，爸爸大声说话的声音一五一十地传到了孩子耳朵里。

“爸，是我。

“我是金女婿。”

“静喜，是我。那女人有消息……”

每次爸爸狠狠放下话筒的时候，孩子被一阵巨响吓得直后退。

爸爸拔电话卡的手突然停了下来，不断地用拳头敲击电话机，然后把头撞向电话亭内壁。

“妈的，这帮浑蛋。”

声音虽然很小，但是字字清晰的声音回荡在寂静又黑暗的街上。

“我要杀了你们……这帮浑蛋。”

他用充满杀气的眼睛盯着孩子。

爸爸是不是疯了？难道认不出我了吗？

秋衣外面只套了一件黄色绗缝大衣的孩子哆哆嗦嗦地望着爸爸生气的面孔。爸爸朝孩子站着的方向咬牙切齿地自言自语道，就好像她的身后站着个人。

“你怎么可以那样做？”

孩子往后退步。

“……你怎么能那样对我？”

12

妈妈病倒了。爸爸问她哪里不舒服，妈妈回答说哪儿都不疼，只是不能动弹。妈妈没有出去干活，也没有做饭，说连厨房都懒得去。孩子说饿了想吃饭，她也只是假装要起来的样子，又马上躺回去了。她还说手都不想动一下。

"爸爸，邪病是什么？"

一天早上，正在洗大米的爸爸听到孩子的提问，脸一下僵住了。

"是谁说的那种话？"

"房东奶奶跟哲熙妈妈说的，说妈妈好像是那个，说没什么病还整天躺着。"

爸爸没有吭声，只是使劲儿搓着大米。

"啊？邪病是什么呀？"

像要封住孩子的嘴似的，爸爸对着关上的房门喊，孩子吓得闭上了嘴。

"喂！今天也不能出去吗？"

爸爸用力打开房门。

"不能出去啊？"

地下室的房间，白天也很潮湿、阴暗。浑浊的空气弥漫在黑黢黢的屋里。妈妈蜷曲着身体埋在被子里。

爸爸又爆发了。摔破了厨房的碟子，跑到卧室里把窗台上的全家福照片扔到地上，又踹了电视机。

"说啊！"

爸爸一声怒吼，突然感觉地下室里如电闪雷鸣一般。

"因为那小子你才装这副死样的吗？那小子被赶出去难道是我的错吗？"

爸爸大声喊叫着，嘴角泛出了细小的白沫，他的眼睛在不安地晃动，似乎在找能摔的东西。

"狗崽子，那天算他运气好。要是那些服务员没劝架，他的脑袋早就飞了。臭小子……挨打了还笑！"

爸爸大喊大叫，像是在吐唾沫一样。喉结上下跳动，握紧的手掌好像连铁块也能捏碎。

"如果不是那样，为什么不说出来……为什么没说！"

"……这样没法活了！"

妈妈发火是在那个时候。

近一个月来，连说话摇头都没劲儿的妈妈竟然能爆发出那么大的声音，孩子简直无法相信自己的耳朵，甚至比爸爸的狂暴还让她震惊。

"不是一两天，一两个月……也不是一年两年，老这样，这一辈子怎么过啊……过到现在已经是奇迹了，知道吗？是奇迹！"

妈妈嘴唇微微颤抖，凌乱的刘海搭在凹陷的眼皮上。

"……这样没法过下去，这么受气怎么过啊！我受够了！这个家已经让我烦透了！"

孩子把身体蜷缩起来，为了不让他们看到，她把自己蜷成一团。可是，尽管她靠着墙再怎么蜷缩，也无法变得更小。

13

下着雨。爸爸说这里在首尔的南边，所以不下雪只下雨。如果真像爸爸说的那样，那以前住过的地下室前面的院子里会不会积了厚厚一层雪呢？

雨水打在旅馆前面建筑物的石板瓦屋顶上，发出滴滴答答的声音，把孩子吵醒了。爸爸正在枕头边数钱。卖了车回来的第二天早上，爸爸从夹克暗兜拿出来的信封里曾经塞满了万元韩币。可是现在，那些钱不见了，信封变薄了许多。听着雨声原本就很郁闷的孩子，现在心里更加阴沉了。

爸爸说要出去一趟。本以为这么一出去又得过了半夜才回家，没想到不一会儿就回来了，手里还拎着个透明的塑料袋，里面装着盒装烧酒、花生和薯条等一大堆东西。爸爸从袋子里拿出那些东西时，孩子看到他袖子下面暴露出的龙文身，那青色的墨为什么洗不掉呢？每次生气青筋暴起时，孩子就用警戒的眼神盯着那头仿佛马上要穿过皮肉蹦出来的野兽。

爸爸没有看孩子一眼，只是偶尔嘟囔着听不清的话，偶尔又停下来沉思一会儿。就在那时，正要拆封的饼干从手上掉了下来。

爸爸呆呆地盯着掉下来的饼干，脸色变得很暗。乍看就像被太阳晒的，仔细看，又更像是很久没有洗脸似的。人的脸怎么可以变得像皮革一样硬呢？孩子疑惑地想。她屏住呼吸观察爸爸的脸，爸爸曾经咬碎玻璃瓶，把玻璃碎片和鲜血一起吐出来。孩子想起两年前爸爸在枕头边支支吾吾辩解时的声音，他说到那时才算是真正的男子汉。

"那也是啊，你怎么一喝酒就耍酒疯，啊？老公！"

"我耍酒疯还算很可爱的不是吗？因为托你的福……我血气方刚，能怎么办？我也没办法，你说能怎么办啊？"

孩子脑海里又浮现出爸爸大声呵斥的声音。

"知道吗，我现在和以前不一样了……什么都不怕的我，妈的，现在竟然变成胆小鬼了。经过建筑工地时会担心砖头掉下来砸脑袋，货车从后方变道突然插进来时后背直冒冷汗。知道为什么吗？都是因为你！你知道吗，是你把我变成了胆小鬼，把我都给改变了。"

14

妈妈重新开始干活了。跟以前一样，爸爸把前一天晚上切好的鸡肉用木扦穿起来，妈妈煎糖馅饼、烤鲫鱼饼。如果说有什么变化，那就是妈妈经常对孩子发火。妈妈一旦生气就挥舞着手，好像马上就要打孩子或者摔东西似的。

妈妈是一米七的个子，腰很长，穿上旧衣服也像体操运动员一样姿态优雅。妈妈皮肤很白，抹一点口红就会变得像花一般娇艳美丽。但是现在妈妈不化妆了，生气时就像可怕的魔女。那时孩子能做的只有把身体蜷缩起来，尽可能让自己小一点儿。

"受够了，受够了。"

现在妈妈总说烦。孩子吃糖馅饼时掉几滴糖水，或者跌倒了弄脏衣服，她都会说很烦。

一天晚上，爸爸在洗漱间正收拾鸡，妈妈停下抹着乳液的手，突然转过身来看着孩子的眼睛说：

"受够了，眼睛跟那浑蛋一个模子刻出来的。"

孩子眼睛一眨一眨地看着妈妈，而妈妈绝情地推开她的肩膀转过身去。孩子的心灵受到了伤害，一阵凄凉涌上心头，眼泪夺眶而出。

15

喝掉了两瓶盒装烧酒的爸爸像泄了气的皮球一样直直地躺着。孩子用薯片解决了一顿早餐，蜷缩在被子里看着爸爸睡觉的样子。想起昨晚爸爸粗鲁地拉着自己的手像疯子一样到处打电话。又想到黑暗中爸爸怒视着自己的闪着绿光的眼珠，孩子紧紧闭了会儿眼睛。

孩子想：看样子爸爸打算以后不出门就待在屋里喝酒了。早就知道会有这么一天，这段时间到底是怎么花的钱，已经成了这个地步？

爸爸的打呼声一响起，身穿秋衣秋裤的孩子便从被子里钻了出来。新买的长筒袜和连衣裙整齐地叠放在梳妆台上，孩子穿上旧毛衣、旧裙子和旧长筒袜，外面套上穿旧的绗缝大衣。爸爸买的粉红色短大衣没有穿，因为外面下着雨，她没有雨伞又想出门，却不想弄脏新衣服。

孩子紧闭着双唇从旅馆的胡同里走了出来，淅沥沥的雨使她的头发紧紧地贴在额头上。

她向人行横道走去。对面走来的两个孩子似乎是一对兄妹，他们背着书包，披着淡紫色的雨衣。看样子他们刚放学回家，应该已经开学了。孩子觉得自己也该上学了，但是没有车怎么回首尔呢？

两个孩子好奇地打量着她，却没有跟她搭话。从胡同里走出来一个撑着雨伞的大婶，给那两个孩子撑起了带过来的伞，女孩脱下了雨衣帽。

孩子依然紧闭着双唇从他们身边擦肩而过。大婶转过身看着孩子，脸上浮现出疑惑的表情，像是在问"你是谁家的孩子？"孩子不想被大婶问话，于是低头盯着自己的雨靴加快了步伐。

"你住哪儿？"

"到谁家来玩的？"

每当有人问起叫什么名字，上几年级的时候，孩子总是摇摇头不作答，急于躲避。

过了午饭时间，药店旁的小吃店里没有客人。烫鬈发的大婶正坐在电视机前看着重播的周末连续剧。看到孩子进来，那个大婶递给孩子一杯水，什么也没问。大婶只是用好奇的眼神仔细打量着孩子，可能想起了前几天问她话时孩子没有回答的事情。

"到这儿离炉子近一点坐吧？"

"没关系。"孩子嘴里咕哝着急忙低下了头。

孩子费了不少时间才把汤里的鸡蛋碎块和方便面面条一点不剩地吃完。孩子从小吃店出来，便顺着通往大海的田埂小路走去。喝了热腾腾的方便面汤，感觉雨水没有刚才那么凉了。她轻轻地舒展了一下在餐厅时一直蜷缩着的肩膀。

孩子清楚这种天气是看不到夕阳的，她只是好奇，下雨天那些狗会不会还在海边徘徊。

田埂小路的砖石路到头了，前方出现了土路，黏黏的泥土开始粘满靴底。雨下得越来越大，远处一条大狗正在雨中转悠。

孩子转过身，加快步伐，她讨厌自己灰心丧气的样子。发紫的嘴唇微微颤抖，全身都湿了，连同内衣。

16

"一想到她的眼睛天天看着那小子，就像当初看我一样，我就……"

爸爸已经醉了，用沙哑的声音低沉地跟舅舅说道。

孩子看着燃气炉上烤着的五花肉，猪油渗到平底锅边沿的萝卜里面。

烤盘上的猪肉冒了很多油出来。

孩子突然觉得很恶心。每当舅舅用木筷子翻肉的时候，猪肉上红色的血迹就慢慢变黑。看着那些肉块她觉得恶心。所以当舅妈用生菜包肉给她吃的时候，她总是偷偷吐出来，用卫生纸包好放进黄色绗缝大衣兜里。

"一想起对着我笑的她那张脸同样对着那小子笑，我就……眼睛，一想到那眼睛，我……"

爸爸满脸通红，脸上挂着心灰意懒的表情。爸爸拿起了酒瓶，孩子把头别了过去，她生怕爸爸摔酒瓶，她不愿看到爸爸像野兽似的嚼起碎玻璃。

"我要全部杀光，然后我也死。泰莲也杀，她也杀，然后我也要死。全部都要死！"

离开舅舅家的那天凌晨，雪一粒一粒地下了起来。

"天还没亮，还是雪地，能行吗？妹夫，你的酒还没醒呢。"

爸爸向舅舅露出奇怪的微笑，拉起了孩子的手。

连栋住宅前的电线杆上用红色的油漆写着"禁止停车"，但我们的卡车大模大样地停在那里。爸爸无情地甩开舅舅的手，矮小的舅舅不得已把手松开，比舅舅还矮小且胖得像雪人的舅妈硬是把钱塞到了孩子手里。

孩子不明白大人为什么总是给小孩钱，不明白为什么小孩不想要大人却非给不可，说不要还追过来硬塞兜里呢。

"回首尔吧。"

舅舅一边把孩子抱上卡车，一边向爸爸喊道：

"回去该好好过不是吗？也得为泰莲着想啊。"

爸爸盯着正等他回答的舅舅，却沉默不语，像是故意在气舅舅。

"回去打个电话给我们。"

舅舅满脸不放心地把车门关上，爸爸才低声吐出一句话：

"……让我们回哪儿啊？"

爸爸启动了车窗刮水器，一层雪像水果皮一样掉了下来。能看到外面的世界了。

纷纷扬扬的雪花静悄悄地飘落在车窗上，又随即被刮水器刮落下来。爸爸打开前灯，灯光照射着黑暗笼罩的小路，小雪花在空中闪烁。

爸爸没有系安全带，两眼怒视着纷纷飘落的雪花。他的眼窝发青，像一个病人。

"爸爸，快挥手。"

孩子担心地看着站在破旧的大门前穿着薄家居服的舅妈，捅了一下爸爸的腰眼。爸爸像刚睡醒的人一样抖了抖肩。他没有挥手，而是轻轻地点了点头。孩子挥手告别时，爸爸启动了车。舅妈用手揉搓着露在保暖马甲外的肩膀，站在雪里跺着脚。

"泰莲……"

从连栋住宅胡同出来后进入大马路时，爸爸叫了一声孩子。孩子看到爸爸忧郁的侧脸，上面布满密密麻麻的胡子。爸爸抬起下巴直视着前方。

"……和爸爸一起死掉好不好？"

像是在自问自答，他"嗯"的一声又问了一句：

"肮脏的世界，我们俩一起死掉怎么样？"

17

孩子洗了头，又接了点温水浇在赤裸的身体上。全身抹完香皂想要冲洗却又洗不干净。孩子冻得牙齿咯咯作响。她用毛巾擦掉身上的水和残留的香皂沫。

从浴室出来的孩子把湿透的旧衣服晾在热地板上，穿上了新衣服。新衣服上有消毒水的味道。她走向梳妆台。

"像她妈妈呀。"

孩子回忆起在釜山见到过的妈妈的朋友说的话，在镜子前仔细地看了看自己的脸。镜子里的人前额和后脑突出，看似很固执的脸怎么看也不像妈妈，也不像爸爸。她突然觉得自己这张脸很陌生。

孩子用旅馆的粗齿梳子梳理头发。梳到发梢时，冰凉的水珠滑落到肩上。她拿起和衣服晾在一起的毛巾，重新擦了擦头发。

孩子试着梳两条辫子，可是不好梳，不像妈妈梳得那样整齐。妈妈曾说过头发湿的时候不能梳辫子。反正是湿头发，她索性解开了好不容易梳好的辫子。

记得一天早上妈妈心情很不错，一整天都没发牢骚。早上出去做生意之前妈妈领着孩子去批发市场买了一个绿色的三七牌书包。因为一年级时买的书包对于要上三年级的孩子来说小了点。妈妈面带着微笑对孩子说：

"开学就要背这个上学哦。"

收了摊回到家，爸爸在盥洗室洗脚的时候，妈妈给孩子梳了辫子。

"不是马上就要睡了吗？"

听孩子亲昵地问，妈妈回答道："是啊，但是漂亮点睡不是更好吗？"妈妈蘸着大碗里的水，梳得非常认真，不一会儿把长头发梳成了又结实又漂亮的辫子。

第二天孩子醒来时妈妈已经不在了。孩子没有哭，她不太相信妈妈的出走是真的，但也不认为妈妈会马上回来。不知从什么时候起，孩子已经学会接受现实了。对发生的事不再大惊小怪，她已习惯于默默承受一切。

屋里很黑。

孩子躺在地板上，离爸爸很远，抱着布娃娃等待入睡。

一个人的时候，她总是开着灯睡觉。从睡梦中醒来时如果看到灯关着，就知道是爸爸回来了。在黑暗里看到爸爸的背，孩子才放下心。半夜醒来看到日光灯还亮着的那一刻是孩子最伤心的瞬间。孩子讨厌睁开眼后看到变得更为陌生的房间和房间里的一切都和睡前一样仍然沉浸在寂静之中。

所以对孩子来说，这些天来爸爸第一次下午不出门，就已经很值得庆幸和感激了。虽然她讨厌黑暗，但可以忍受。她知道大人和孩子恰恰相反，黑了，他们反而不害怕，睡得更香。

孩子把被子拉到头部蒙住眼睛，她想象着被子外是开着灯的，想象着揭开被子后不是阴沉沉的黑暗，而是明亮的日光灯，还有明亮的太阳光照耀着四周。

梦里孩子又在卡车里颠簸晃动着。醒来又入睡，发现自己独自一人站在有很多冬季枯树的果园后院里，烤焦了鱼鳍的鲫鱼散落在泥地上。一伸手，那些鱼咻溜溜地向空中浮起，想抓也抓不住。它们咧开嘴嘻嘻地笑着，她不停挥手但还是抓不到。

听到奇怪的声音，孩子睁开了眼睛。不知是谁发出急促的呼吸声。孩子因无法抗拒的恐惧而揭开被子时，才发现那其实是爸爸的抽泣声。爸爸仍旧侧躺着，保持着睡前的姿势。

也许是因为下雨，这个夜晚显得格外地黑。

爸爸抽泣的声音时有时无、断断续续。孩子轻轻拉起被角

堵住双耳。爸爸的抽泣声好像永远都不会停，黑暗好像永远都
没有尽头。

孩子又在想，这房间的门是不是从外面锁的？所有的人是
不是忘记了这黑黑的房间里还有爸爸和我？她感到自己躺着的
这块地板坠向无止境的深渊。

孩子安静地坐了起来，她看着黑暗里模模糊糊的四周和停
止抽泣后像死尸般一动不动的爸爸的背影。

"难道是做梦了？"

孩子开始怀疑自己刚才听到的声音。她细嚼着略带咸味的
大拇指指甲，仔细地观察爸爸的背。

"……原来真的是做梦了。"

18

"怎么了？怎么了？"

孩子不知自己刚才使劲儿摇着头大声喊叫过，她揉着眼
睛，脸上露出马上要哭出来的表情。

"午觉睡得太深了，还做了梦呢。"

爸爸低沉的声音像冰凌碎片一样散落在孩子的额头上。

雨似乎是在早上停的。阳光照射进来，一直照到窗户对面
的墙壁上。爸爸正坐在孩子的枕头边。烟熏味和冷风一起扑向

孩子的脸。在孩子睡着的时候爸爸好像出去过一趟，他的右手边放着橘子和面包，还有一瓶花生酱。爸爸买了那些，看样子剩下的钱只够买那些吃的了。

"那些狗……"

孩子自言自语，声音微弱，像病人的声音。

"什么狗？"

孩子坐了起来。

"因为那些狗……"

爸爸依旧一脸迷惑。不想再解释的孩子用没睡醒的声音静静地说道：

"爸爸，我饿了。"

孩子看见爸爸的眼睛里闪动着光芒。

"爸爸，去哪儿？"

看着爸爸拿着面包和花生酱向卫生间走去，孩子觉得很奇怪，便问了一句。爸爸回头看了孩子一眼，挤出奇怪的笑容，眼角一阵阵抽搐。

"爸爸，要干什么？"

爸爸把头转了过去，没有回答。

孩子从坐着的枕头上滑下来，坐到了地板上，剥起了橘子皮。孩子觉得爸爸那条膝盖处凸出来的赭黄色灯芯绒裤很难看，像是几百年前的衣服。就像妈妈常说的那样，她觉得这种生活已经受够了，烦透了。

19

爸爸的手微微颤抖着，眼球像进了沙子一样通红。孩子从他颤抖的手中接过三明治，不知该吃还是不吃。现在她一点胃口也没有，可是爸爸就那么直愣愣地看着她，不吃也不太好。

"爸爸呢？爸爸不吃吗？"

爸爸从背后拿出一个三明治，说一会儿等她吃完再吃。两片玉米面包中间抹上花生酱，这是妈妈经常给她做的三明治。当孩子吃腻了鲫鱼饼和糖馅饼想吃别的零食的时候，妈妈总是做草莓酱、花生酱和葡萄酱的三明治，然后切成小三角形给她。只是爸爸不知道孩子以前最不喜欢花生酱三明治，而且每次总是先挑草莓酱三明治吃的。

可是现在孩子肚子饿，而且这是爸爸特地给她做的。于是她双手捧着三明治，望着爸爸布满血丝的眼睛，试着对他微笑。

就在孩子刚咬下第一口的时候，爸爸一把抢过三明治，然后粗鲁地拉着孩子进了卫生间，把孩子的脸埋进洗脸池打开了水龙头。

"原来爸爸想要杀了我。"

孩子的心悬了起来，惊恐得咬着嘴唇。

"把嘴张开！张开！"

捏着孩子的鼻子，爸爸用力地制伏反抗的孩子。孩子一张嘴，冰凉的自来水冲了进来。

"别咽下去，吐出来，吐出来。你这个傻瓜。吐出来！快吐！"

但是孩子已经无意间咽下了水。

爸爸把手指伸进孩子的嗓子眼里。孩子吐了，之前吃的橘子变成黄色液体被吐了出来。

孩子疼得快要死了，想要逃跑却没跑几步又被揪了回去。爸爸再一次把手指伸进她喉咙里。孩子惊恐得连逃跑的劲儿都没了。她吐出黄黄的胃液后无力地瘫倒在地上，紧紧抓住孩子肩膀的爸爸这才松了手。

爸爸的腿在发抖，他穿着衣服坐到马桶上。孩子看到爸爸的脸湿湿的，不知是水还是汗。刚才被爸爸狠狠抓过的肩膀开始疼起来，孩子瘫坐在瓷砖地上抬头望着爸爸。她看着爸爸扭曲的脸，第一次听着爸爸失声痛哭的声音。

"是我错了，泰莲……是爸爸错了。"

孩子已经没有力气哭了。听着那可怕的哭声，孩子想就这样死了算了，想就这样昏过去不再醒来。她想得到解脱，想从不舒服的肚子和又想要吐的肠胃，还有呕吐物的异味中，想从浴室里昏暗的白炽灯光和这偏僻小镇的旅馆房间，得到永远解脱。

20

　　孩子披着黄色绗缝大衣从旅馆走了出来。她用袖子擦掉毛衣上溅到的呕吐物，抬头想直接横穿马路，突然又向后退了退。巨型货车像地震似的摇晃着整个路面疾驶过去。孩子东张西望，横穿了马路。

　　太阳要落山了，天边彩云纷飞。有条土路远远地伸向彩云的方向，孩子沿着那条路走了过去。

　　天边的云彩映着霞光，像一只不能看到全貌的、巨大的金黄色翅膀。随着光线的变化，巨大的翅膀仿佛在无声地扇动。她转过身来，发现小镇后面的山跟平时不大一样。山脊上赤条条的树木像在朝着霞光慢慢升腾，干枯的树枝向着同一个方向伸展开来，仿佛在慢慢地靠近。

　　孩子不知道自己走了多久，不知道什么时候走过了水泥路。云彩越来越近。孩子感到无数花草在跳舞，感到成千上万的果树花在飘落。

　　被爸爸捅过的喉咙还在隐隐作痛。可奇怪的是，孩子并不讨厌爸爸，反而想起他放声痛哭的样子就感到心痛。陌生的疼痛让她的步伐变得很沉重。

孩子想起妈妈曾说过的话，妈妈说她喜欢上爸爸是因为爸爸哭得很伤心。孩子还想起妈妈舔着自己受伤的膝盖时，映在脸上的那无尽的担心和心痛。

孩子想，难道妈妈想说的就是那个吗？看着像孩子一样抖着肩膀哭泣的爸爸，为他肝肠寸断，想去安慰他说"不要紧"。妈妈想说的也许就是这种心痛的感觉吧。是不是这种感觉时时刻刻折磨着妈妈，所以她才丢掉了它，也丢下我和爸爸了呢？孩子又想，也许爸爸比我还害怕妈妈的离开，因为他一直默默承受，所以更加孤独和害怕。

海风钻进孩子的衣服里。孩子尽力舒展蜷缩的身体继续往前走。违章搭建的民宅参差不齐的外墙在模糊的视野里相互重叠。现在，孩子已经不再好奇傍晚时狗会是一种什么样的心情了。因为曾经经历过揪心的痛，曾经长时间孤独过，所以这一刻孩子什么都不怕了。

凛冽的风掠过孩子皲红的脸。花朵发夹下凌乱的发丝在夕阳下飘动。

——刊载于《创作与批评》1999年夏季刊

红花丛中

那个像狗尾巴草一样可爱的弟弟到底是从哪儿来的？

那时不理解，现在也不理解。只记得那时满屋子都是他散发的奶味。

"我弟弟到底去哪儿了？"

去年秋天全家都哭得特别伤心，前院奶奶也不停地用手帕擦拭眼泪，但她没有哭。

她只是想弄明白弟弟到底去了哪儿。

1

"什么花最漂亮？"

七岁的她细声地问了这个问题，四岁的润抬起头张望。在众寮房的前院和那些法堂屋檐间，挂满了一排排莲灯，有数百盏之多。紫红色的最多，也有略带青色的鲜红色花灯，还有颜色亮丽接近粉红色的。看来有了中意的选择，润的眼睛忽地闪了一下。

"那个，姐姐。"

润的手指指着一群由众多的绿色叶子衬托着的素雅的白花灯，润在流鼻涕，弄脏了上嘴唇。她用皱巴巴的纱巾擦了擦润的鼻涕，问道：

"是那个，白花吗？"

没想到妈妈也在听他们的对话。站在一旁的妈妈带着责怪的语气打断道：

"那是灵灯！"

"什么？灵灯？"小女孩心中疑惑，睁大眼睛看妈妈。妈妈继续用责怪的口吻说道：

"那是给死者的灯。"

小女孩这才发现润所指的花只挂在了冥府殿前，那儿一片白茫茫。

"姐姐，我要那个。"

润使劲拉着她的手要往那边去。

"不行。那个不是随便可以摘的。"

"那一个！"

润磨得更厉害了，嗓音变得更高了。她拉着润的手腕显得非常吃力，而这时"啪"的一声，她二哥的手掌重重地打在了她的后背上。

"干吗呢！妈妈已经往那边走了。"

润终于哭起来了，她只得硬拉着润惶惶地加快脚步。

"快走吧……求你了，听话。"

润想站着不动，但是脚被她硬生生地拖动，在地上掀起了灰尘。润额头上挤出难看的"川"字皱纹，她一边哄着他一边哀求着，尽力跟上家人们远去的身影。

"都怪你，我们快被妈妈抛开了！"

她尖锐的叫声终于让润迈开了步子，但这时家人们的身影已被人流淹没。

"他们在哪儿？"她想起，因为排队的人太多，妈妈曾说要在给童佛沐浴的地方休息一会儿再走，于是急忙往那边赶去。仍有十来名访客排着队站在那里，还是没看见妈妈和两个哥哥。

于是，她和润重新去爬上午爬过的大雄宝殿台阶，在数十只大人的腿中间拨开一条路，不一会儿站到了石台上。一群陌生的阿姨、老奶奶和大叔跪在坐垫上，有的在磕头，有的在喃喃地吟诵着什么。中午曾去领面条的菩提树下，几个不认识的小孩在树荫下互相拉扯着袖子玩耍。

完全停止缠磨的润脸色苍白，顺着她拉拽的方向机械地移动着身体，经过冥府殿前时也只是抬头望了一眼那些他曾想要的白灯。

太阳正在西下。头顶上低垂的红色花灯把人们的脸映照得红彤彤的。人们脖子上挂着佛珠在莲灯前双手合十，其中偶尔能看见身穿华丽的登山夹克和登山鞋的人。两个小孩就站在这些人中间。

“没关系。”

润噘着嘴的脸，好像马上要哭出声来。

“没事的，能找到。”

后方传来了欢呼声，灯开始点亮了。拿着梯子的青年人和年轻僧人一盏一盏地点起灯里的蜡烛，从里面透出不同颜色的灯光，如同幻景般美丽。

但是她没感到高兴，因为她突然想到应该在天色更暗之前走出这里。她拉着润小心翼翼地走下石阶。数百盏青纱灯笼用铁丝一直连到一柱门外，那儿的灯泡也亮起来了。青、红两种颜色的灯光随着他们的脚步晃动，润开始低声哭起来。

“不要哭。”

哭声逐渐变大。

“求你了，不要哭。”

她攥住润的手奔跑起来。润用拳头连连抹着眼泪，快步跟着。两个小孩在路两边排开的地摊之间快速奔跑，南瓜饴、宴会汤面和糯米糕的味道掺杂在一起。路边坐着一群没有腿的乞丐，身前都放着一个塑料筐。还有弹着吉他的盲人。她担心润被他们绊倒，于是紧紧地拉住润的手腕。远处佛堂传来的木鱼声，卖录音带的手推车里放出的讲经声，黄莺的叫声，麦芽糖商贩的剪刀声，还有男女老少、恋人们的笑声和招呼声，这些声音回荡在她耳边。

她看到红花就是在这个时候。

那红色莲花灯在空中摇晃着，足有六七岁小孩的身子那么大。就像有生命似的，它静静地向前移动。她停止脚步不停地喘粗气。一个沙弥尼抬着那盏红色花灯在走。她伸长脖子朝沙弥尼走去的方向看，一直看到长长的莲灯队伍的尽头。

一瞬间她忘了自己正在找家人，她着迷似的拉着润的手向那大红花走去。几百人齐声唱诵着"释迦牟尼佛"徐徐前行，人人手里都拿着一盏或大或小的红色莲花灯，从衣服可看出他们都很贫困，但每张脸都非常严肃。

她看到沙弥尼红红的脸，年龄十六七岁。沙弥尼的脸比她看到过的任何一名同龄少女都威严，灰色长袍随风飘动。沙弥尼毫无畏惧地向前迈开步子，这令她羡慕不已，她回味地闭上眼睛，红灯内部透出的光如烙印一样映在视网膜上。

"啪！"突然，她的脸被狠狠地打了一下，火辣辣的。她猛地睁开眼睛，噙着的眼泪顺着两颊流了下来。

"臭丫头！我都快急死了，哪有这么让妈操心的！"

母亲面带怒色，头气得微微打战。

"还哭！有资格哭吗？"

在一旁帮腔的二哥嗓音更是冷酷。年龄相差更大的大哥，双手交叉抱于前胸，很不耐烦地俯视着她。他们谁也不知道，她的眼泪并不是因为母亲的责骂而流下的。

"吓着了吧，我的心肝！"

母亲把自己的脸贴到润的脸上去抚慰他。二哥趁机狠狠地打了她后背一下，仿佛还不够解气，又使劲推了一下她的头，她的身子失去重心，打了个趔趄，差点倒下。

"好了，别打了。"

妈妈严厉的嗓音落在她的后颈上。二哥举着拳头在她面前晃了两下后往前走了。莲灯队伍绕过拐角处正在远去，她用含着眼泪的双眼往回看的时候，一柱门里就像落了晚霞一样灿烂夺目。

2

她家住窗户朝西的老房子里。两个哥哥去上学，妈妈去市场的棉被店上班后，就只剩润和她两个人。一直到下午，阳光也照不进里屋，甚至连木廊台都照不到，所以吃完早饭他们就到房子东边的后院玩。

润在一边玩泥，她拿着棍子在泥地上画莲灯。先画三片叶子，之后一叶一叶地往上加，最后形成一个大花朵。偶尔润走到边上蹲坐着问：

"姐姐，画什么呀？"

每当那时她就"嗯"一声，敷衍过去。午饭时间还远着呢，而往泥地上画莲灯怎么画也不过瘾。

"等一下。"

她溜进两位哥哥的房间。从二哥的书桌上小心翼翼地拿来调色板、毛笔和写生本，又从灶屋拿出白铜大碗，舀出一碗水坐在了木廊台上。

她用调色板调了红色颜料。

"不是这种颜色。"

她试着加了一些蓝色。

"也不是这个。"

经过几次失败之后，虽不完美，但她终于得到了满意的颜色。

她从写生本上小心翼翼地撕下图画纸，吸足一口气之后开始画花朵。第一朵比较成功，第二朵却画得一塌糊涂，第三朵画得最好但也不怎么合心意。为了晾干水墨，她整齐地铺开了三张图画纸。之后，她端起装着毛笔、调色板和颜料水的大碗走进了灶间。

为了不被二哥察觉，必须洗净毛笔和调色板，让它们恢复原样，这颇费一些时间。她打开哥哥房间的书桌抽屉，不留痕迹地把东西放回原处，可是回到木廊台以后，原本晾在木廊台上的画却找不着了。

"润！"

听不到回应。

"唉，真是的，润，谁让你拿到这儿了？"

当她气喘吁吁地转到后院时，看见润手里捧着图画纸，它向着越墙而入的上午最后一缕阳光展开着。阳光透过图画纸，她画的红花仿佛像点燃的灯火一样红润饱满。

"……姐姐，寺庙花！"

露出密密的白牙，润在笑。润的笑容平息了她的怒气，本想发火的她很不自然地走到润的跟前。浓浓的鼻涕又流到润的上嘴唇了，弟弟的脸只要擦净鼻涕就会变得既白净又可爱，她正要伸手想去擦，这一刹那，润突然收起了笑。

她心想：难道是因为昨天的事？

她迅速收回双手并背在身后，观察着润担惊受怕时眼睛和嘴唇是什么样子。

昨天的整个上午润都在磨着她要棉花糖吃。四月初八那天在寺庙前妈妈给他买过的棉花糖让她现在到哪儿去买？更何况要求什么或主张什么对他们兄弟姐妹来说都是禁忌。有一次，她说想吃冰激凌就被二哥扇了一巴掌，她的鼻子当场流出了又热又腥的血，二哥就让她把头往后仰，一边说"不要动"，一边用弄湿了的手帕给她擦。

"少跟我磨，根本找不到，你让我到哪儿去买呀？"

润毫不退缩，还跺脚。

"姐姐讨厌。你走开。"

这时她真的讨厌起润来了。

"你认为姐姐就没有想吃的东西吗？"

"姐姐，你走开！"

当时她打润是有原因的。虽然润确实惹人烦，但还不至于讨厌到要动手打的程度。她只是觉得自己也应该狠狠教训一下弟弟才对，所以就模仿二哥的口气故意恶狠狠地骂"你敢不听姐姐的话"，扇了润的嘴巴。

润停止了哭闹。这却使她屏住了呼吸。短暂的寂静过后，可怕的哭声从润体内爆发出来，他的面部表情和哭声都表露着遭到背叛后的恐惧。她以为就像她自己每次挨打受骂时一样，润也会静静地低下头，忍着痛强咽哭声，万万没想到他却哭得这么凶。

"是姐姐不对，润。"

惊慌失措的她跪在润面前。她快要哭出来了。

"润，是姐姐不好。啊？

"姐姐真的错了。

"会买的，润。明天一定给你买。"

本以为润会哭个没完，没想到过了十几分钟他就不哭了。她摇摇晃晃地倒退着走上了木廊台。润的脸和她的手接触时那柔软的感觉还留在手上。明明知道根本看不进去，她却随便打开一本儿童书，屏着呼吸趴下了身子。

又过了三十多分钟。毕竟是小孩，静静地坐着玩耍的润像是忘记了刚才的事，叫了她一声"姐"。听到这个低低的声音，她的呼吸一瞬间变得急促起来。

她以为润就这样忘了呢。

她正不知所措地背着手。

这时润指着画喊了起来。

"……寺庙花！"

润灿烂的脸庞好像在说："我什么时候害怕过？"

她双脚并拢抱着膝盖，肩并肩坐在了润的旁边。润拿在一只手上的画被折了一半，她对着阳光举起了画，说道：

"是啊，寺庙花里点了灯了。"

润小声地叫她：

"姐。"

"怎么了？"

"我们什么时候再去寺庙？"

"明年。"

"睡几天是明年啊？"

她回答道：

"要睡很多天。"

3

第二年，他们一家又去了莲灯会。

去年是在众寮房前的红灯下仰看依次写着家人姓名和出生年份的字条，而这次他们却站在了冥府殿前的白灯下。母亲消瘦的脸颊没化妆，隐隐地颤抖着。站在远处的大哥和二哥表情也很肃然。

"我弟弟是从哪儿来的啊？"

润出生时她才三岁。从那时起直到六岁，她总是把这个问题挂在嘴边，因此也没少挨二哥的打。二哥的责打终于让她对此避而不谈了，但疑问始终没有解开。虽然听说是曾装在母亲圆圆的肚子里，但是被装进肚子之前是从哪儿来的呢？那个像狗尾巴草一样可爱的弟弟到底是从哪儿来的？把奶味扩散到整个屋子，手脚并用在地上乱爬，一会儿哭一会儿笑，还时不时发出咿咿呀呀的声音……那时不理解，现在也不理解。

"我弟弟到底去哪儿了？"

去年秋天全家都哭得特别伤心，前院奶奶也不停地用手帕擦拭眼泪，但她没有哭。她只是想弄明白弟弟到底去了哪儿。

润在邻居家拆完房的工地上玩，不小心踩到生锈的钉子。昏迷两天两夜，打了好多针之后，润还是没有醒来。二哥责怪她没有看好润，打了她的背和腰。本以为母亲会比二哥更狠地教训她，母亲却只说："不要怪善了。"

前院奶奶告诉她，润去了极乐世界。

"极乐世界在什么地方？"

"是个看似很远但又很近的地方。"前院奶奶用不太自信的语调回答道。

今年春天她刚入校。她就问自己的班主任老师，那位老师有张非常漂亮的脸。老师思索片刻便回答道："他不是活在你心中吗？"老师的话根本不对。活在她心中的润的脸是不能摸的，不是活着的弟弟。

在写有润的名字的白色莲灯下，母亲做了三次双手合十礼。脱鞋进入冥府殿的母亲像不倒翁一样，不停地趴下又起身，开始了长拜。

母亲又做了三百二十四次叩拜。自从润消失后，母亲便每天早上都去寺庙。母亲曾跟她说，人有一百单八种烦恼所以有了一百单八拜，自己在做三次这样的拜。每拜一次每一种烦恼就消失三分之一吗？但是拜完以后出庙的母亲，脸色依旧苍白憔悴。母亲一边用手掌擦拭着脸上不知是汗水还是眼泪的液体，一边穿上低跟皮鞋。

"我只会骂已经走了的人，却不懂得如何守护好身边的生命。"她曾听到母亲跟前院奶奶叹息着说过这样的话，"我明明知道自从孩子们的爸爸走了之后，老二变凶了，只知道折磨自己的妹妹，最小的润吃不饱肚子，越来越瘦。我却……"

到了晚上，每盏莲灯都亮了起来。人流在梦幻般的彩灯下来来往往，一张张脸都被映红了。她的腿有点酸，便倚靠在画着寻牛图的大雄宝殿土墙边上坐了下来。站在数十盏白莲灯下的家人们个子突然显得高了许多。母亲不停地嚅动着嘴唇，揉搓着双手，连连向莲灯低头施礼。正处在青春期的两个哥哥的脸被白莲灯映得发白。

4

背着书包，提着鞋袋，她没有去学校，而是径直走到了寺庙。她想再看一眼润的白灯，但是她在众寮房前院看到的却是摞着的厚厚一堆堆赤裸裸的铁丝架子，所有纸做的花和叶子都被摘掉了。

"奶奶。"她问拿着簸箕和扫帚走过她面前的老尼姑，"请问，莲灯都到哪儿去了啊？"

老尼姑态度生硬地回答道：

"都拆下来烧了。"

"明年不是还要挂上吗？"

"明年花几个月时间重新做，粘到那架子上，然后挂上。"

她看到了狼狈地半裸身体躺着的童佛。水瓢干巴巴没有一点水汽。大雄宝殿前曾放着无数点亮的白蜡烛的烛台熏得很黑，没放一支蜡烛，只是空着。

她走出一柱门。一排排的长板凳也看不见了。听不到音乐声，也闻不到南瓜饴的味儿。初夏的阳光静静地落在堆满垃圾的地面上。

5

在宣纸上用墨写好名字后，她开始张望校园里的榉树。自从上初中第一次坐在教室窗边的这个座位上开始，她就有了张望这棵榉树的习惯。在上课或课间休息时间，在午饭时间，只要一有空她都要看一眼这棵榉树。不管是晴天还是刮风，或是雨珠打在宽大的叶子上，那棵榉树总是以似变而不变的姿势站在那里。

这一天从窗外照进明媚的阳光，她从桌上拿起宣纸，向着窗外展开。跟图画纸不同，宣纸有许多微小的缝隙，正午阳光原封不动地透了过来。她无声地笑了。

"啪啪。"听到敲打她书桌的声音，她赶紧放下宣纸。一副黑色玳瑁眼镜架后面，年轻美术老师的眼睛正在微笑。她瞟了一下同桌的脸，发现她的嘴噘得高高的。

上次美术课时画了水彩风景画。她带齐素描本和画具，跟同学们一起来到运动场。画什么呢？她思索了一会儿，然后开始画包围着运动场的韩式围墙。她把一片一片瓦都涂成不一样的颜色，淡黄、淡青、淡红、淡绿，排成特别的光谱融合在一起，带来雨后的清新感觉。她露出微笑。

"你呀你呀，墙怎么会是这种颜色呀？"

坐在长椅旁的同桌孩子不以为然。美术老师正好坐在近处长椅上，喝着从自动贩卖机里取出的咖啡。这时，老师起身走到了她身边，托着下巴看了一会儿，点头夸奖之后离开了。

"你继续这样画吧。"

看着嘟着嘴的同桌，她静静地笑了。

"这怎么能说画得不错呢？颜色也全画错了。"

同桌直直地怒视着她的画。同桌曾一到美术课就把饼干呀自动贩卖机的咖啡呀等放到课桌上。

那天深夜，她打开屋门走出来。那间小屋以前曾跟润一起住过，如今她一个人住在那里。从灶间舀过水来洗了毛笔，蘸上颜料，她开始在宣纸上画花。她借着台灯的灯光一张一张画了起来。这台灯是大哥参军时留给她的。一会儿想到，加一点点墨水会让红色变得更加深沉的，磨着墨，一会儿又想到，有没有这种香味的香水呢？她一边用口水浸湿因睡眠不足而变涩的舌面，一边继续画着，不时地用沾了墨的手托起下巴，仰望黑漆漆的天花板。

6

"看完这次莲灯会，不知道我还有没有机会再看？还能看两三次吗？"

在众寮房一起制作莲灯的前院奶奶这样叹息道。母亲回答：

"您这么健康，应该能活到一百岁呢。"

母亲低着头，嗓音有点低弱。生气时额头都会变红的母亲，清脆响亮的高嗓音都跑到哪儿去了呢？她用被红纸染红的手指把散落到前额的头发捋到耳后。

"什么百岁啊，都成妖怪了……不过，不管怎样既然要走，真希望能在四月初八左右死去。天气明亮又暖和，就像入睡一样，那多好。

"你知道那个吗？"前院奶奶突然叹了口气。

"我的孙子们不想到我身边来了，说有奇怪的味儿……老人身上不是有那种老人味儿吗？我小时候也不喜欢那个味儿，躲避过老人。"

前院奶奶的脸上布满灰黑色的老年斑，脖子和手像皱巴巴的银箔纸一样。

"真的，我身上有老人味儿吗？"

母亲低着头摇了摇手。

"您这什么话？哪有像奶奶这样整洁干净的老人呀？"

母亲一边闻着从前院奶奶身上传来的淡淡的老人味儿，一边轻轻地将已完成的灯推到一边，重新卷起紫红色花瓣来。

"听奶奶的话真是惭愧。以前曾想过以后还能过几次四月初八，虽然也知道人终会死去，但这样想时更觉得人生无常……这怪我还不够成熟。"

她记起自己有一次曾因一年只有一次四月初八这一事实而叹息过，但如果不是这样，还会觉得这个日子那么珍贵和美丽吗？

美丽的东西是那么难得。僧人和信徒要花几个月的时间，一起染红手指，一起制作花灯，从远近各处聚集而来的人们交一点钱之后可以贴上自己的名字，最终，这数千盏灯在同一天一起点亮，到第二天一起被烧毁。

她突然想到，自己以后还能再经历几次莲灯会呢？她刚十四岁，按平均寿命计算，还能有五十次吗？那时她的脸也会像前院奶奶那样满脸皱纹吧？也有可能只能看两三次，也许今年的莲灯会也看不到了，这谁也无法预知。就像润，他只看了一次莲灯会。

吃完中午的斋饭后，她们去了下午举行法会的大寂光殿。闻着隐隐的高香味儿，她在母亲旁边铺开坐垫并排坐下。法堂里集满了妇女们，她们大都把佛珠拿在手里，或是挂在脖子上。看起来比前院奶奶还老的比丘尼大师开始讲法了。

"很久以前，有一位中国僧人去找另一个地方的僧人。两人谈话谈到天黑。

"'您到那个屋去睡吧。'

"做客的僧人道过晚安出门后不久又重新回屋说道：

"'外面黑呀。师父。'

"这时待在屋里的僧人递出一支蜡烛，但等那做客的僧人刚接过去就呼地吹灭了烛火。此刻，拿着蜡烛站着的做客僧流下了悟道的眼泪。"

她从法堂前敞开的门口向外眺望。钟楼上挂着写有"请勿上山"字样的牌子，钟楼后一条林荫道一直通向山泉，沿着林荫道看去，是一片郁郁葱葱的橡树林的树荫。

突然，她的喉咙深处涌来一股辣辣的感觉。说不清原因，她隐约地觉得自己理解了那个僧人流泪的理由。但是，如果说不出为什么，能说自己真的理解了吗？当再也看不到莲灯时自己将往何处去呢？能回答吗？

7

专心看着七月阳光照耀下的榉树，她没能听到数学老师在叫自己的名字。于是，她被叫到了讲桌前。

"……你父母是怎么教你的!"

直到老师的嗓音变高为止,她一直低着头在自己眼前仔细地勾画着榉树的样子。

她的右脸挨了一巴掌。老师的手掌厚厚的,手背上长着许多黑毛,这个突如其来的巴掌令她精神恍惚,她把歪过去的头正过来抬头看向老师。

"看什么看,还敢正面看我!"

她的左脸又挨了一巴掌,她再次抬头看老师的眼睛。

"你这臭丫头,还看?"

她的脸左右交替着挨巴掌。每挨一次她都抬起头。巴掌继续飞来。她侧身倒下去后老师用穿着拖鞋的脚踩踏她的背。每挨一次她都抬头怒视老师的脸。

老师用颤抖的手指着教室前门喊道:

"马上给我出去!"

她打开门走出教室。为了擦鼻血她去了洗脸房。洗完脸之后,她任由水龙头流下的凉水打湿手背。她感到自己的小腹好像有点热,却说不上为什么。

去洗手间时她发现自己的内衣被血浸红了。在家庭课和军训时反复听过几次,所以她也知道总有一天会发生这种情况,但她还是有点害怕。

她又来到洗脸房,擦掉重新流下的鼻血,卷起手纸堵住鼻孔，然后只穿着室内鞋微微瘸着腿向运动场走去。经过圆圆的舒展着枝叶的榉树，她斜着穿过炎炎烈日下空旷的运动场。

"去哪儿？"

门卫故意摆出严厉的表情，但他看清她的脸后似乎吓了一跳。

"你，没事吗？"

她没回答就走出了校门。抽出塞鼻孔的手纸看了看，尖尖的纸头被染得血红。她一边用手掌抹着不停流出的鼻血擦到校服裙子上，一边走过天桥。体内掉下来的血滴在水泥地上留下一串铜板大小的斑点。

8

躺在阴暗的房间里，她做了个梦，梦里见到拿着莲灯的沙弥尼的背影。淡灰色长袍的下摆飘动着，白色胶鞋也飘在空中悠悠前行。不知不觉中，穿那双鞋行走的人竟变成了自己，突然就站在悬崖前，她浑身颤抖着惊醒过来。这样的梦做了好几次。就在再向前迈一步就会掉进深深山谷的一刹那。

"继续向前走吧。"

她听到有谁在身后低语。

"没关系的。继续往前走吧。"

她打开母亲放在家里的卫生巾袋子，取出一片去了洗手间。换上卫生巾，整理好衣服之后，她在边角破损的镜子前站了一会儿，用香皂洗了手，再往脸和脖子上浇了些凉水。

当她走出房门时，午后的阳光占领了整个院子。她打开大门，忍着小腹的疼痛走了出去，这疼痛对她而言是个从未谋面的陌生访客。她经过了遗体就在上个月灵车出殡的前院奶奶家。这次她看不到每到下午就坐在大门口晒太阳的前院奶奶，用铁丝固定断腿的木头小板凳也不见了。掉漆的大门上，很久以前就已变得破烂不堪的木制门牌依旧端正地挂着。

她不停地爬坡，中间一次也没有休息，来到了寺庙。推开大寂光殿的推拉门走了进去，里面没有人。她在手持莲花的观音菩萨前铺了个坐垫，然后一遍又一遍不停地叩拜，浑身汗流不止，她心里默默地数数，完成三百二十四拜后，伏在地上停了下来。

是不是短暂地睡着了呢？

她被撕布般尖厉的孩子哭声吵醒，睁开了眼睛。坐垫已经被汗湿透了，她把它放到法堂角落里的坐垫堆上面，随后打开了门。她在屋檐下的石台上穿上平跟鞋，膝盖就像受寒一样发抖。

还没下完石阶她就看到了仍在哭泣的女孩，女孩看起来也就四五岁，头发扎成两条辫子，穿着粉红色的吊带裙。

"以为妈走远了是吧？我就在这儿呢。"

肤色白皙的年轻女子抱了抱小女孩。母女俩手拉手地向菩提树下走去。

她想转身返回大寂光殿，却与一名浓眉大眼的童子僧撞了个面。她没仔细看，正要擦肩而过，那名看起来只有七八岁的童子僧问道：

"刚才那个孩子为什么哭呢？"

"嗯？"

正沉浸在思索中的她吓了一跳，反问道：

"刚才那个孩子为什么哭啊？"

童子僧的大眼睛里饱含着担心和惊吓。他又轻轻地舒了口气。看来他也跟她一样听到哭声跑过来的。

端着水果小饭桌上来的一位老尼姑替她作答：

"为了找自己妈妈哭的，现在已经找到了。"

她撑着自己的膝盖艰难地爬台阶，不经意回头时看见那个童子僧仍旧站在那里，看他的侧脸好像仍旧在忧虑着什么。

9

树木永远朝向阳光照射过来的方向。运动场的那棵树长在向阳处，所以整体呈现出圆形，枝茂叶盛。那些长在背阴处的树木，枝头无一例外长得纤细而弯曲。有的树在阳光中生长而有的树则在背阴处生长，但不管怎样，它们的叶子是同样的绿色，都向着阳光毫无保留地舒展开来。

10

"睡着了吗？"

"没有。"

随着平和的应答声，里屋亮起了灯。她打开门，在母亲枕头边跪坐下来。也许是刚刚躺下，坐起身来的母亲眼里看不到睡意。

周围很静。这寂静的夜里只能听见从对面二哥屋里传来的日语会话磁带的录音。二哥去年参军，今年春天因胸膜炎复员，经过长期治疗，体力正在慢慢恢复。二哥带刺的眼神，狠心的话语，经常打人的暴戾性格如今令人难以置信地改变了许多。有好多次看见他迎着初秋下午的阳光蹲坐在木廊台上呆呆地望着墙面，问他什么话他也只用点头和摇头来回答。他开始学习日语会话，家人都觉得庆幸。

几天前在木廊台上二哥低低地叫她名字，"善"，她甚至怀疑自己的耳朵。真难以相信二哥口中竟能吐出这样亲切的声音。

"正读高中，学习是不是很累啊？"

"不累，没怎么好好学呢。"

那时她看到二哥蓬松的头发和蜷缩着的肩膀，无力地耷拉下来的手腕和疏于修剪而夹有污垢的脚指甲。曾打过她的脸，骂过她而且粗鲁地擦她流血的鼻子的是眼前这个人吗？曾踢过一人好好玩着的润的屁股的是眼前这个人吗？

"……说累，感觉哥更累啊。"

这句话她没有说出来。

"什么事？"

她觉得母亲的眼睛很清澈。望着放在阁楼旁搁板上的观音菩萨像、一百单八粒佛珠和《千手经》，她低下了头。她用非常清晰的声音跟母亲说：

"我，想削发。"

接着她又换了种说法。

"想进山。"

经过几分钟的沉默，母亲握住她的双手。母亲俯下身去时，她闻到了母亲前胸传来的体味，像长年积水一样幽深的味儿。

"……是真心话吗？"

母亲低低的嗓音有点发颤。她抬头看母亲，从母亲的脸上看不出伤心或惊惧，多少令她感觉有点意外。

"是的。"

母亲没说话，只是用眼睛看着她的脸。表情瞬息万变，很难读懂母亲到底在想什么。

母亲握着她的手用力握紧了一下然后松开，说道：

"明天，天一亮就去找大师吧。"

母亲的手不冷不热，带着皱纹，她感受着那只手残留的触觉，把自己的双手整齐地叠放在膝上。

"那你回去睡吧。"

整个晚上她的梦多次被微小的声音打断，变得支离破碎。她站在高高的悬崖上，有人从身后推她的后背。

"没关系。继续往前走吧。

"继续往前走吧。"

那推得很果断、令她有点心寒的手是母亲的吗？睡睡醒醒时如幻听一样听到有人在院子洗衣服的水声。

凌晨时她从疲惫的睡梦中醒来，揉着沉沉的眼皮走出木廊台时，她看见母亲在挂湿衣服。她的校服和白色长袜，在家里穿的棉裤和黄色 T 恤。

"为什么洗我的衣服啊？"她想这样问却突然把话收了回来，因为她看见母亲用衣夹夹裙子时，拭去了眼泪，动作那样快。

11

"哪儿来的糯米饭啊？"

大哥问时母亲静静地笑了。大哥去年冬天复员后直接复学了，他决心大学毕业之前就要找到工作，早出晚归地一整天待在图书馆里。

"因为今天是个好日子，所以做了糯米饭。"

挑食的二哥几次放下勺子又捡起，等他艰难地吃完饭后母亲把要洗的碗碟堆到一旁，便拉起她的手走出家门。

在额头和双颊都长出老年斑的大师面前，头发斑白的母亲用比平时更为细微迟缓的嗓音艰难地与其对话。

似乎已经开始用暖气了，地板炕暖暖的。大师从头到脚打量着跪坐在母亲边上的她，只吐出一句："因为这个庙离俗家太近所以要送到道友所在的尼姑庵。"大师用沙哑的嗓音跟她说：

"送母亲到一柱门后回来吧。"

她闻到大师口中传来苦涩的艾草味儿。

在一柱门前，母亲向她低头合十。

"请认真修行，早日成佛。"

正如她预料的，一直到拐弯处，母亲都没有回头。

12

"就一分钟。"

听见道场释[1]声时她翻了一下身。虽然闭着眼睛，但师姐在黑暗中巡视的景象在眼前晃动。夜空和星星，像冰冻的萝卜泡菜片一样的下弦月，暗灰色的树枝，积雪还未融化的白白的石灯……这些景象倾泻在她紧闭的眼睛上，使她感到一股寒意。

"就让我再躺一分钟吧。"

她聆听着躺在身边的上行者[2]叠被子的动静，勉强地起了身。穿上衣服，打开房门，她感到冷飕飕的，全身的细胞都在收缩着，真想回到温暖的被子里去。

大雄宝殿里空气冰冷，能清楚地看到从口中哈出的气。她坐在离门最近的座位上施晨拜，那里的风最为猛烈。她听说云板是给鸟听的，木鱼是给大海众生听的，钟声则是专为地狱中的罪人而响。在那时，地狱火中呻吟的罪人就能暂时摆脱痛苦。

当下面大寺院的大钟响起时，整个山谷诸庵的小钟也从各个方向静静地应和着。每一声快要消失的刹那，另一声就升腾

1　在寺庙里晨拜前为唤醒天地万物和清洁道场而举行的仪式。

2　资格老的行者，即师兄或师姐。下行者须服从上行者的命令。

起来盖住它。她的心变得格外恳切，就像刚从火堆或充满硫黄味儿的水里脱身一样，呼出憋住的气。

晨拜的佛经已经都会背了，《般若波罗蜜多心经》在入山之前就已熟烂于心，但神妙章句大陀罗尼[1]如果不跟其他相连几个部分一起背的话，就记不完整。她努力巩固断断续续的记忆，继续背起来。背《千手经》时，每当冷气变重她就做跪拜礼，让身体变暖。

拜佛仪式结束后要赶到供养间。大盆里水面上结了一层薄冰，用瓢舀出水来洗米，凉气直逼十指，令人发麻。

她再次看到那只老鼠就是在这个时候。她不能确认是不是同一只，那个时间总能看见它，所以以为是同一只罢了。

她到这儿之后才知道，老鼠这种动物只要不见尾巴其实是挺可爱的，眼睛一闪一闪，充满智慧，黑灰色的身子小得令人怜爱。低度灯泡的昏暗光线下，那只老鼠啃着昨夜她藏在门旁的半个苹果，听着那不间断的沙沙响声，她像对待自己的小弟弟一样，用亲切的目光看着它。

围着厚厚的围巾，穿着风雪大衣的供养主僧和整理完法堂的上行者一起进门的瞬间，老鼠吃东西的声音便停止了。过一

1 《千手经》中的一段长咒语，具有"包含神奇、微妙、不可思议的大陀罗尼"之意。

会儿一看，那家伙不见了。她赶紧到门边，把啃剩的苹果藏在半开柜后面。

沉默寡言的供养主僧打量着她舀入锅里的水量。俗家年龄比她大十岁的上行者用熟练的动作取出库房里的原材料，开始用蘑菇做大酱汤。她按照上行者的吩咐用芝麻油和盐浸泡紫菜，然后分成六等份。汤放进大蒸锅，过会儿直接拿大蒸锅即可。将蔬菜和泡菜装入大碗以后，忙碌的三人才可以暂时歇一会儿。

整个厨房满是米饭煮熟时的香味。她蹲在灶坑前用柴火照亮自己皲裂的手，过了一会儿问道：

"今天，红薯煮了后送到职事堂[1]吗？"

"好吧。"

上行者一边把用好的碗整齐地装入半开柜，一边微微地笑了，露出长得很丑的裂齿，跟秀气的脸蛋极不相称。也许就是因为牙齿，上行者不怎么笑。她常想，如果上行者索性笑得再开一点，那裂齿的缺陷也许会被灿烂笑容盖住。她经常很羡慕耐心十足的上行者。每当遇到无法忍受的困乏之苦时，害怕触碰烫热的东西时，或是干活儿不怎么利落时，一想到和上行者相比自己还差得远，她总是惭愧不已。

---

1 又称库房，总管僧众生活和做佛事的必需品，如粮食、物品、法器、香烛等，也可供僧人们休息，讨论所见所闻。

光听声音也能感觉到那股寒气，风声如刀割。风不停地吹打着供养间的大门。从地图上看，这儿比她曾生活的地方更靠南，但是位于山脚的这座尼姑庵，冬天冷得令人生畏。

她想，还是秋天好。用切细的小南瓜煎成饼送到职事堂，那些年轻的尼姑是那样地欢天喜地。天晴时到溪边洗恩师的衬衫和长袍也很方便。等到焖饭时，供养间的外边可以看到被染成各种颜色的阔叶树，它们向各个方向整齐地展开树枝，静静地站在凌晨的微曦中。

她推开一条门缝往外看，发现离天亮还早。树木露出枯瘦的枝干，静静地耸立在黑暗之中，冰针一样的山风不停地钻进她那剃短了的黑发中。

13

"喜鹊怎么叫得这么厉害？"

直到晨拜快结束时困劲还没有消退，她为赶走困意跟上行者搭起了话。上行者往锅里又添了一把米糕片，用勺子搅了几下。

"还没看到过因为喜鹊叫来贵人的事儿。"

上行者跟平常一样用浓厚的家乡口音轻轻地回答。

"难道你还有认识的贵人不成？"

供养主僧绝情地插了一句。供养主僧略微有些驼背，腿有点瘸，听说二十三岁时失去了丈夫，有时做晚拜时能看见她哭。她发"观世音菩萨"音时出奇地快，总是变成"观心菩萨，观心菩萨"，那声音到头来还是以变成哭声而告终。但是一旦拜佛仪式结束，她的脸就立刻恢复冰冷和无语，仿佛在说："我什么时候哭过？"

那天晚上倒也真有人来过。

分明是第一次看到的年轻女子，但她总觉得似曾相识。短发，看皮肤好像没化什么妆，表情非常直爽，这让她很喜欢。那女孩说自己是首尔某所美术大学的研究生，跟庵主大师有交情，所以来暂住一段。

第二天上午，那个女孩先跟她搭话。也许太累了，女孩没参加晨拜。

"本以为下了一整夜雨呢，没想到阳光这么灿烂。"女孩指着客房后边的小溪笑着说，"现在看来，都是溪水的声音。"

女孩说得没错，最近天气日渐变暖，小溪确实开始有了流水声。她没回答得很具体，只是从提着的篮子里拿出几个红薯递给女孩。

从那以后，她偶尔也看到过几次女孩坐在客房地板上的身影。一边沐浴着早春阳光一边遵照恩师的吩咐磨墨偶尔闻到墨香时，从后院端来放着饭菜的小饭桌脱下橡皮鞋登上木廊台时，她都感觉得到有个视线静静地注视自己。

女孩说自己画东方画。打开房门，女孩的房中隐隐地散发着水彩颜料和墨的味道。

女孩在客房借住的那段时间里，她养成了睡前用手指在黑暗中如挥洒毛笔一样乱画的习惯，也偷偷地模仿女孩看似快活自由的走路姿势。

当山门口的木兰花树吐露萌芽，风中载满湿漉漉的土腥味儿的某一天，女孩离开了。离开前递给她一卷宣纸。开完巳时斋饭洗完碗筷之后，她有了自己的时间，在没有任何人的行者室打开图画的一瞬，她的呼吸停止了。

一个削发的少女站在木廊台上，上半身倚靠着跟自己身子一般粗的木柱，眺望着远方。少女的眼睛里映着的好像是痴痴的白日梦，又像是莫名的思念。那是恩师和庵主大师外出后，她熨好衣服、扫完院子后度过下午时间的姿态。

她把画卷抱在前襟里，在后院徘徊了一段时间。当天晚上给恩师的屋子烧炕火时，她把画扔进了灶坑里。

14

"现在谁也不在，都出去了。"

她向陌生的比丘尼说道，那位比丘尼看起来走了很长的路。年轻比丘尼们在下面的大寺院结束夏安居后都去诸行[1]了，恩师那时正巧也去了首尔，供养主僧前些天就一直说要治疗复发的膝关节炎，去了山下村子弟弟家里住。

"院主大师和上行者一起去村里了，现在快回来了，请您等一下。"

"每等一小时公共汽车就来一趟，这么远的路，怎么徒步走着过来了呢？"尽管戴着宽檐草帽，那比丘尼的脸还是被晒黑了。脱下帽子和布袋放到客房地板上后，比丘尼把视线固定在后山上。

"正要煮玉米，烧了水，给您端过来一杯开水啊？"

"不用。就给我一杯凉水吧。"

她赶紧去供养间。盛在水壶里的水不冷不热，她拧开水龙头接了冰凉的地下水，拿着大碗出去时，比丘尼非常舒适地骑坐在自己的布袋旁边。

"谢谢。"

有二十六七岁吗？比丘尼的俗家年龄总是不好推测。比丘尼鼻子和嘴显得很小但眼睛大而有神，她不知怎的，感到自己心潮起伏。

比丘尼一口气喝完水，她收起了大碗。

1　即为达到菩提（大彻大悟）而用身、口、意所做的善行为，又称三业。

"再来一碗吗？"

"不用了。可以了。"

水开了，她把玉米放进去。闻着玉米的香味儿，坐在门槛上吹傍晚的风，她感觉出了汗的光头逐渐变凉。两个月前她接受第一次削发，是用两把削刀削的发，随着唰唰的声音，头发被刮得一干二净，最后用凉水冲洗光头。第二天打理好早晨斋饭后，她在恩师的房间里学习《初发心自警文》，晚上的自由时间就在行者室翻着《玉篇》学习汉字。

吃甘爱养，此身定坏，着柔守护，命必有终。

轻风拂面，她默颂《发心修行章》。

拜膝如冰，无恋火心，饿肠如切，无求食念。

往笸箩里装好玉米出来时，比丘尼已不见人影，布袋和麦秸草帽也不见了。

大雄宝殿里也找不见比丘尼，冥府殿檐下的石台也空着。她爬往最高的山神阁，爬着爬着回头一看，看见了沿着远处山路渐行渐远的一顶草帽。

她慢慢地走下台阶，试着骑坐了一会儿比丘尼曾坐过的客房木廊台，然后拉来笸箩，摸了摸还发烫的玉米须。

"有什么令她看不惯的呢？"

八月下旬的热焰正渐渐消退，早出的草虫在附近鸣叫。

"也许没什么理由，完全按自己的心愿走的吧。"

想起草帽下炯炯有神的比丘尼的眼睛，她的心情变得空落落的。

"好不容易到这里了，还……"

她站了起来，望了望客房前菜地里的绿色蔬菜。

"要想晚斋饭时熬大酱汤，就得摘些露葵。"

她陷入沉思，挪步向一柱门走去，直到门外。

就像那顶渐渐远去的草帽，她发青的头顶也在沿着山路缓缓而动。大概走了三十分钟，她突然停住了。

这是一柱门和有公交车经过的公路间的中间地带，在这里看不见尼姑庵，也看不见公路。知了的叫声铺天盖地地倾泻在她的头顶上，一股混合着茂盛的高草丛和野果子味道的强烈气味直冲她的鼻子，她擦额头的指尖微微地颤动着。

15

"住在那个土窟里的老尼师圆寂了。"

上行者轻轻地说道。

"哪位尼师啊？"

"忘了？上次四月初八时来过我们这儿的，说是我们恩师的道友。"

"啊，惠照大师啊。"

她暂时陷入了沉默。那老尼师看起来足有八十岁，拄着拄杖，据说一生都在禅房度过。三十年前进行了两年的长坐不卧，后来年老体衰，不再适合集体生活，就在尼姑庵附近的土窟里独自精心修炼。

"趁年轻的时候加紧修炼啊。老了没力气就没法修炼了。"

据说这位老前辈见到年轻比丘尼时总不忘这样勉励几句。

"从哪儿来的？"

记得是上次四月初八的前一天，那位老尼师用严厉的嗓音问她，她回答："首尔……"后面的话被她吃掉了。接着又吞吞吐吐地补充了一句：

"在这之前就不知道自己来自何方。"

两个门牙镶了白金的老尼师以始终不变的表情用拄杖狠狠地拍打着地面说：

"要好好记住。身为行者时的发心和功德会关系到你们一辈子。"

背对着三十度的白炽灯，正在盛晚饭的上行者那张白脸如同涂了一层颜料，看起来有些阴暗。天气一整天都阴沉沉的，看来明天要下大雨。

"……好像去世后的三四天里，谁也没有察觉到。下面大寺院里做了斋饭糕送到她那里，才发现她已圆寂。旁边留下了字条和钱，字条里写明这些所剩无几的钱要留着荼毗式时添用……好像那就是她的全部财产。"

"什么时候办荼毗法会啊？"

"说是明天。"

"是行者师姐受戒以后，是吗？"

上行者微笑着点了点头。

第二天，她去下面的大寺院观看荼毗法会。除了大寺院里的人和庵里的人之外没有其他人参加。老尼师一生做首座僧，所以也没有信徒。

从凌晨开始下起了秋雨，雨丝还很粗。去荼毗法会的黄土路格外泥泞，胶鞋被粘住弄脱了好几次。柴火烧得也不旺，每当俗家弟子们浇一次油，柴火就猛地燃烧一会儿，但也就那么一会儿，过一阵子火还是不旺。浇过六七次油，而雨越下越猛，水与火仿佛在空中展开着一场力量悬殊的战役。细弱的火苗变强时，诵经声也随之变高。

"做僧人意味着活着断了俗缘，死后肉身要经火化撒散到山中。"

这是她第一次到庵里做三拜礼时恩师曾说过的话。据说她对每一个即将要入山为尼的人都说过。

"如果不喜欢，任何时候都可以回去。"

她双掌合十，眼睛望着火花。连绵不绝的雨水从额头流进眼睛时她便眨了眨眼。雨水吞没了柴火冒出的烟、油味儿和肉身火化时的焦味儿。

有枕着田埂死去的觉悟才是真正的僧人。

二十多位僧人衣服渐渐被染成浓浓的黑色。她旁边的位子空着，这天凌晨上行者拿出以前放在阁楼上的俗服，换下僧服，撑着供养间里的一把雨伞，独自走出了山门。

16

卷起袖子的前臂升起了烧艾草的烟，火苗开始烧灼皮肤，她绷紧肩膀，强忍住不动。在前臂烙上鲜明的戒疤后，她用灰色僧服的袖子遮住了它。

她在下面的大寺院度过了第一个冬安居。她担任浴头，负责每半个月一次的削发和沐浴。她在接热水给前辈比丘尼们削发的过程中，逐渐掌握了灵活使用削刀的技术。

禅坐的时候她才发现自己体内藏着很多记忆，多得超乎想象，也知道了所有的感情都有寄生的肉体。不用说后悔、悲伤和愤怒，甚至看上去再微细的感情也都附有具体的外形和感觉。

漫无头绪地出现的记忆中升腾起某种感情时，她就静静地关注它，进而再细细琢磨那些感觉和外形，在那之后，它们就消失得无影无踪，这令她感到十分惊奇。全部消失后，心灵变得明亮而空荡，每到这时她便得到短暂而舒坦的休憩。记忆再次升腾起来时，她再次关注它，等它们消失后就再休息。走出禅房在庵内散步时所看到和听到的，便如受到暴雨洗礼般变得清晰异常。

冬安居解制日的上午，她远远地看了一会儿背着布袋走出山门的比丘尼们的背影便回到庵里。直到四月八日到来之前，她每天早晚都看经，也偶尔写写自从做行者开始靠看别人写字而学会的毛笔书法。遇到不懂的经文，她便拿着去找恩师。有一次恩师问她：

"你想进经学院吗？"

她正色地回答道：

"我的修行还不够刻苦。"

下午制作了莲灯。每当卷起一个红色花瓣，让它成型时，就会感到它是一个有生命的活体。那些白色花瓣就像照进东边后院鲜活的阳光结成的粉末，也像抚摩圆乎乎的脸的感觉。

莲灯会时她意外地见到了熟人，是母亲、大哥和一个陌生的年轻女子。她走近时，最先是母亲，最后是大哥，低头合起了双掌。母亲的头发顶部已全部发白。她向母亲深深地弯腰合十。听说大哥现在进了银行工作，他身穿半袖衬衫，扎着领带，胳膊上挂着西服上衣。站在大哥旁边的女人是她嫂子，听说跟哥哥在同一个银行工作。二哥在家，没能前来。

"二哥身体怎么样？"

"您不用担心，现在都已经好了。"

大哥不经意间用了敬语，自己也很不习惯，快说完时嗓音变低了。

"不要担心我们了，师父。"

一直默默站在一旁的母亲这时开了口。嫂子用笑眼望着她点了点头，长发飘来一股香味儿，大哥好像有点不好意思地笑着说道：

"到九月就生孩子了。"

听他这么一说，她才看到那女子单薄的连衣裙下，小肚好像微微鼓了起来。

晚上有莲灯队伍游行。她拿着大灯站在比丘尼们的最后面，只有三十来名信徒跟着，一直到达下面的大寺院为止，她没有环顾周围。

"释迦牟尼佛。释迦牟尼佛。"

瘸着腿跟在后面的供养主僧粗哑而响亮的和唱敲击着她的耳膜。

17

大寺院的道场释传来，打破了凌晨的寂静，她也开始敲打
木铎。从散落在山脚下的各个庵里也传来了木铎声。她清晰的
嗓音直达群星、茂密树丛和乌黑的天空。大寺院内的房间也陆
续亮了起来。

离夏安居还有半个月的时候，首尔寺院的大师来找她的恩
师。那一次她在大寂光殿石阶上遇到过的那个童子僧也跟着大
师来了。童子僧已长高了不少，但脸还是那么稚嫩，眼睛大大
的，眼角向上翘起。

下午的阳光像温水一样渗进职事堂，她给童子僧送上茶和
糕点。童子僧特别喜欢油蜜果，没过多久木刻碟子上的油蜜果
就被他一个一个全部送进了嘴里。

"就这样，别动。"

她磨了墨，画了童子僧的脸，圆圆的。在头和肩膀后面，
画了几朵紫色的马兰花作为背景。

"这是我吗？"

童子僧接过画放声笑了起来。

大师和童子僧走后，直到安居解制开始之前，她一直在画
画。画中小孩身穿沾有墨渍的衬衫，她在小孩的圆脸旁画了些

长在庵周围按季节顺序绽放的野花。她想做到不朝太阳举起宣纸，也能让那些用墨水和不同颜料画出的花朵和每张露出不同笑容的童子僧的脸透出光来。

不过，每次都失败了。

18

当龙潭吹灭了那纸灯的烛火时，跟首尔大师的讲经不同，德山并没有流下泪来，反而高兴地行了屈膝大礼。不知那火苗被吹灭的瞬间，他的心灵中被点燃的是什么样的火呢？难道他能找到，无论明暗总是准确无误地坚守在那里的心灵深处的那个位置吗？

19

火光。它知道自己是火光吗？知道自己曾盘踞在红花之中把它们照亮了吗？

20

第四个冬安居结束之后，她在庵里又待了十天，之后就背着布袋出发了。早已洗好晾干的布袋里，整齐地装着上浆的袈裟、钵盂、内衣和袜子。

　　一个晚冬的清晨，清冷的阳光照耀大地。她在山门旁看到一株紫玉兰，它瘦瘦的，还没长出叶子和花朵。很久以前跟上行者一起去镇里的市场买东西时，每次往返她都要抬头望望这棵树。曾在春光明媚的一天，她分明看见半开的花朵中透出光来。难道有这种颜色的紫玉兰花吗？那时她吃惊地捡起一瓣掉落的红花瓣，凑到鼻子前闻了闻。

　　结束两个月的诸行，回来的那天晚上一进山门她又看到了这株紫玉兰。这段时间花开又花谢。不留一点儿掉落过的痕迹。浓绿的叶子静静地摇曳，她就在树下默默地站立了许久。

　　　　　　　　　　　　——刊载于《作家世界》2000 年春季刊

植物妻子

　　她的大腿上长出了茂盛的白色根须，胸脯上开出了暗红色的花，浅黄、厚实的花蕊穿出乳头。

　　抬起的手上还剩一点力气时，妻子想抱紧我的脖子。

　　我看着她仍略带蒙眬光彩的眼睛，弯下了腰，以便让她那山茶叶般的手抱住我的脖子。

1

　　第一次在妻子身上发现瘀青是在五月快要逝去的一天。那时管理室旁的花坛里牡丹花正吐出一片片如断舌模样的花瓣，掉在老人亭入口处人行道上的丁香花则粘在了行人的鞋底下。

　　快到正午时。

　　阳光如软桃果肉般柔软，任凭无数的沙尘和花粉粘在自己身上，只顾软软地射到客厅的地板上。我和妻子静静地分享着晨报，我们都只穿着白背心，阳光暖洋洋地洒在我们的后背上。

　　过去的一周如同过去的每周一样令人疲惫。我几分钟前刚懒懒地睁开眼睛。难得这样的休息日能睡个懒觉。我时不时调整斜躺着的软绵绵的身体，保持着最舒适的姿势，数星星般地数着一排排文字。

"喂，你能看一下吗？不知道怎么回事，瘀青还不退。"

我没有听懂妻子的话，从某处传来了打破寂静的声音，所以才漠不关心地将视线移向了声音的源头。

我挺直腰坐了起来，用夹着报纸的手指揉了揉眼睛，然后将妻子的背衫一直卷到胸罩位置，蓦地发现，她腰背和肚子上有很深很深的瘀青。

"怎么弄伤的？"

妻子无声地扭了一下上身，将折裙的后拉链一直拉到了臀沟处。如婴儿手掌般大的瘀青像染过一样，鲜明地印在她身上。

"嗯？到底怎么弄伤的，啊？"

又一次追问她，我尖锐的嘶喊声打破了这间六十平方米公寓的寂静。

"不知道……难道是不经意在哪儿滚伤的……以为能好，没想到越来越大。"

"疼不疼啊？"

妻子如做错事的孩子般慌忙躲开我的视线。我略感愧疚，一想此前责备似的态度，口吻变得温柔了。

"没有酸痛感，瘀青部位没感觉，这不更可怕吗？"

妻子的表情一下子变得跟所说的内容完全不同似的，嘴边露出了微笑，问我："去医院看吗？"

突然，我感到她很陌生，细细地察看着妻子的童颜。这是张陌生的脸，不像已经在一个屋子里生活了四年。

和我差三岁的妻子今年二十九岁。妻子的脸非常稚嫩，稚嫩得令我结婚前都不好意思跟她一起逛街，没有化妆的时候许多人都误以为她是高中生。如今妻子的脸上泛出了跟天真的容颜很不相称的疲劳的痕迹。我想，现在在任何地方都不会有人误认为她是高中生或大学生，反而可能有人会猜得比实际年龄更老。妻子的脸以前就像刚刚开始泛红的苹果，如今却像用拳头使劲击打过一样，凹陷进去；她的腰以前就像地瓜藤般富有弹性，小腹也能勾勒出美妙的曲线，而如今看上去却瘦得让人怜悯。

我回忆着最近一次在明亮处看妻子裸体的时候。肯定不是今年。那是在去年吗？记不太清了。

我怎么没注意到唯一的家人身上出现了这么深的瘀青呢？妻子睁大眼睛，我一边数着她眼睛边的细皱纹，一边让她把衣服全脱下来给我看看。妻子有点害羞，因消瘦而显得凸出的颧骨旁泛起了红晕，她向我抗议道：

"要是被谁看见了怎么办？"

　　旁边其他楼房，楼与楼是面对面的，而这栋楼的阳台面向东面公路干线。公路干线和中浪川那儿最近的住宅区间隔着三个街区，除非用高倍望远镜，否则绝对偷看不到这里，在高速公路上疾驰的车里当然也看不到十三层以上房间里的情形。因此妻子的抗议除了羞涩外没有其他意思。新婚宴尔的时候，一到休息日我们就在这客厅里连续做爱，直到两个人筋疲力尽。那还是在大白天里，为了避开八月的酷暑，阳台的内侧玻璃门和外侧窗户全都敞开着。

　　一年后，我们做爱也熟练了起来，但对此我们也渐渐失去了热情。妻子特别喜欢早睡。每次我回家晚一些时她已经睡着了。我用钥匙打开大门进屋洗漱后来到灭灯的里屋，妻子平稳的呼吸声听起来很寂寞。为了安慰孤独的妻子，我抱起了她。她半睁着睡眼，没有拒绝但也毫无热情地抱我，只是不断地静静抚摸着我的头发，直到我身体不动为止。

　　"全部？全脱吗？"

　　像是强忍着失控的笑声，妻子皱着眉头，将脱下的内衣卷握成球状遮住阴部。

　　真是很长时间没在明亮处看过妻子的裸体了。

　　但是我无法唤回肉体欲望。看到臀部、肋下、小腿和白大腿的内侧皮肤上也都泛着青色，我突然火冒三丈，等火消退下来后又感到莫名的悲哀。谁知道这粗心的女人是在某个晚上在街上犯困一不小心撞上缓行的车辆，还是在熄灯的楼梯上踩空滚下来后仍在睡梦中都忘记了怎么回事呢。

妻子背对着照进来的暮春阳光，用双手遮住阴部站立着又问了一次要不要去医院。看着妻子的样子，我心中油然而生一种失望、怜悯和悲凉的滋味，我怀着许久没有过的怜惜，深深地抱紧了妻子瘦弱的身子。

2

曾以为她能好起来。所以春天抱着瘦弱的妻子时，我曾呵呵地笑着说：“既然说没有痛，会很快好的。何止是今天，以前也是，你大大咧咧的，弄伤过很多地方，不是吗？”可是在这之后很长时间里，我全然忘记了她的瘀青。一个初夏的夜晚，热风用它湿热的脸庞轻抚着高个子法国梧桐的叶子和路灯充血的眼睛，我和妻子围坐在餐桌前一起吃稍稍迟到的晚饭，坐在对面的妻子放下了饭勺。

“真的很奇怪……你再看一下。”

妻子抬起半袖下瘦瘦的双臂，一下子脱掉了 T 恤和内衣。我短暂地呻吟了一下。

春天时还小如婴儿手掌般的那些瘀青，现在不仅大得像青芋叶子一样，而且颜色也变得更深了。就像夏天的柳条一样，深而厚重。

感觉像触摸别人身体一样，我伸出颤抖的手抚摩妻子发青的肩膀。负伤时该多疼，怎么会青到如此地步？

这样一看，这天妻子的脸庞也泛着青色。原本乌黑、锃亮的头发像干白菜一样发酥。白眼球白得略泛青色，由此而显得特别黑的眼睛仿佛含着水汽在发亮。

"最近我怎么这样？总想往外走，只要到外面……只要看见阳光就想脱掉衣服。怎么说好呢，好像身体渴望脱掉衣服。"

裸着瘦得令人吃惊的上身，妻子在对面的椅子上站起了身。

"前天还光着身到阳台上的晾衣台旁站了一会儿。也不觉得害臊……有可能别人看着呢……就像疯女人一样。"

我一边焦虑地玩弄着握在手里的筷子，一边望着妻子消瘦的身子向我靠近。

"也不觉得饿。水倒喝得比以前多……一天连半碗米饭都吃不了。这样吃不下饭，好像胃液分泌也不正常了。强迫自己多吃点，但无法消化，随时随地呕吐。"

妻子跪倒在我面前，把头埋进了我的大腿间。难道是在哭吗？我的运动裤正在慢慢湿透。

"知道一天吐好几次的滋味吗？就像连在地面上都晕车的人一样，无法直着腰走路。头……右眼像被什么东西抠着一般疼。肩膀像木块一样僵硬，嘴里积着甜水，黄色的胃液吐得到处都是，在人行道上，树荫下……"

日光灯发出滋滋的声音。阴暗的电灯下面，背部瘀血发青的妻子咬着嘴唇压低着抽泣声。

"去医院看看吧。"

我托起妻子的脸说道。

"明天就去看内科吧。"

妻子的脸庞湿得不像样。我用手指梳着妻子干白菜般的头发，露牙笑了笑。

"还有，走动时要多加小心。长这么大的人身上紫一块青一块的，不像话。又不是小孩。"

妻子无力地张开含着泪珠的嘴唇，脸上露出了微笑。那是一张被眼泪打湿的笑脸。

3

妻子本来就这样爱哭吗？不是。结婚前的妻子很爱笑，嗓音中总是铺垫着淡淡的欢笑气氛，就如明快的背景音一样。妻子第一次掉眼泪时二十六岁，她说不想生活在这栋上溪洞的住宅楼里。童颜的她一直用着一口大人般的平静嗓音，那时她却第一次用激动的嗓音跟我说了话：

"在七十万人口聚集的地方生活总觉得会渐渐枯死。数千座一模一样的建筑物里，每个单间都有相同的厨房，相同的天花板，相同的便器，相同的浴缸，相同的阳台。电梯也挺讨厌的，什么公园啊，游乐场啊，商业区啊，人行横道啊，全都讨厌。"

"怎么突然变得像小孩一样啊？"

我没有注意听她说了什么，却细听着她动人的嗓音，像哄孩子一样跟她说着话：

"还没有住过呢，怎么这样说话。人多有什么不好？"

我用略微在意的面色看了看妻子的眼睛。她的眼睛充盈着真诚、善良。

"我每次都故意在临近繁华地区的地方租房子。我专找人流量大、大街上响着吵闹的音乐、路上拥挤着很多车辆还响着喇叭的地方去住，如果不这样做，一个人无法坚持下去。"

她善良的眼睛竟流出了泪水。

"如果不这样做，一个人无法坚持下去啊。"

妻子像洗脸一样，用手不断抹去脸上的眼泪，但刚擦干的脸又被泪水浸湿了。

"……感觉会得病，渐渐死去……感觉无法从那十三层下来……感觉无法逃离。"

"怎么说这么难听的话。真是太古怪了。"

在上溪洞住宅区租房住的第一年，妻子果然经常得小病。熟悉了山上平房寒冷的妻子适应不了封闭的住宅楼的中央取暖方式。因为在低薪的出版社上班，她需要经常在斜坡上细步爬上爬下，身体也得到了很好的锻炼，可一回家她的身体便很快失去了元气。

但是妻子辞掉工作不是因为结婚。她辞职后我才向她求婚的。当时妻子正想用积攒下的工资和离职金以及每周末做两三次家教挣来的钱离开这个国家。

妻子说过，想离开这里做一次换血。在将一直揣在包里的辞职信交给顶头上司的那天晚上，妻子说，想换掉像囊肿般淤积在血管各个角落的坏血，想用清新的空气洗净陈旧的肺。妻子说，从孩提时候起她就梦想自在地活着，自由地死去。只是因为没有条件而拖到现在，现在有了一些钱也有了信心，可以实现这一梦想了。她说，离开这个国家去到别的国家后待上六个月左右，再去另外的国家，在那里住几个月，再到另一个国家。

"死之前，要这么做。"妻子一边说话一边低声笑。

"想这样一直走到世界尽头，走到最远处，走一会儿停一会儿，就这样一直走到地球的另一端。"

但是妻子没有离开这里去往世界尽头，而是将那些不多的资金用在了租这个楼房的保证金和结婚上。"怎么也离不开你。"妻子用简短的一句话说明了自己的行为。

妻子梦想中的自由到底有多少现实意义？我猜想，既然能这样轻易地抛弃，那应该不是非常重要的梦想。她制订的那些计划也是幼稚的计划，是不现实的浪漫的梦想。妻子终于认清了这一点，可能是因为我她才觉悟到的。这个猜想让我产生了自豪和一丝感动。

但是每当看到经常得病的妻子，像白菜叶子般耷拉着细窄的肩膀，将脸贴在阳台的窗玻璃上俯瞰着公路上疾驰的车辆，我的心便咯噔一下沉了下去。好像有一条无形的臂膀拘束着妻子的肩膀，好像有看不见的锁链和沉重的铁球拘束着妻子的腿脚，使她动弹不得，连呼吸声都变轻了，她就这样被冻结在那里。

深夜和凌晨时，出租车和摩托车超速疾驰在空荡荡的道路上，妻子经常被车辆的阵阵轰鸣声惊醒。妻子说，仿佛不是车辆在行驶，而是道路在行驶，跟道路一起，楼房也在往什么地方飘浮。轰鸣声远去后妻子再次沉入梦乡，她那可爱的脸庞苍白得不像是活人。

"……那些，都是从哪里来的？"某一天，妻子用梦幻般的沙哑声音小声问，"……它们那样急着行驶，都往哪里去啊？"

4

第二天晚上我开门进屋时，妻子正在客厅里徘徊，像是听到了我的脚步声，已来到了门口。她没穿拖鞋，也没穿袜子，光着脚丫。没有及时修整的白色脚指甲像打了弯一样。

"医生怎么说？"

妻子没有回答，只是静静地望着我脱鞋的样子。她将垂到脸颊上的一缕干涩的头发往耳朵后捋过去，然后把脸转向一边。

我想到了那个侧脸。第一次见到妻子时，做媒的单位前辈离席后，一阵短暂的寂静，妻子脸上泛起的那神秘的表情曾令我惊慌。那种眼神像是在某个地方彷徨，但又从未告诉过别人一样。我从她开朗而可爱的脸上突然读到了像是属于别人的那种孤独，那一瞬间我觉得她是能够理解我的。借着酒劲向她表白我这一生过得很孤单时，二十六岁的她依然侧着脸，悲哀、冰冷地凝视着远方。

"医院，去过吗？"

妻子依旧侧着脸轻微地点了点头。妻子侧着脸是为了隐藏自己不佳的脸色，还是对我的某个行为表示不满？

"说说话。医生怎么说？"

"说是没问题。"

她呼气似的说道，声音平静得令人害怕。

第一次见妻子时，最令我着迷的是她的嗓音。我曾有个不着边际的比喻，觉得那声音就像精心刷过漆并打过油的茶点桌，平时妥善保管着，在贵客到来时才拿出来，很雅致地摆着最好的茶和茶具。那天，她一点都没有被我那不安稳的、带点颤动的告白所动摇，依然用平静的嗓音不假思索地做出了回应。"我一生都不想过定居生活"，这就是她的回答。

那时我谈了谈花草。我曾说我的梦想是在阳台上摆上大大的花盆，那里种植着绿色的生菜和白苏，还说夏天白苏花绽放时就像雪花一样。她静静地看着说起有关花草和蔬菜话题的我，眼神里似乎认为这些与我的性格不相配。当我接着说到厨房里还养着豆芽可以拔来吃时，她才微微地笑了起来。看到了她短暂而天真的笑容，我又说了一次："我这一生都过得很孤单。"

结婚后，我按约定在阳台上摆上了花盆，但我俩都不是合格的管理员。不知道为什么，原本觉得只要浇水就可以生长的蔬菜连一次都没有收成就蔫死了。

有人说是高层住宅不接地气，有人说是水和空气不好。也挨过诚意不够的批评，但这不是事实。妻子对植物的诚意出乎我的意料。死了一棵生菜或白苏，她都会郁闷一整天，只要有一棵看似能存活，她便轻哼着动听的歌。

不知是什么原因，现在阳台上剩下的只是那些填有干土的四边形花盆。我在想，那些死去的花草和蔬菜都去哪儿了呢？下雨天将花盆放到窗架上，让冰凉的雨中弄湿过双手的那些日子，曾经年少过的那些日子都跑到哪儿去了呢？

这时妻子望着我说道：

"干脆去遥远的地方吧，我们！"

跟浇了雨水暂时看起来好像重新活过来的蔬菜不同，妻子仿佛更加阴郁地凋零着。

"在这里郁闷得活不下去。连鼻涕和痰都是黑的。"

妻子伸手在生菜叶上方接了点雨水后马上又向阳台外洒了出去。

"是脏雨。"妻子看了看我，似乎在征求我的同意，"只是暂时有了点生机而已。"

像在酒席上喊着"这个国家已经腐烂到根"的人一样，妻子用满是敌意的嗓音说了出来：

"真是无法好好存活下来！在这嘈杂的地方……被关在这样憋闷的地方！"

那时我再也无法忍下去了。

"你郁闷什么呀？"

我无法忍受过于敏感的妻子随意打破我短暂且危险的幸福，也无法忍受她说自己干瘦的身体内流淌着陈旧而忧郁的血液。

"说呀。"

我将双手里接得满满的雨水浇在妻子的脸上。

"什么那么嘈杂呀？"

妻子被我的举动吓得打了个冷战，她一边擦拭着脸一边吐出了轻轻的呻吟声。妻子的湿手粗暴地在空气中划过，冰凉的雨水溅到了窗户上，还有我的脸上。窗台上的花盆被妻子的手碰倒，砸在妻子的脚背上。生气的碎片和土块散落在妻子的衣服和光脚上，妻子咬紧下嘴唇，弯腰用双手捂住了脚背。

结婚前，妻子就有个习惯，当我发脾气叫喊时她就会咬嘴唇，暂时闭上嘴整理思绪后一条一条讲道理。但是从那天以后，妻子闭上嘴省略掉了短暂整理后说话的阶段。那天以后，我们连一次架都没有吵过。

"医生说没有任何异常吗？"

我深感疲劳和孤独，脱下了夹克。妻子没有接它。

"说找不到任何异常。"

妻子的回答很短，她依然向一旁侧着头。

5

妻子逐渐变得沉默寡言。她不先跟我搭话，我问她话时也只用点头或摇头来表示。我大喊着让她回答时，她则用像是在说不置可否的话一样的眼神望着别的地方。妻子的脸色正在变坏，即使是在阴暗的日光灯下也能看得清楚。

医生的诊断找不出任何异常，或许不是妻子的胃出问题，而只是心灵悲苦。但是到底为何悲苦呢？

　　过去三年对我而言是最温馨、最安稳的一段时间。既不太累也不太难的工作，没有提高租金的房东，快到期的房屋认购金，没有特别的撒娇但对我很忠实的妻子，一切都像热得恰到好处的浴缸里的水一样抚摩着我疲劳的身体。

　　妻子到底是怎么了？我无法理解什么样的苦痛能引发心理障碍。这女人怎能这样令我孤单？她有什么权利令我孤单呢？每当我想到这些问题时，茫然的厌恶感像多年的灰尘一样层层堆积。

　　有一次我要到国外出差六七天。出发前一天的一个星期天的早上，看到挥动着几乎全部皮肤出现瘀青而白色部分看起来像斑点的双臂在阳台抖衣物的妻子时，我感到呼吸快要停止。我挡住抱着洗衣桶进入客厅的妻子，要求她脱下衣服给我看。妻子不情愿地脱下 T 恤，露出了深青色的肩膀。

　　我摇摇晃晃着往后退了几步，眼睛瞪着妻子的身体。曾经浓密的腋毛已掉了一半，软软的褐色乳头变成了灰白色。

　　"不行，我得给岳母打电话。"

　　"不要，我来打。不要这样。"

　　像是在嚼着舌头，妻子用含混不清的发音急促地喊道。

　　"要去医院，知道了吗？去皮肤科。不，去综合医院。"

　　妻子点了点头。

"我想一起去但挤不出时间，你也知道。自己的身体要自己管好，不是吗？"

妻子又点了点头。

"把岳母也叫来。听我的话。"

妻子紧咬着嘴唇继续点着头。是听了我的话才点头的吗？我感觉我无人倾听的话语像一文不值的饼干碎片一样散落到客厅地板上。

6

电梯门随着晃动的声音差点关闭，随后又完全敞开了。我拖着沉重的旅行包走到黑暗的走廊尽头，摁下了门铃。没有应答。

我将耳朵贴在了冰凉的铁制大门上。一次，两次，三次，四次。确认着像是从远处传来般的门铃声，我继续摁着门铃，将包靠在门上看了看手表，才晚上八点。再怎么喜欢早睡，妻子这也有点太早了。

我非常疲惫，没吃晚饭。今天真不想用钥匙开门。

难道妻子照我说的叫来了岳母去了医院或是回了娘家？但是一进门，我一眼就看见了妻子仅有的一双皮鞋和运动鞋，拖鞋乱七八糟地散放在入口处。

　　脱下皮鞋，我感到室内的空气非常寒冷。穿着拖鞋没走几步我便闻到了刺鼻的气味，打开冰箱门一看，南瓜、黄瓜等已然干瘪，从中间开始腐烂着。电饭锅里很久以前做好了的米饭已经干硬地粘在锅底，陈旧米饭的味道同热气一起扑鼻而来，饭碗也没洗。洗衣机上的盆里，衣物泡在灰色洗衣粉水中，散发着腐烂的气味。

　　里屋、洗手间、多功能间都找不到妻子，我大声喊出她的名字，听不到任何回应。出差的当天早上我没看完的晨报和五百毫升的空牛奶纸盒，凝固着白色牛奶的玻璃杯以及妻子脱下的一只袜子，红色的皮革钱包乱七八糟地散落在客厅里。

　　汽车在公路上疾驰时令人不快的轰鸣声在屋内顽固坚硬的寂寞中留下了一道道划痕。

　　饥饿和疲劳一同袭来，就连一个饭勺都没有留下，餐具都堆在厨房灶台上腐烂的水池里。我感到孤独。从那么远的地方回来，家里却空无一人，想诉说长时间飞行时经历的琐事和在异域的火车上看到的风景，却没有人问我累不累，我也无法坚强地、有耐心地回答着"没关系"，所以我感到很孤独。我因为孤独而生气。因为我实在微不足道，世上的任何东西都不在我身边，这种感觉令我心寒。在用任何衣服也无法遮挡的寒气，用任何东西，从任何人那儿也得不到慰藉的铁一般的事实面前，我发觉我只是在骗自己，因而更加感到恼怒。倘若何时何地都是孤单一人，没有人爱我，这就等于我不存在。

这一刻，传来了细细的呻吟声。

我向声音的源头转了过去。是妻子的声音，无法听清的嗡嗡声从阳台传了过来。

"在那儿怎么都不回答我？"

我踩着大步走过去。我感到自己在强烈的寂寞中安下心来，然而见到她后不耐烦又涌了上来，我打开阳台的门。

"会不会过日子？到底吃什么活着的？"

那时我看到了妻子的裸体。

妻子面向阳台的铁栏杆跪着，双臂高高向上举起。她的身体呈现出深深的草绿色。脸庞变得像常青阔叶树的叶子一样光滑。像干白菜一样的头发上流淌着青翠野草茎干的光泽。

变成草绿色的脸庞上有一双眼睛隐隐闪烁。看着往后退的我，妻子想站起身。但她只是腿部颤动了一下，看来是站不起来也走不动了。

妻子痛苦地、颤巍巍地左右摇摆着腰。深绿的嘴唇之间，已退化的舌头像水草一样晃动着。牙齿已不知去向，毫无踪影。

"……水。"

妻子的嘴唇紧缩着，发出了像是呻吟的声音。

我像着了魔似的向厨房洗涤槽跑去。用塑料盆接了满满一盆水。随着我的碎步晃动，水一团一团洒在了客厅地板上。我回到阳台，将水浇到妻子胸前的瞬间，她的身体像巨大的植物的叶子一样晃动着活了过来。我再次端来水浇到妻子的头上，像跳舞般，妻子的头发向上蹿。看着妻子闪耀的草绿色身体在水的洗礼中清新地绽放，我的身体不由得颤抖起来。

妻子从来没有像这样美丽动人过。

7

妈妈：

从现在开始不能给您写信了，也不能穿您留给我的那件毛衣了，就是去年冬天来这儿以后忘记带回去的紫色毛衣啊。

他出差的第二天，我从早上起发恶寒，于是穿上了那件毛衣。因为没有及时洗，陈菜味和妈妈的体味都留在毛衣上。本来想洗净后才穿的，而且想长久地闻这个味，结果穿着睡着了。直到第二天凌晨，恶寒还没有退。妈妈，您不知道我有多么冷、多么渴。当晨光穿过里屋玻璃窗照射进来时，我低声哭了。想更彻底地去接受那道温暖的阳光，我到阳台脱下了衣服。洒在我裸身上的阳光很像妈妈的味道。我跪在那里不停地叫着妈妈。

不知过了多久，是几天，还是几周，还是几个月。感觉天气好像在变热，热气又不知不觉退了下来，之后又感到一点一点地变凉。

远处隔着中浪川的楼房窗户大概这时候就亮成朱黄色了吧。住在那儿的人们能看到我吗？那些开着车灯疾驰的车辆能看到我吗？我现在长成什么样了呢？

*

他变得非常体贴。弄来很大的花盆小心翼翼地把我种在里面。每个星期天整个上午都坐在阳台的门槛上给我捉蚜虫。他知道我不喜欢自来水，总是显得那么疲惫的人竟然每天早上上后山打来满满一桶泉水浇到我的腿上。前几天还买来一大堆肥沃的新土壤给我换。下雨的第二天凌晨，城市里的空气好不容易清新了，他敞开窗户和大门给我换新鲜空气。

*

奇怪吧，妈妈。虽然看不到，听不到，闻不到，尝不到所有的一切，我反而觉得自己更加灵敏了，周围的一切变得更加活灵活现。我能感觉到：那些车在公路干线上疾驰而过，他打开家门向我走来时脚步在轻微地颤动，下雨之前大气层沉浸在肥沃的梦乡之中，凌晨天空中云雾弥漫，晨光熹微。

我能感觉到：远处和近处的草木在发芽，长出嫩绿叶子；小虫从卵里爬出；狗和猫在生幼仔；邻楼的老人脉搏似断似停却未停；楼上邻居家厨房的锅里正焯着菠菜；楼下邻居家电唱机上面的花瓶里插满菊花。不管白天还是夜晚，那些星星都画着长长的抛物线，每当太阳升起时，公路干线边的法国梧桐树身子恳切地向东方倾斜。我的身体也跟着向东方展开。

您能理解吗？我知道不久就会失去思维的能力，但我很坦然。很久以前开始我就梦想着能这样只靠风、阳光和水而生存。

*

想起了小时候跑到厨房把脸埋进妈妈的裙子里，啊，那馋人的香味，香油的味，炒芝麻的味。我的手总是粘着泥土，总是用粘着泥土的手弄脏妈妈的裙子。

不记得是几岁，只记得是在下着蒙蒙细雨的春天里，我坐在爸爸开的手扶拖拉机上沿着海边奔驰。那时在我眼前晃动的是穿着雨衣向我微笑的大人们，还有湿漉漉的头发粘在前额上边跑边向我挥手的小孩子们的脸。

对妈妈来说，世界就是那海边的贫困村。在那里出生，在那里长大，在那里生孩子，在那里干活，在那里变老。到某一天将和爸爸一起躺在祖坟所在的山麓上。

怕自己会变成像妈妈一样，我便远远地离开家来到这里。忘不了，那是我十七岁时，不管三七二十一地离开家，在釜山、大邱、江陵等城市辗转了一个多月，之后虚报年龄在日式餐厅做起了服务员，到晚上就蜷缩着睡在阅览室里。但我还是喜欢上了那些地方，喜欢那里辉煌的灯火和华丽的人们。

妈妈，那时真没想到会带着一张衰老的破脸在这陌生人群攒动的城市中流浪。如果说在故乡不幸福，在他乡也不幸福，那我该去哪里呢？

我一次都没有感到过幸福。某个摆脱不掉的魂魄附在我身上，紧扣着我的脖子和四肢。像个疼了就哭，被掐了就叫喊的小孩子一样，我总想出逃，总想哭号。用一脸世上最善良的表情坐在巴士的后座上，妈妈，我真想用拳头砸破巴士的玻璃窗，想贪婪地舔舐我的手背上流出的血。是什么让我如此痛苦，究竟要逃避什么，才会如此想去地球的另一端呢？又为什么没去成呢？像傻瓜一样。为什么不能潇洒地离开这里，并换掉这令人厌烦的血呢？

*

医生说从我内脏里听不到任何声音。说是只听见像远处的风声一样的唰唰声在回荡。我听见那位老医生用手指拍打着听诊器嘟囔着。医生把听诊器放到桌子上，打开了超声波检查仪的黑白显示器，让我躺了下来，在我的肚子上抹上了白色的油，然后用长得像木棍一样的冰凉的器具从我心窝往小腹依次揉捏下去。看样子这样做显示器上就会出现内脏的模样。

"正常啊。"

"喷。"医生咂着嘴嘟囔道。

"现在是胃……没有任何异常。"

医生说一切都正常。

"胃、肝、子宫、肾都正常啊。"

他怎么看不到它们在慢慢地消失呢？抽出几张薄棉纸大致擦去油后，在我正要起身时又让我重新躺下，他只是在我没什么痛觉的肚子上摁了摁。"疼吗？"看着他戴眼镜的脸，我连续摇了摇头。

"这里也没事吧？"

"这里也不疼？"

"不疼。"

打完针回家的路上我又吐了。在地铁口，我背靠着冰凉的瓷砖墙壁蹲了下来，我一边数着数一边等待着疼痛消失。医生说让我宽下心。像高僧一样说过"皆由心生"。为了能使心灵得到安稳和平和，我努力地数着一、二、三、四……，想吐的时候就数数，非常平和地，直到涌出泪水时，疼痛也没有消失，连续吐出胃液后我干脆坐了下来，焦急地等待着，期盼地面赶紧停止摇晃。

这是很久以前的事情。

*

妈妈，我总是做同样的梦。梦里我的个子长成三角叶杨那么高。穿过阳台的天花板经过上层房屋的阳台，穿过十五层、十六层，穿过钢筋混凝土一直伸到楼顶。啊，在生长的最高处星星点点开出了像白色幼虫的花。膨胀的水管内吸满了清澈的水，使劲张开所有的树枝，用胸脯拼命地将天空向上顶。就这样离开这个家。妈妈，我每天晚上都做这个梦。

*

天气一天天变冷。不知今天会有多少片叶子凋落，多少昆虫会死去，多少条蛇会蜕皮，多少青蛙已早早地进入了冬眠。

总是想起妈妈的毛衣。现在好像已经记不起妈妈的味道了。想让他用那件毛衣盖住我的身体，可惜我说不了话。怎么办才好呢？他看着日渐消瘦的我有时会痛哭，有时还发火。知道吗，对他来说我是唯一的亲人。我能感觉到他给我浇灌的泉水中夹杂着温暖的泪水，能感觉到他握紧的拳头漫无目的地在空中虚晃。

*

妈妈，我害怕。我得垂下四肢。花盆太小太硬。伸展的根梢有些疼。妈妈，冬天到来之前我将死去。是不是以后再也不能在这世间上绽放生命之花了？

8

出差回来的晚上，我浇完第三盆水时，妻子不断吐出黄色的胃液。在我眼前，妻子的嘴唇快速地缩成一团。用颤抖的手摸索她泛白的嘴唇时，那声听不懂的脆弱的呻吟是我听到的妻子最后的声音。从此再也没有听到过妻子的嗓音和呻吟。

　　她的大腿上长出了茂盛的白色根须，胸脯上开出了暗红色的花，浅黄、厚实的花蕊穿出乳头。抬起的手上还剩一点力气时，妻子想抱紧我的脖子。我看着她仍略带蒙眬光彩的眼睛，弯下了腰，以便让她那山茶叶般的手抱住我的脖子。"还好吗？"我问了句。妻子的眼睛像熟透的葡萄一样，竟露出了淡淡的微笑。

　　那年秋天我一直守望着，妻子的身体渐渐地被染成晶莹的橘黄色。打开窗户，妻子上举的双臂随着风一点点地晃动。

　　秋天快要逝去的时候，叶子开始一片片地凋落。橘黄色的身体逐渐变成了茶褐色。

　　我想了想最后一次跟妻子的房事是在什么时候。那时从妻子的下身散发的不是爱液酸酸的味道，而是陌生的香味。我只是以为妻子换了香皂或是故意滴了几滴香水。那是多么遥远的往事啊。

　　现在妻子身上几乎找不到一丝曾是两腿直立动物的痕迹，葡萄粒一样的眼睛也渐渐地埋进了茶褐色树干之中。妻子现在看不到任何事物了。枝干的末梢也无法动弹。但只要一进阳台，就有股说不清的温馨感觉像微弱的电流一样隐约地从妻子身上传递到我的身上。曾是妻子手和头发的树叶全都落了下来，缩成一团的嘴唇处再次张开吐出了一把果子，到这时，从妻子身上传来的隐隐约约的感觉如风筝断线般消失殆尽了。

手里托着妻子一下子吐出来的满满一把石榴籽般的细小的果子，我坐在了连接阳台和客厅的门槛上。平生第一次看见这样的果子，呈淡绿色，和啤酒屋里经常同爆米花一起摆在桌子上的葵花子一样硬。

我拿起其中的一粒含在了嘴里，滑溜的表皮上感觉不到任何味。我使劲咬破它，在世间我唯一拥有过的女人的果实。首先感到的是一阵强烈的酸味，最后留在舌根时稍带苦味。

第二天，我买来十几个圆形小花盆，填满了肥沃的新土后种下了那些果实的种子。我在干瘪了的妻子的花盆旁，齐齐地摆好那些小花盆，打开了窗户。我吸着烟，上身伸到窗外，细细地咀嚼起从妻子的下身散发的新鲜青草香味。晚秋凉飕飕的风吹乱了一缕缕的烟和我长长的头发。

春天到来时妻子会重新发芽吗？妻子的花会红红地绽放吗？我不停地问自己。

——刊载于《创作与批评》1997 年春季刊

九
章

她没有去找那男子，

也没出声叫他。

那条路是要一个人走下去的。

那男子起初也不在她身边，以后也是这样，毋庸置疑。

所以，她一点儿也没感到思念什么的，

反而为确认身边没有任何人，

举起双臂往旁边伸了伸。

无边无际的夜的空间围绕着她，她为此感动。

初恋

那天早上，少女跟前两次一样，坐在少年的自行车后座上从小岛往回赶。铁制的后座上什么都没铺，每次自行车震动时，少女瘦瘦的屁股就会疼。

"疼吗？"

"嗯。"

"疼得厉害吗？"

"没事。"

"疼得厉害你就说。"

"就一点点疼。"

他们摇摇晃晃着沿海边道路前行。为了帮少女练习骑自行车他们才上了岛,今天算是第三天。连接岛和陆地的桥很窄,有二百米长。岛上没有大车行驶,顶多就是拖拉机和手扶三轮车。之前,他们在这条沿着海湾的海边公路上学骑自行车,少女本来骑得很好,可是一有大车出现,她就会失去平衡。

这一天,少女终于不靠别人扶,从头到尾独自骑了数百米,虽然把手摇晃得厉害,却一直有力地踩着踏板。少年喘着粗气在自行车后面边跑边喊。

"很好!

"很好!

"太好了!"

少年的喊声越来越远,少女隐隐有些不安,想回头看看,又怕一回头会失去平衡,所以一直看着前方骑行。当她蓦然回首,远处的少年已经缩成照片中的影像那么大,在炎热的空气里,气喘吁吁地沿着土路跑来。

他们从海边公路左拐进了这条沿着田埂铺成的土路。夏季阳光灼人。干燥的沙子扬起灰尘。一辆卡车鸣着喇叭跟着他们驶进了土路。卡车很宽,占满了整条道路。

"该往哪儿躲？"

卡车紧跟在他们后面，道路坑坑洼洼，没时间也没地方停下自行车。道路的外侧是很深的垄畔。

"要抓紧啊。"

"小心啊。"

"别担心。"

少年肩膀和腿部加大了力量，为了不掉进垄畔，使出浑身解数和卡车保持安全距离，尽量让自行车在道边行驶。卡车从他们身旁擦过，速度很快，就差那么一点点。

卡车完全驶过后，少年长出了一口气，使劲踩着脚踏板驶向路中央。他不知道刚才在躲避卡车的时候，少女的脚面被带刺的树藤深深地扎伤了，而且在自行车前行的过程中又多了三道伤痕，现在开始流血了。少年并不知道少女此刻正咬紧牙关强忍疼痛。

过了一会儿，少女想要停下来。少年停住自行车，这才看到少女脚背上的伤痕和血迹，少女一瘸一拐地从后座下车，笑着说：

"没事。"

"这怎么搞的！"

少年勃然大怒，不是冲少女而是冲自己，他恼怒得额头通红，像要马上哭出来一样。

"不要紧，不是你的错。"

"真是的，真该死。"

少年捶打着自己的胸膛。

"对不起。真的对不起。该怎么办啊？怎么办才好！"

"回家擦点药就行。"

话虽那么说，可是伤口又辣又疼，泪水在少女的眼眶里打转，脚背上也不断渗出血滴。

几天后，少女离开了那个他们逗留了一整个夏天的海边小村，回到自己原本生活的城市。秋季学期结束后，她又搬到更大的城市。之后她再也没见到少年。

三十岁的那年冬天的一个晚上，当年那个少女坐在盥洗台前洗脚，突然，她停住不动了。脚面上当年的伤痕早已愈合，没留下任何痕迹。只有那天的阳光——在那个带刺的树藤锋利地划破脚面，让她痛得咬紧牙的早上，照射在大海、水田和石子路上令人眩晕的阳光，直直地透进她冰冷的脚背。

风

天还没亮时她离开了。

她小心翼翼地关上门，转动钥匙，回头看了看，冷冷清清的走廊里那令人战栗的黑暗正虎视眈眈地怒视着她。换季了。她脱下外套，从包里拿出毛衣套在衬衫外，再披上外套。

　　住在这栋楼的人们都已沉入梦乡，找不出一间从门缝透出亮光的房间。只有走廊尽头紧急出口的昏暗灯光微微闪烁着。她向着亮光走去，心里想着外边会更冷。她离开了温暖的被窝，告别了凉下来的茶和那些文字下面画了无数标记线的书本，告别了无数个辗转反侧的夜晚，还有镜面里模糊的凝视。

　　走出楼房破旧的门廊，她突然停了下来。是因为风。"没选好季节。"她咕哝着，开始沿着黑暗的道路大步行走。可是每迈出一步都犹豫一下，每当皮鞋踩到地面，她心中的恐惧和后悔就油然而生。

　　所有的窗户都是暗的。她刚洗过的头发散落下来，像鱼鳍一样在虚空中摇曳。街道冷冷清清，有几辆车从车道上疾驰而过。每次她吸气，黑暗便从她的鼻子、嘴和喉咙侵入体内。她继续走着，哈出的白气像火焰一样摇曳，她的脸消失在这白汽中。破旧的头巾被风撕扯着，大衣裹着瘦弱的身体消失在风中，没留下一丝痕迹。

　　从此之后再也没有人见过她。

青山

　　偶尔，她做同样的梦，在梦中她徘徊在密密麻麻地坐落着许多低矮石板瓦房的山脚下。她想去的地方是一座青色的山峰，那座山峰被灰青色的雨云缭绕，高耸而陡峭。这还不算什么，问题是，再怎么徘徊也找不出通往那边的路。

视野一片模糊，就像近视眼摘下了眼镜。不管怎样，就往上爬吧。但是，像迷宫一样错综复杂的胡同连在一起，实际上跟死胡同没什么两样。四周一片寂静。她口干舌燥。赶着牛群的老人和身上挂着脏衣服的一群少年在墙与墙之间如流水一般走动着，一会儿全都消失了。房子没有门。"有人吗？"她敲打着墙壁喊叫，只听见自己嘶哑的回声。

青山的峰顶上下了雨。灰青色云层散成无数颗闪烁的雨珠。她向后仰着头，困在胡同中动也不能动。"能飞过去该多好……"僵持了一会儿，她从梦中惊醒，口干舌燥，喉咙像火烧一样。

不光是在梦里，在她醒着的时候也偶尔会看看那座山。首尔是被山围绕着的城市，在任何地方都能看到北汉山和冠岳山的一脉，在那条轮廓线上有时真能看见那座高耸的山峰在俯瞰首尔的情景。云雾遮住了青山的山峰。为了仰望那青蓝色的山腰和溪谷的浓浓绿荫，她有时会停下手中的活儿，呆呆地站在原地不动。

月光

似乎有只冰冷的手在触摸自己的额头，她从梦中醒来了。月光洒在窗外的树林中，绿荫照进窗户，将他们的枕边映射成蓝色。男人在沉睡中翻了身将手臂伸了过来，但她起身坐着，男人的手无力地落在了空荡荡的被褥上。皎洁的月光洒落在他的脸上，把他的睫毛和孩子般微张着的嘴唇清晰地勾勒出来。

　　她弯下腰，怕男人在睡梦中感到孤独，轻轻地把自己的脸贴在那手背上。

肩骨

　　有人曾问我，人身上最能代表其精神状态的部位是什么，那时我的回答是肩。一看肩膀就知道一个人是否孤单。紧张时僵硬，害怕时收缩，理直气壮时张开的，就是肩膀。

　　认识你之前，当脖颈和肩膀之间感到酸痛的时候，我就用自己的手按摩那里。想着，如果这只手是阳光该多好，如果是五月低沉的风声该多好。

　　第一次和你一起并排走柏油路时，道路突然变窄，我们的上半身挨得很近。还记得那一刻吗？你瘦瘦的肩膀和我瘦瘦的肩膀碰撞的一刻，单薄的骨头之间发出的丁零当啷的风铃声。

自由

　　凌晨，那女子做了个梦。黑夜里她独自一人在陌生的路上走着，无数根张开苍白臂膀的裸木上面，水晶般的星星闪烁着。一开始很狭窄的路越走越宽敞。抬头四处张望，空荡荡的。空无一物。

她没有去找那男子，也没出声叫他。那条路是要一个人走下去的。那男子起初也不在她身边，以后也是这样，毋庸置疑。所以，她一点儿也没感到思念什么的，反而为确认身边没有任何人，举起双臂往旁边伸了伸。无边无际的夜的空间围绕着她，她为此感动。耳畔回响起冬天黑土下面的水沿着无数干枯树根溯流而上的声音。

凌晨，窗户在微微晨曦中渐渐发亮的时候，她睁开了双眼。看着静静地躺在自己身旁的那男子，令她困惑的不是那陌生的梦所带来的凉意，而是她在那条星空灿烂的路上所感受到的自由。

噪音

他听说人死前最后一瞬间除了听觉没有其他知觉。不能看、不能闻也不能感觉痛苦的最后一刻，现世的声音还会停留于耳边。就像什么也看不到的胎儿最先能听到声音一样。

他跟一个长相虽一般嗓音却很甜美的女人生活在一起。他经常在黑暗中听着她的喃喃细语进入梦乡。当女子低声哼唱时，他就停住手里的活儿，闭目倾听。

他告诉女人喜欢她的嗓音是因为它像铅笔时，女子动听地笑了。

"那到底是什么意思？"

他并没有告诉她，那嗓音像夜深人静时用铅笔在纸上写字时的沙沙声。

他在人世间唯一担心的就是她的嗓音消失得比他还要早。

西边的树林

她和他租了离树林很近的二层房子住。春天，白色山樱花瓣沿着溪谷在水面上随波漂流；夏夜，远处布谷鸟欢叫着。傍晚时，他们经常到树林散步。树林向西展开，茂密的树叶迎着傍晚的逆光不停翻转。

初秋的早晨，他们打算离开那栋房子，正往外搬行李时，邻居家的女子来找她。虽然相互面熟，但从没打过招呼。那是个脸色苍白的中年妇女。邻居家的女子将捧在手里的满满的绿色枣粒倒在她手中。

"去哪里啊？"

"去城市。"

"很远的地方啊。"

"不那么远。"

她向邻居家的女子莞尔一笑。邻居家的女子羞涩地在裙边上擦了一下手，转身回去了。她装满枣粒的衣兜里飘来一股清香。

离开那栋房子之后，迎来了深秋。

一天晚上，他们穿着拖鞋来到后阳台。西向的窗户外，太阳正在落山。远处重重高楼的玻璃窗被霞光映红闪闪发亮，近处商场建筑下面车水马龙。不知何处传来了警笛声。

他们打开双层窗户。窗框旁的隔板上放着一些干瘪的枣粒，他们一人取了一粒放进嘴里。吞下甜甜的果汁时，他们谁都没开口。

岁月

她拉着他的手走着。绕过好几个弯爬上斜坡，天逐渐暗了下来，远处的灯一个接着一个亮了起来。她问他："我们在往哪儿去你知道吗？"

"我在跟着你走呢。"

他用深沉的声音回答她。他干瘦的手被汗水浸透，泪水模糊了眼镜镜片后面的双眼。

"我还以为你知道呢。"

　　他仿佛很吃惊的样子，紧接着像个生了一场大病后的孩子一样脸上掠过一丝凄凉的神色。"没关系的。"她说道。

　　"抱一下我的肩。"

　　当他抱住她的肩膀时，她心知肚明。个子不高背也不宽的这个男人，这个几十亿人当中的普通一个，可能没有出生也可能在某个角落里让人感觉不到其存在而默默存活的这个男人，他的怀抱里正藏着她用一生寻求的所有温暖。

　　"回去吧。"

　　他一边松开抱住她的手臂一边说道。

　　她问："不是不知道回去的路吗？"

　　"是的，是不知道。"

　　"那不是不能回去了吗？"

　　他把手放进大衣兜里，肩膀微微地打了个冷战。

　　他问道："你不害怕吗？"

　　"害怕。"

　　"我不知道你在害怕呢。"

　　"没关系。天马上就黑了。"

　　他沉默了。沉默中夜幕渐渐笼罩下来，天与地融合成青色的一体，在某一瞬间已看不清界线。她知道年轻的他头发开始花白，也知道他额头上开始出现深深的皱纹。

　　"完全变黑的话⋯⋯"他开口说道，"完全变黑后什么也看不见，摸不着，听不见，像在梦中一样安静的话，在那黑暗的地方，那时……"

他停顿了下来。

"那时？"

"那时不要害怕或失落，不要忘了我在你身边。"

她突然装作非常生气。

"干吗说这样的话？你才不要忘了呢。"

他的脸被黑暗吞没。看不见他的嘴唇，他的声音越来越低。

"天更黑了。

"看来还要黑呢。

"我们继续这么走行吗？"

远处闪烁的灯光离他们远去。他的呼吸声像在前世一样，感觉很遥远。他们微驼着背，脚步缓慢。他的头发像飞鸟的白色翅膀，在黑暗中一个劲地晃动。被汗水湿透的手潮乎乎的，她拉着他的手向前走去。

——刊载于《文学村》1999 年冬季刊

白
花
飘

　　父亲去世后，母亲戴上了白色飘带发夹。

　　当时只有八岁的我，还天真地以为，

　　父亲变成了一只白蝴蝶落在了母亲头上。

　　一年后，妈妈把一直以来收藏的几百个白色飘带发夹拿出来和丧服一起烧掉了。看到那些飘带在炽烈的火焰中摇摆，感觉就像一群扑向火焰的白蝴蝶，我不由得向后退了几步。

　　那时，我最渴望的是阳光。对一个刚战胜病魔重新站起来的男人来说，比起美味的食物和白嫩细腻的女人肉体，他更渴望什么？我想应该是阳光吧。

　　"你总是一脸饥饿的表情。"以前的一位老师用责怪的语气对我说过这样一句话。说话时，老师的眼睛不像平日里那样目光炯然，而是怔怔地望着窗外那远处的山。他的眼神孤寂，不冷不热的目光从我深陷的两颊上扫过时，我只能低下头躲避。

　　在街上遇到老朋友时，他们嘴里蹦出的第一句话往往是："你怎么这么瘦了？"而有一次正好我们都有时间，就一起到胡同口的小餐馆吃饭。看着狼吞虎咽的我，朋友当时的表情不知怎的和那老师很像。他那不解的眼神和似乎想要说什么的样子，让我感觉心里很不舒服，于是我会无聊地开着玩笑，或是评价一些最近读过的书。如果一个人只能听着自己的笑声才能发笑，可想而知他该有多么凄苦悲惨。于是，像在以前的老师面前一样，我把那段高分贝的笑声吞进肚子里，嘴里支支吾吾，然后默默地把视线移开。

我为什么常常对食物感到厌恶呢？我总想把胃里那黄黄的消化液吐个精光，再把那红红的内脏一一吐出来，只要能做到，还真想把肠子像翻袜子似的翻个个儿。像那样饿个一顿两顿，到后来饿得慌时我就暴饮暴食，能吃正常人的两三倍。擦掉额头上的汗珠撤离饭桌后，我就会感到呼吸困难，有饱腹感的同时又想作呕。

到底是怎么回事呢？好的职业、金钱和爱情，以及对大大小小日常事务的热爱和渴望，对我来说，也只不过是与令我作呕的佳肴一样的存在。不知是因为懒散，还是因为容不得半点拘束和权威的性格？是因为自认为早已洞悉人世间所有的路数和终点的自满心理，还是因为把所有的食物都聚集起来也满足不了我的饥饿？连我自己也搞不明白。从地方国立大学韩国语言文学系毕业后，我第一次到首尔时曾在一家杂志社待过一段时间。那里的一位头发发白的主编在酒席上曾对我喊过："是虚无主义，虚无主义……你的虚无主义完全是健康问题造成的！"

从那家杂志社辞职后，我又在广播电台和出版代理公司工作过。渐渐地，我成了工作狂，有时周末和晚上也加班。我曾一点一滴地攒钱存定期存款，也曾经在烧酒屋和音乐茶座吃无聊的午饭和消夜时，天花乱坠地吹着牛，笑到肚子疼，流出眼泪。但在这喧嚣之后，我又常常会被穿透内心的呕吐感和患慢性胃痉挛长期打针留下的针孔刺激臀部时的隐隐痛感折磨着。

我只能一直渴望阳光。在穿过黑暗楼层的时候，在没有路灯的胡同尽头往大门锁眼插上钥匙时，当拖着后跟磨薄的皮鞋走出地下道时，想象中的阳光不知有多耀眼。它灿烂得无法与上下班路上和跑外勤时在首尔的街头看到的阳光相提并论。

不久后的某一天，天蒙蒙亮时我做了个梦，梦中十二个太阳围绕着宽阔的江河慢慢升起。日出时的光芒应该是红色的，但那天梦到的太阳就像正午时分那样透明，射出强烈的光芒。我感到自己眼睛快瞎了，不知所措。当我从梦中惊醒坐起来时，厚厚的玻璃窗外正下着冬雨。

闹钟指针指向早上六点。虽然狭窄的月租房里就像黄昏一样阴暗、潮湿，但那十二个太阳发出的光线余像直到前天仍旧火辣辣地刺激着我的角膜。长期酗酒后疼了几个月的太阳穴上仿佛被锋利的水果刀一样的光线狠狠地划了一道。我钻进破旧的棉被里，像牙疼的人一样咬紧牙关，反复咀嚼着那个残留的影像，一直坐等到天亮。

一个月后，我离开首尔去了济州岛。我在北济州郡一个叫细花的城镇里租房住了两个月，后来在乘坐去莞岛的轮渡回来的路上，我见到了那个男人。

*

那个男人中等个子，穿着宽松的白色西服，脸又老又皱，怎么看至少也有五十岁了。或许他是因为历尽沧桑才显老，但的确很难见到过中年的男人穿着白色夹克、白色裤子、白色袜子和白色皮鞋。不知是遗传还是染了色，他没有一丝白发，头上还戴着宽帽檐儿的毡帽。帽子也是白色的，没有一点污渍。

那个男人的穿着打扮带有明显的异国风情。西服的领子与流行的款式相比宽很多，领带也是 20 世纪 70 年代风行的那种又宽又华丽的款式。虽然西服是用很好的布料新做的，但不知是白色的缘故还是因为他的身材太瘦弱，他看上去又冷又寒酸。他那黝黑而消瘦的面孔与身上从头到脚的白色打扮形成了鲜明对比。

他独自一人。与他同年龄段的中年男女们都在船舱里疯狂地唱歌跳舞，所以独自一人的他更显眼。但如果不看他的表情，也可能猜不到他是一个人。他那粗糙而褶皱的脸上唯一的亮点就是那对黑亮的眼睛。他眼神茫然，仿佛笼罩在阴影之中，那阴影就像倒映在深井水面的树荫，足以暗示他没有同伴，还有他是经过长途跋涉才来到这里的。

很明显，从济州岛到莞岛，这短暂的旅程不是他旅行的开始。他也不会是到济州岛溜达几天就回去的人。感觉他像是来自日本或更远的国家，正在回祖国的路上。他身穿过时的西服，像欣赏抽象画一样用陌生的眼神看着同一艘船上的游客。由此可以确定，他曾长时间驻足在异国他乡。

虽然他穿着干净的新衣服，却不像是有钱人，虽然他的表情平静而沉着，却感觉不出是个知性的人。额头和眼角的皱纹隐藏着他的过去，硕大而粗糙的手背上鼓起的青筋证明他吃过不少苦。也许他的肉体是在斗酒、劳动和激烈打斗中成长和衰老的。一切骄傲和耻辱、快乐和贫穷的过去或许都深藏在他寡言的舌根之下。

印象最深的就是那平静的表情下无法隐藏的他内心的兴奋。他的眼神正随着船舱窗外荡漾的海浪慢慢起舞。在这艘吵闹声震耳欲聋的船上唯独他最沉默，严守着内心的兴奋。

说不定他是挣了大钱还乡。年轻船员对顾客的大吼声，结束修学旅行返程的孩子们对所有东西都感到新奇而发出的阵阵欢笑声，还有船舱里传来的用母语唱出的流行歌曲，也许这些声音对他来说都像是为庆祝内心深处的欢乐而点燃的礼炮声。因为它太珍贵，对他来说这应该是丝毫不想和别人分享的那种既安静又平和的庆典。

*

我和白衣男人在昏暗的船舱通道东侧的窗前一处宽敞地方一起并排站了足足一个小时。

地暖式船舱已被嘈杂的中年观光团占据。为了找个安静地方，我转悠了一、二层的甲板和客房通道后才发现了这个安静之处。进入昏暗的通道时，白衣男人逆光下精瘦的背影显得格外寂寥，乍一看有种宗教色彩。当我放轻脚步走到窗边把行李放到窗台边并点头表示歉意时，他没说什么话，只是轻轻地拉了一下自己的白色皮包。

在这里也能听到嘈杂的流行歌曲，但声音已减弱了许多，听起来就像从远处传来的喜宴嬉闹声一样，让这个安静的地方显得更孤寂。透过长长的通道那一边的窗户能看到西边波涛汹涌的深蓝色大海，而这一边的窗户展示着右侧的大海风景，上午的阳光灿烂夺目。此时我呆呆地看着船飞快驶过时划出的一道道白色浪花反反复复地化为泡沫又消失，脑海里想起了在济州岛细花度过的短短两个月时光。

我把包括被子在内的所有行李都邮寄到了首尔，所以以前一天就穿一件薄薄的夹克熬了一夜。这天早上，我坐上了开往济州市的首班慢客车。通向济州市的国道旁樱花盛开着。在那儿我看到了顶着木盆从樱花树下经过的妇女，皱着眉头等着客车

到来的一群年轻人，还有把咖啡杯和保温瓶裹在花布包袱里的
茶馆妇女。樱花盛开在人们的头顶上方，春光照射在盛开的花
朵和树枝上。

　　一路上我边走边打听去乘船码头的路，找到了国内线的候
船室。但不知为什么去莞岛的轮渡只能在国际客运码头乘坐，
所以我只能顶着春天的阳光多走一公里。阳光充盈了我的头
脑、内脏、无数条血管和硬硬的骨头，我仿佛成了一团光走在
路上。从二楼租的房间里看到的湛蓝的大海，只能听懂名词和
词干的济州岛土话，偶尔见面聊天的鸡铺老板娘清脆的嗓音和
干净利落的脸漫无头绪地出现在我的眼睛和耳朵里。

　　如果有人问我在举目无亲的地方待了两个月都干了些什
么，我只能说我什么都没做。我只是找家便宜的餐厅一天胡乱
吃两顿，不分昼夜地睡觉和漫无目的地随便走走罢了。春天的
济州岛是一片黄色。虽说迎春花的颜色漂亮，但却没有油菜花
透明，看着它们开成一片还能比较出它们之间色彩鲜艳度上的
差异。我徘徊在开满灿烂的野生油菜花的胡同、寄生火山和海
岸上。在那儿我做的只有这些。

　　奇怪的是，重复了将近一个月那些无意义的事情后，我开
始看到我未曾想到的一些东西。不知该怎样解释好呢。

　　隔着石墙的宅旁地上种植的白色葱花；穿着校服背着书包
走在防波堤上的少年圆润的肩膀；月租房对面宽敞的石道上每

隔五天就出来的集市；妇女们在脏兮兮的帐篷下摆着摊子，用特别亲切的口吻叫着我"小姐"；在集市入口有人烤的香甜的糖馅饼；卖剪刀、菜刀和农具等的小伙子伴着录音机中流出的欢快的通俗歌曲吹起清脆的口哨声……在有风的日子里，十二三岁的少女们开心地骑着自行车，宛如在追随着天上的云朵；佝偻着身体一整天在马路边的农田里干活的房东老奶奶和她头上的黄色头巾，这些我从未有过的种种清新的感觉，开始慢慢地通过我的眼睛、鼻子、耳朵和皮肤进入我的体内。

就像一部分基因被换了似的，像往基因中注入了济州岛的阳光似的。在那儿我时不时就莫名其妙地笑，走路时也会无缘无故地掉泪，还会在超市、餐厅或车站和刚刚相识的妇女畅谈。直到那时，我才知道我身体中竟然蕴藏着如此纯净而灿烂的笑容。

*

我站了一个小时，那个地方陆陆续续一共来了六个人。手里各拿着一听可乐的两名高中生走了过来，一起倚靠着船舱的墙壁目不转睛地仰望着窗户。之后又出现了不像是夫妇的一对中年男女。醉醺醺的两个人踉踉跄跄地走过来靠在宽大的窗户上，胡乱把额头和两腮在冰凉的玻璃上搓来搓去。

比起醉酒后站不直的男人，女人可能沉着些，所以刚开始只觉得男的喝醉了。但仔细一看女的也必定喝了不少，她以极其不雅的姿势倚靠着窗户。

女的看起来有四十一二岁。那女人把失去光泽的鬓发扎了一个马尾辫，上身穿白衬衣，下身穿黑色筒裤，披着起毛的黑色开衫。脸上似乎没有化妆，下巴和两腮都有点胖，但看脸型，我觉得她年轻时应该算是个美女。但是我那么仔细观察她不是因为别的，而是因为看到了她的耳边戴的黑色发夹上好像缠着像花一样的白色飘带。

　　*

大家都默默无语。轮渡轻轻摇摆着在海上行驶。大海的涛声和海鸥的叫声都隔着厚厚的玻璃，无法听到，只能听到通道另一边疯狂的歌声。

打破沉默的是一直呆呆地望着船舱的两个少年。

"你们是春川高中的学生吧。"开船不久我上了甲板，看到很久不见的内陆人就觉得很亲切，随便抓住一个少年就问起是哪个学校的。其中一名身材矮小却看上去很精神的少年用很清楚的标准语回答，他们是春川高中一年级的学生，刚结束四天三宿的修学旅行正在回家的路上。接着他开始向我不停地发问："您从哪儿来？""为什么是自己一个人？""来济州岛多长时间了？"

可是，坐在这边的两个家伙和他们的同龄人相比看似很腼腆。叫朋友时也不装模作样，不大声叫唤，也不为了表现男

子气概而用一些脏话。在他们脸上夹杂着早熟和孩子特有的害
羞：有的时候就像已厌倦了苦难人生的大人表情，有的时候脸
上露出不懂事的孩童般天真的笑容。

"大海好可怕……什么都没有。"

戴眼镜的男孩悄悄地跟那个平头男孩说。

"我喜欢那样。"

平头男孩边挺直他瘦弱的肩膀边回答道。虽然说话底气十
足，但生怕被周围人听到，因此把声音压得很低。

"那样有什么好的？"

"我觉得，人活着到最后就只剩下我自己一个人。"

平头男孩歪着嘴边笑边用幼稚的语调说道，嘴里露出了一
颗银牙。

"……那我也喜欢那样。"

*

这时，醉酒的中年妇女对着醉酒的中年男人喊了一声：
"那个，不是蝴蝶吗？"

不光是那个醉汉，连两个男孩和我、白衣男人也都朝那女
人所指的方向望了过去。那里只有船尾在惊涛骇浪之中溅起的
白色水花，不可能有什么蝴蝶，白色水泡也不可能是花丛。

"真是的，这茫茫大海上怎么可能有蝴蝶呢？"喝醉的中
年男人应了声。

"不是，我明明看见了……我敢保证……"女人自言自语，眯着眼笑了。那女人傻笑时像丢了魂似的，看上去很滑稽。中年男人像哄哭着的女人一样，轻轻地拍了拍女人的肩膀。女人的表情依然像丢了魂似的，重复道："不是啊，明明在那儿来着……"这时，女人似笑非笑的嘴角咧了一下。

随后，女人立刻蹲下吐了起来。自己快站不稳的醉酒男人惊慌失措地拍了几下女人的后背说要到同伴那里拿点纸过来，便起身扶着墙摇摇晃晃地走开了。

女人捂住自己的嘴，表情显得非常痛苦。男孩们和我都没有带手纸或手帕，只能袖手旁观。这时白衣男人从他的上衣口袋里掏出了一块手帕。深灰色的手帕上绣着白色的水珠图案，显得非常华丽。中年男人指了指女人脸上又黄又红的呕吐物，把手帕递了过去。女人站了起来，一只手遮住嘴，另一只手接过手帕。但是谁能想到，女人却一头栽进了白衣男人的怀抱里，把胃里剩下的污物一下子都吐了出来。

"呵呵……"

不知那是什么表情。在他脸上第一次看到这种表情。不是淡淡的微笑，而是一丝颤动从他脸上掠过，如果不细看还以为依旧是十分平淡的表情。不能确切地说是怜悯、困惑还是仁慈，除了用非常落寞来形容，我找不出别的词了。

"该怎么办啊？这白衣服……"

女人一边擦着嘴角一边喊了出来，几乎要哭出来了。

我帮白衣男人将瘫在地上的女人扶起来，让她倚靠在墙上。那个女人比想象的要沉得多。

"怎么办……这么白的衣服，怎么办……"

像在跟什么东西抗衡，那个女人一直发着抖重复着那句话：

"完了……都被我弄糟了……"

白衣男人让抽泣的女人往后仰头，张开肩膀，待她平静下来以后再用手帕擦了她的脸。在我搀扶女人时，白衣男人默默地擦掉了自己身上的呕吐物。他的动作从容而娴熟，给人印象经历了很多事。

等那个醉汉拿着弄湿了的卷纸回来时，女人已经清理好身上的污物。

"怎么回事啊？干吗……喝那么多。"

自己也醉得差不多的男人用手使劲搓着自己的额头，埋怨起女人来。

"我把那白衣服……怎么办啊……弄糟了……"

女人哭喊着，好像没有比这更让她绝望的事了。

这时，白衣男人将额头靠着冰凉的窗玻璃站着，就像刚才醉汉所做的那样。"真是对不起啊。"醉汉向他说道，声音含混不清。这声音着实让白衣男人吓了一跳，他急忙转过头来。

这是怎么回事？！第一次我所看到的那个男人脸上的兴奋

和淡淡的微笑早已消失，取而代之的是苍老和疲惫。

"没关系。"

白衣男人回答，他的声音有些沙哑。

"我该死……天啊，把这么白的衣服……我的天啊。我真该死……"

女人的哭声越来越响了。

也许白衣男人在想他身上被弄脏的西服会让女人更加难受，索性背起自己的白色皮包，朝着通向甲板的门大步走了过去。

有时候背影能带给我们更多信息，能把用表情和动作隐藏的东西一一呈现出来。我看到了男人为了尽快离开，向前低垂着精瘦的肩膀迈着大步走。他的步伐坚定而果断，但显得有些孤独。

"……我真该死……真是作孽啊……"

当中年男人用湿手纸擦去女人脸上的汗水、泪水和呕吐物混合的污渍时，我又看了看那女人头上戴着的白色粗布飘带。

无论是戴三天，戴四十九天还是戴一年，女人们头上的白色带子总是洁净的。那是因为她们早上梳头的时候总是会换戴新的粗布飘带。那些都会被留下来，在脱孝的时候跟丧服一起烧掉。也许在那女人半开柜的抽屉里整齐地叠放着很多这样的粗布带子，也许以后可能还会越变越多。

不知道为什么，那时我会突然想起生殡努尔 [1]。

在济州岛细花的时候，房东奶奶曾讲过生殡努尔的故事。"生殡努尔"是济州岛方言里的一个词，也被叫作松殡幕。老奶奶一米四左右的个子，又白又密的眉毛下有一双炯炯有神的眼睛。"济州岛四三事件时，我爱人死在枪下，我独自一人抚养四个孩子……"她能以这句话为开头说上一两个小时她自己的往事。她像个男人，坚强而冷静，但有一次突然边流泪边叹息着说："我是个以泪洗面活过来的人。"说到这儿的时候，她沉默了一下，用双手像洗脸似的把顺着褶皱的脸淌下来的泪水擦了擦。关于她的流浪经历，她用了我勉强能听懂一半的方言健朗地说道："我头上顶一个行商包裹……走遍了朝鲜半岛的天南地北……"

一次，我跟着老奶奶一起去农协市场，她把待修的电视机拿到经营修理店的亲戚家后，执意要从胡同走捷径，于是我跟着她走进了太阳暴晒下的一条胡同。她边走边对我说："这堵墙就是四三事件时人们站成一排被枪杀的地方……他们把人们赶到那朴树下……"她用手指着说道，"一点儿也没变，别人都说变了……五十年过去了，不变的依然还是不会变的……"她咂了咂嘴，然后告诉我什么是"生殡努尔"。在济州岛通常是

---

1 济州岛的一种民间信仰活动，是当地的葬礼习俗。

五日葬，但夏季是三日葬。如果丧主出海或出门在外就会是七日葬。但在那期间没有吉日的话，就会建造一座像在陆地上的草坟一样的"生殡努尔"。那时是非常重视时日的，而且选一个吉日也是非常困难的。

"先在地上铺上卵石，再把棺材放上去。四周再围上松针，防止老鼠或昆虫进去……为了防雨，上面再用草帘子盖上。"

在丈夫死去整整八年后的那年四月，老奶奶为了患肺病死去的二十一岁大儿子的葬礼，在离这个胡同不远的树林里建造了一个"生殡努尔"。她在那儿闻着年轻的儿子尸体腐败的气味，等待着吉日的到来。

"他怎么那么没有福气，死了后连一个吉日都没有……"

我从她那只能听懂大概的方言中听到"生殡努尔"这一生词时，感觉它意味着挖开红土埋葬活生生的生命，不禁感到毛骨悚然。说完，老奶奶咂了一下毫无血色的嘴唇。我看见，她褶皱的眼角边上布满着老年斑。

*

每当平头男孩抬头时，长满粉刺的、长长的额头上就会出现深深的皱纹。他低声地对伙伴说道：

"你昨天喝得挺多啊。"

"是啊。怎么喝都不醉。可能因为是第一次吧。"

戴眼镜的男孩回答，脸蛋白白胖胖的。

"可我醉了。"

"喝醉的感觉怎样啊？"

"口渴。"

"就口渴吗？"

"劲儿也变大了，不用多大的劲儿就能把推拉门关得哐当响。"

"就这些吗？"

"就好像全世界都在我的掌控之下呢。"

"……蠢货。喝完酒，我只想睡呢。"

两个少年一边互相拍着肩膀一边笑。他们笑了一会儿，表情突然变得严肃了，瞥了一眼那对中年男女。中年男女并排坐在之前少年们坐过的位子上，脸朝着不同方向，各自沉浸在某种思绪中。他们面无表情，两眼无神，眼睛像是嵌在眼眶里的玻璃珠子，身体像是被掏空的空壳。我开始感觉到一股寒气，于是紧紧抱着双臂站在那些少年的旁边。船在海上摇晃，看似同行人的四个身影也随之安静地摇摆起来。那个白衣男人离开后留下的空位，仿佛亲人缺席似的让人感觉空落落的。

平头男孩看了看表，心不在焉地说了声"走吧"。戴着眼镜的男孩似乎也厌倦了这些大人所制造的枯燥气氛，带头朝着通往二楼船舱的楼梯走去。第一步迈得虽然气势磅礴，但接下来的步子还是跟来时一样拘谨。平头男孩两手插进牛仔裤兜紧随其后，也许是因为肩膀瘦小，多少显得有点忧郁。

"……我们也该走了……可能都在等我们呢。"

醉酒的男人对女人说。

"去哪儿？"

女人像突然从梦中惊醒似的，用明亮的嗓音，瞪着大眼睛
问道。

我静静地望了会儿渐渐消失在楼梯上的少年幼稚的背影，
再望了会儿表情茫然睁着眼沉浸在睡梦中还未醒来的一男一
女，也打开通道的门向甲板走去。

*

茫茫无际的海上终于出现了第一座岛，听说它叫青山岛。
船在岛与岛之间行驶，我抬头望了望蔚蓝色的天空，春天的多
岛海是那样美丽。

"是一只白蝴蝶。"

我的父亲和母亲是一对琴瑟和谐的夫妇。我从来没有见过
他们特别亲密的时候，但也从来没有看过他们吵架。就算有，
也只是一次。在我七岁时，睡梦中听到过低声的吵架声。

父亲去世后，母亲戴上了白色飘带发夹。当时只有八岁的
我，还天真地以为父亲变成了一只白蝴蝶落在了母亲头上。父
亲是个安静的人，甚至像是无味无色的空气一样，时常让我感
觉不到他在家里。他像折起翅膀安静避雨的蝴蝶。他从来没有

像别人的爸爸那样大发雷霆过。

一年后，妈妈把一直以来收藏的几百个白色飘带发夹拿出来和丧服一起烧掉了。看到那些飘带在炽烈的火焰中摇摆，感觉就像一群扑向火焰的白蝴蝶，我不由得向后退了几步。

在我大学毕业前夕，母亲去世了。我照着镜子一边往头上戴着白色飘带发夹一边想象着母亲变成一只蝴蝶折起翅膀落在了我的头上。等一下，当时我确实这样想过吗？难道是我忘记了？当时母亲被诊断出胃癌，虽然进了手术室，但没有做完手术，只是把切口处缝合后就出来了。没想到母亲病情竟恶化到了这种地步。一直以来，母亲仅仅靠餐后服两片淡绿色的消化药挺过来的。

母亲去世后的第四十九天，我烧掉了白色飘带。那些粗布飘带瞬间变成火星，随后消失了。后来我想，它们会不会也变成蝴蝶落在某个人的头上呢？突然，我心中萌生了想尽快生个女儿的强烈愿望，不管有多辛苦都想生一个，希望她像母亲一样，有着月牙般美丽的脸庞。

离岸边不远了，越来越多的人从船舱里走到了甲板上。看到甲板上开始混乱起来，年轻的船员们手里拿着喇叭筒，把乘客引向船舱的通道里。看来马上就要投锚了。从船舱里走出来的人站成长长的一排等待着开门。

船终于停了。我站得比较靠前，很快就下了船。第一只脚踏上陆地以后，我回头看了看。仍然还有很多乘客顺着倾斜度极高的楼梯踏上宽阔的莞岛港码头，而旁边正忙着卸载货物。

走向出口的路上我看到了那个白衣男人。

身穿白色西服的男人正拥抱着头上扎了小辫子的两个女孩。这时我突然感到轮渡吐出的声音和此起彼伏的喊叫声，还有远近各处传来的各种船只的鸣笛声仿佛一下子在他们头上停住了。

不知那两个年幼的女孩跑得有多快，许久，后面才跟来一个胖胖的男人，像是她们的监护人。他迈着小碎步走来与白衣男人紧紧地抱在了一起。白衣男人两只胳膊分别搂着一个女孩的脖子，一边跟胖男人说话，一边等待着货物卸下来。他的行李数下来还真不少，有旅行包和木头箱子，还有用布包着的包裹。

其中一个女孩差不多有小学六年级，另一个有初中二年级那样大，看起来像一对姐妹。两个女孩身穿干净又朴素的方格子花纹连衣裙，脚上穿着折起的白色棉袜。少女们的脸上洋溢着快乐的笑容。白衣男人也抿着嘴笑着，好像长时间的孤苦使得欢笑不能穿透凝固在脸上的角质一样，起了皱纹的脸上一直不安地抽搐着。说来也奇怪，下船以后的那个男人现在看上去最多不会超过四十五岁。

他们又夹又抱地拿起了行李向出口走去。结束了修学旅行而归来的学生队伍像汹涌的潮水般从他们身边走过。两个女孩总是在抬头问些什么，然后又害羞地笑。那个胖男人好像在说明着什么似的，手不停地在空中比画着。他的妻子没出现。

  *

  我在上岸后最初遇到的是一个正在晒鳗鱼的渔村女子。当我问她去长途汽车站的路时，三十出头的女人挽起袖子指着远方说："那里，往那里一直走……"她的嗓音如同火车笛声一样爽快。

  在济州岛几乎看不到杜鹃花。开春以来我还是第一次看见。离开的时候还是冬天，一转眼春光照耀着大地。四十年前的春天，济州岛细花房东奶奶的年轻儿子被平放在松叶草帘子下的那天，天空有今天这样晴朗吗？沿着右手边的大海行走的时候，带着腥味的海风曾几次刮掉我的帽子，而当我拾起帽子时，就看见了路旁开着的白苦菜花。

  我买好车票，在附近书店买了份报纸。然后，当我走进一家位于汽车站旁的餐厅时，又偶然见到了船上醉酒的中年妇女。七八名客人聚在昏暗的餐厅正中的长桌周围，他们之中自然有那对中年男女。长时间的沉默过后，隐约传来他们之间的几句对话：

  "肯定想死掉算了。"

  "就算为了孩子们也得活着啊。"

"是啊……活着的人总得活着啊。"

无论是什么样的漫长旅行，一同度过一段时间后围坐在餐厅里的一行人一般都不怎么说话。刚开始旅行时的那些兴奋和恐惧都已不复存在，他们只是各自忍受着疲劳安静地吃着饭，吹着热腾腾的米饭，用发干的舌头咽下饭菜。他们一边呼吸着撒了阿司匹林般的空气，一边感受着饭粒在干涩的嘴里滚动时的生硬感。就像很久以来一直就是这么挺过来的一样，没有一个人想用夸张的大笑、牢骚或者别的什么来试图转换气氛。只有拿起筷子又放下的声音、喝汤的声音、嚼辣萝卜块儿和小萝卜泡菜的声音，混在一起分不清是谁的，只是轻轻地响着。

背对着那些人，我也咽下了干涩的饭粒。这次我并未感到恶心。我看着阳光。阳光打在码头上抱着少女的那男人的白色西服上。

那一瞬间没感觉到这个场景有多绚丽。但在这昏暗的餐厅里默默吃饭的时候，阳光渐渐变亮，最终是那么耀眼，甚至无法辨认出那个男人和少女。十二个太阳合起来的光能有那么亮吗？世上最亮的光难道只存在于人们无法再次目睹的记忆中吗？

那一行人吃完饭便慢腾腾地穿好衣服付完饭钱离开了。跟随他们的那个女人也离开了，走时她随手拨开了遮阳篷，看她迈出的步子，醉意显然已消退很多。看着女人的背影，我往空碗里倒了凉水，像凋谢的花瓣一样，几粒发白的饭粒浮到水面上。

——刊载于《HiTEL 文学馆》1996 年夏季刊

跟铁道
赛跑的河

直到鸟的尸体腐烂，我都还带着它。

它的体温散尽后，我手上的温度传到它冰凉的身体上，最后我自己都分不清我的手和鸟了。

当它腐烂到不能再带的时候，我才把它埋在铁道尽头的土丘里。

从那以后，每到傍晚我都会去天主堂里的那个位子坐着，每隔一周或十天就会看到其他的鸟接着死去。

1

同样是像今天这样寂寥的夜晚。

像熬汤药时散发的药味儿一样，黑暗笼罩着寂静而幽深的巷子。没有铺匀水泥的凹凸不平的路面，不时传来隐隐约约的脚步声。

我肮脏的手指冻得发红。两只耳朵也冻得如刀割一般。对面密密麻麻地有很多两层高的连栋住宅，每扇吊窗上都有像月见草一样的黄黄的白炽灯在发着光，紧挨着的那些石板屋顶上方挂着惨白的月亮。

你在都市的后巷里见到过月亮的影子吗？

你的童年是在故乡的河边度过的，所以就算懂事后，在首尔见到了月影应该没有用心看，是这样吧？希望有一天，能遇到一个喜欢看月影的人，跟他说说那些孤独的故事，不管那个人是不是你。

看着所有的事物都被无数条光线照射，交错出多重影子，那个人也会像我一样站着吧。直到忽然发现其中月亮垂悬下来的朦胧而温暖的影子，那个人会在那条路上干什么呢？在笑吗？是刚刚决定不再强忍哭泣的那一刹那吗？那夜晚那个人几岁？算是第几次重生？

那是我十三岁的时候。那年早春，在整理去世的妈妈的衣柜抽屉时，我发现了我六七岁时穿过的褪色的内衣。当时我第一次感觉到，好像踩到了小蛇的蛇蜕一样，浑身上下不寒而栗。那年初冬的晚上，我感受到了自己正在经历第一次重生。

我的新生命从现在开始要活几十年，太漫长了。无法预测在这期间还要有多少次重生。因此，每次想到还要再度死亡，我都会感到茫然和恐惧，每到那时我都会用门牙狠咬已经溃烂了的嘴唇内侧。

巷子又深又暗，路边是水泥砖墙，墙上有一个用从废货箱拆下的木板堵住的狗洞。墙的里侧是连栋住宅，外侧京仁铁路

沿着墙一直向西延伸。只有三盏橘黄色的室外钠灯稀稀松松地
站在墙外，但连它们也都向铁道那一边低着头。

那些灯中的第二盏还算正常，不闪烁也不忽暗忽明，我
就常坐在那盏灯下。背靠着冰凉的墙，正对着连栋住宅坐在那
儿，就可以看到像阴郁的视线一样的灯光映出的我纤弱的身
影。妈妈穿过的军绿色大衣很大，足以装下两具我这样的发育
缓慢的身体，与其说是穿着大衣还不如说是蜷曲在其中。

那儿有我的家。

在过去夏秋季节的许多个夜晚经常能见到，喝醉的爸爸向
后妈扔完铝锅、烟灰缸和托盘之类的东西后，又举起烧蜂窝煤
用的拨火棍光着脚在院子里追跑的身影。每当这时，外面或许
乌云满天，或许刮风下雨，或许星光满天。但不管怎样，不变
的是我的家。

我把书裹在外套里面，把肩压到和腰一样低，溜出洋铁
门。还说不清话、步履蹒跚的弟弟妹妹们哭喊着抓住爸爸的裤
腿，但作为孩子中老大的我却没有参与。我跑过长长的巷子，
在连栋住宅区前翻开书，有时是做作业时把其中一角折起来的
教科书，有时是从成人和儿童图书混杂在一起的班级图书库里
拿来的竖版翻译小说。

翻着沙沙作响的纸张时，不管是巷子的黑暗还是从远处传
来的家人的谩骂声，都会渐渐变淡。怎么能忘掉那灿烂的寂静

呢？整个世界停止了呼吸，投进我的怀抱。我那又小又暗的家不知从什么时候开始散发出耀眼的光芒，我的肩膀和下巴也不知从什么时候开始被冻得发抖，但我依然坐在那里。

我清晰地记得，每当眼睛离开书本的时候便在眼前阴险地骚动的黑暗，凉飕飕的星光，那些孤苦伶仃的灯光，还有突然跑出来的令人毛骨悚然的野猫眼里射出的绿光。最后一次把我的鸟埋到铁道尽头回来的那个夜晚，也就是寒风如锋利的牙齿撕咬着我脖子的那一晚，我的双眼因为愤怒而泛着绿光，是那月影第一次抚慰了我。这一切，我至今都无法忘却。

2

像蛇留下的爬痕一样，混凝土栏杆上有条长长的裂痕，她扶着栏杆走到了走廊尽头。她很疲倦。从位于首尔外围的办公室出来到这个港口城市的住宅区，需换乘市内公交车、地铁和小型巴士。近两个小时的下班路程快结束时，她的四肢理所当然地会像面团一样变得软绵绵的。

据说这栋多户型住宅在明年之内会进行拆迁重建。两年前她搬过来时这栋楼就很破旧，在她住的这段时间里变得更旧了。从那时就开始因疏松而脱落的栏杆上的蓝色油漆，现在已经看不出原来的颜色了。没人打扫的走廊角落里，挂着灰尘，落满灰尘的蜘蛛躯壳阴森森地挂在上面左右晃动着。

她心不在焉地踢开了门口散乱的报纸，那是些没有看过、从未拿进家里的报纸。它们早在几个月前就被送来，但没人去碰。每份报纸现在看上去还像刚送来时那样整齐地叠着，中间夹着硬硬的彩色广告宣传纸。与其说它们反映了年轻的邮差无意义的执拗，倒不如说恰如其分地装饰了这朽落的走廊尽头。她用淡淡的眼神瞥了一下有膝盖那么高、散乱堆放着的报纸。

他今天也没回来。

她打开铁制大门进来，在没有人的气息的室内轻轻叹了一口气。虽有种想大哭一场的冲动即将撕开心扉跳出来，但是像经过多次浸泡后绿色越变越淡的茶水一样，她的叹息也显得那样无力。

"现在几点了呢？"

灶台旁挂着巴掌大的壁钟，电池快没电了，走得越来越慢。以后还会继续变慢。不争气的时针和分针，荒唐地指着两点零五分。她想着，幸亏那个壁钟没有秒针。如果像刚从肉里抽出来的毛细血管一样的秒针为了一秒钟的时间踌躇数分钟，在那里发抖，我想看到那个肯定会很不舒服。

她脱掉了自己唯一一双满是灰尘的黑皮鞋。由于没有及时换鞋跟，现在整个鞋底都被斜斜地磨掉，走在大理石一样光滑的地面上会发出刮铁片一样的声音。穿着这样的鞋，她的身体也不得不左右晃动。最后一次去修鞋是在早春的时候，已是半年之前了。那时修鞋店四十岁出头的男人拿着她的皮鞋，夸张地咂了咂舌头，说：

"哎哟，再怎么忙也要看看鞋跟啊。跟都磨没了，连鞋底都变得这样光滑，到底都干了些什么呀。一不小心，会摔破后脑勺的呀。"

她把包放在了灶台旁。打开房门，她把外套扔在铺了地板革的炕上。没开日光灯她就侧躺在了大衣上面。差点睡着了，但炕太凉，她马上又醒了。盥洗室天花板上挂着的六十瓦白炽灯太亮了，就像肉店里一样令人感到恶心。洗完脸和手，她抓起他的牙刷，刷起牙龈和上腭。他刷牙时无视保健常识，只是左右使劲刷，所以，就算是新的牙刷，没几天就变得像炊帚一样，毛七扭八歪的。他离开的第二天，在牙刷桶里发现他坏掉的牙刷的时候，她屏住声笑了。她拿起没有抹牙膏的那把牙刷，刷了很久。他的唾液和牙膏没有洗净，牙刷上还留有又腥又亲切的他的味道。

"可惜现在连那个味道也刷没了。"

她低声叨着，跺脚似的往毛巾上擦了湿脚，然后走进里屋，打开日光灯。日光灯忽闪了几下才照亮了这六七平方米的房间。

房间好像在一天之内变窄了许多。书有些插在书架上，有些散落在炕上，有三四百本。它们像长脚的生物一样一步步向中间空旷处逼近，形成了一个狭长的椭圆形，现在仅剩刚好够她伸腿躺下的空间。

她把扔在地上的大衣挂在书架旁的钉子上。在房间当中的空地方铺上毯子后盘腿坐着，她像若无其事故意拍打自己脸给别人看的小丑一样，在脸上擦着面霜。化妆品瓶子里的白色乳液也没剩多少，快见底了。

她翻开昨晚没看完的书，但没看两页就合上了。她把脸埋在膝盖中间，暂时沉浸在自己的思绪之中。她只穿着内衣，瘦瘦的胳膊和腿上起了鸡皮疙瘩。被洗脸水弄湿的两三缕短发丝沿着没有生气的脸往下耷拉下来。

她突然抬起了头，就像晕倒后被抬到医院的病床上刚刚恢复意识的人一样，她用呆呆的眼神看了看四周。想要急着站起来的她，像折叠小刀一样马上又折回了身子。习惯性的一阵眩晕过后，她才伸起了腰。

她摸索着挂在钉子上的大衣兜。为了拿出硬币、定额地铁票、吃剩下的橘子皮和废纸团，把兜翻过来时，她看到断了脖子的一群鸟一齐散落下来，在地板上打着滚，蓝色的羽毛在地板上乱舞。

3

给你讲讲，那时候我放在大衣兜里的死了的山雀的故事吧。

当我去学校，步行在夜晚街头，在街灯下看书时，我的手总在衣兜里把玩着山雀们凉凉的翅膀和柔柔的胸毛。在我那沾了污垢的手心里慢慢腐烂的许多小小的脸，还有玻璃球一样光滑的眼球，那触觉现在依稀也能感觉到。

第一次发现鸟是在那年夏末。

铁道画出顺滑的弧线向紧挨着港口的铁路车站延伸而去，在下午的阳光下闪闪发光。那天是月考的日子，学校很早就放学了，但我不想回家。我想穿过铁道走走。这条路是以前每个星期天清晨，妈妈独自去天主堂时走过的路。那时我都想跟着去，但妈妈一如既往只允许我在没有弥撒的平日下午和她一起去。

烈日的威力虽然减弱了很多，可由于没吃午饭，我每迈一步头都会晕一下。承受着两个腋窝像着了火似的炎热，我加快了脚步，同时回忆着那年春天和妈妈一起走路的场景。

那年春天，每条路的砖缝里都长出绿绿的幼芽，水汽充足的迎春花树枝吐着一串串黄色的花蕾。妈妈在地摊上买了五百韩元的烤饼，塞到我手里。我的上腭不小心被红豆馅烫到，正不知所措，而妈妈没注意到我，仍旧把手放在我的肩膀上，走着走着忽然想到什么似的跟我说：

"……那儿的花可能正在凋谢。"

我没有问那儿是哪里，因为我已听过无数遍，所以知道那儿指的就是妈妈的故乡。听说那里冬天也会开花。大雪纷飞的十二月，也有黄色的蒲公英花瑟缩着肩。翻开山坡上的干草堆，可以看到仍然绿色盎然的鹅不食草花。

"花谢了之后呢……"

嘴里嚼着烤饼，我天真地问道。

"……冬天的花谢了，就会开春天的花了，是吧？"

妈妈低头看着我，无力地笑着。那是温暖的、疲惫的、熟悉的、难以形容的笑容。

"我们去那儿吧，妈妈。"

妈妈并没有急着回答。她单膝跪在地砖上，先用指甲给我拨弄分发线，随后在我的耳边细语。发甜的口气弄痒了我，我把脖子缩进肩里笑了。

"……好吧。"

而如今，我独自一人穿过铁道，向天主堂走去，黏黏的汗湿透了膝窝儿。如今烤饼找不到了，我正咀嚼着记忆，记忆犹如没了甜汁的肉丁一样结实。

快到孤寂的天主堂大院时，我的身子像淋了雨一样被汗水湿透了。站在巴洛克式屋顶的主教堂前，我犹豫了。我那个年纪难以承受的厌恶感从腹部蹿了上来。

那年春天妈妈把手插在大衣兜里，用单薄的肩膀推开主教堂的玻璃门。走到黑黑的走廊中间的木桌子旁边，妈妈才把手从兜里拿了出来。妈妈用手背像开了花一样红红的、皲裂的手拿起一张放在桌子上的周报，手背倚着额头，一行行地念了下去。走进弥撒室的妈妈的背影，消瘦得像鬼影一样。在圣水台里弄湿手后，伴着清脆的皮鞋声，妈妈走到八角石柱旁的角落坐了下来。

第一次感受圣所的宁静而变得胆怯的我踮着脚跟在妈妈身后，坐在了妈妈座位的旁边。这里是袖边擦过木椅子都会产生很大回音的地方。仰头看着高高的天花板上的玻璃装饰和阳光灿烂的彩色玻璃，我等了很久。等妈妈抬起头，等妈妈把手放在我的头上轻声说一句："我们走吧。"

可是妈妈并没有抬起头，而是用手掌捂住了嘴，然后剧烈地抖着肩膀，抽咽起来。

"你第一次扯着嗓子哭，是在几岁的时候呢？"

我一想起那天的事，嗓子眼就会痛。有时身体的记忆比心灵的记忆要深刻得多。就像我每当想起妈妈的时候，全身上下都会发麻，手指关节和嗓子眼的茸毛根都会痛。

我的手小心翼翼地拍着妈妈的肩膀，起初从我嘴里挤出的是小小的呻吟声，后来终于变成了放声大哭，那是我平生第一次

扯着嗓子哭。但所有这些努力都止不住妈妈的抽咽。就像倒挂在
单杠上一样，我眼前所有的事物都变得恍恍惚惚，不停晃动着。

　　还记得那个早春下午我的嗓子眼充满着像蜂窝一样嗡嗡作
响的陌生热气。当时十三岁的我又迎来了一个夏天，我吞咽着
快要呕出来的厌恶感，怒视着主教堂入口。我没有选择进去，
就在我要转身的一瞬间，我听到了像是用硬硬的石头砸着玻璃
门的声音。

　　根本没时间喊出声来。山雀掉在了石阶口处，几片灰色和
白色的羽毛随之飘落。

　　笔直坠落的鸟，虽然用力拍了两下翅膀，最终还是飞不
起来了，像是脖子断了。我抬头看了看它撞上去的厚玻璃门上
方，映照在那里的绿色柳树林的影子十分耀眼。

　　那是一只尾翼中间的羽毛泛着浅青灰色，正好能用我那幼
小的手攥着的小鸟。

　　不知如何是好。于是我跑进了主教堂，但走廊里只有可
怕的黑暗。走过空无一人的后院，透过玻璃窗我能看到办公室
内部。我看到了将近三十岁和三十五岁的两个女人。要敲窗户
吗？我鼓不起勇气。

　　我回到了鸟落下来的地方。它还在那儿露着肚子，躺着。
我祈求它能奇迹般地翻过身子或是叽叽叫着拍打着翅膀飞起
来。我焦虑地注视着它。我祈求小鸟像什么事都没有发生过一

样，能猛蹬阶梯飞上天。

但那没有发生。我重新跑到了办公室，但还是没有勇气。

我踌躇了一会儿，接着趴在窗户上，期盼她们能够先发现我。看里面没动静，我又再次跑到山雀躺着的地方，就这样反复跑了三四趟。每次跑回去的时候我都能发现，鸟就像遭受突袭的孩子一样平躺在那里。偶尔扇动着的翅膀也渐渐变得无力，扇动的次数也在减少。原来能准确地对准焦点的又黑又小的眼睛也变得模糊，可以很清楚地看到眼睛周围肌肉开始微微地颤抖。

最后我还是敲响了办公室的门。开门出来的年轻女人惊讶地看着我慌里慌张的样子。

"请您，请到这边看看。"我磕磕巴巴地喊道，"鸟，鸟撞到玻……玻璃门上了。"

女人用既认真又好奇的脸俯视着我。

"……那个嘛，"她强皱着眉头，认真地回答道，"是常有的事。"

她微胖的脸浮现出尴尬的微笑。

"我们也不能治疗……就算治好了也不能养啊，是不是？"

我默默地看着她的脸。那女人的声音让人感觉没有掩饰，很诚实，所以我没有产生抵触心理。

"只能那样放着。经常有鸟那样撞上去。我们又能采取什么措施呢？"

我像大人一样用舌根儿压着快要挤出嗓子眼的叫喊声，点了点头。傍晚时分的阳光照耀着柳树林，后院出现了宽阔的树荫。

我再次回到了小鸟那儿。它青灰色的翅膀还在微微地颤抖着。

到夜幕降临的时候，鸟还没有死。若隐若现地起伏着的胸部完全停止动弹是在四周都黑了以后。我连尿尿都没去一次，一直看着它。

我用颤抖的手拿起它装进了兜里，它还很暖和。满是潮气的风迎面吹来。使劲擦着眼泪，我的脸颊毛糙得起了皮。眼泪一直往下流，没等眼泪干透，又有新的泪流下。

直到鸟的尸体腐烂，我都还带着它。它的体温散尽后，我手上的温度传到它冰凉的身体上，最后我自己都分不清我的手和鸟了。当它腐烂到不能再带的时候，我才把它埋在铁道尽头的土丘里。从那以后，每到傍晚我都会去天主堂里的那个位子坐着，每隔一周或十天就会看到其他的鸟接着死去。

4

在睁开眼睛之前她犹豫了，假如眼睛瞎了该怎么办？从头到尾仔细感受着从梦中醒来的自己的躯体，她还是犹豫着要不要睁开眼睛。如果眼睛瞎了，她不想让自己慌张。她会像一生下来就是瞎子一样，用手摸索着叠被、洗脸。

"如果一天早上，你从睡梦中醒来的时候……"

离开的前一天晚上他这样问她。

"……如果你眼睛瞎了，该怎么办？"

是低沉的声音。他背对着她坐着抽烟，只穿了背心，他瘦瘦的脊椎轮廓显得更加突出。

"那时，你最想看到什么呢？"

她把他用了星期天一下午准备的大号旅行背包拉到门槛边后，作为应答把手放到了他那瘦瘦的肩上。

"是啊，那你呢？"

他用手掐灭烟，表情很认真。她用手背细细地抚摩着他那因浓密的胡须根而变得微蓝的脸颊和下巴。

"故乡秋天的河边……河里波光粼粼。"

她悄悄地从他身边走开，背靠书架坐着闭上了眼睛。在一家很小的制药公司的营业部干了近三年的他向公司递辞呈后回来的前一天晚上，醉得不成样子。在一起的一年里从未见过他这样失魂落魄，还打着嗝嘎嘎笑的样子。"都很虚无，该死的！"他用僵硬的舌头吐出含混不清的音，胡乱说出痰一样的脏话，"爱情也一样……世界上最虚无的是爱情啊。"抱着马桶吐了几分钟后，他瘫坐在卫生间的地板上，用手背擦着嘴唇，连连说着"虚无，虚无"。

"……放着牛，躺成一个'大'字入睡，等醒来时映入眼帘的是蓝天和飘在上面的云。"

他蹲着身体挪动到闭着眼睛的她身旁。

"还有你的脸。你刚醒来，头发蓬乱，晃晃悠悠地走到卫生间的样子……像刚出生的小猫一样，眼睛都睁不开。"

他轻轻地抚摩她的右眼皮，然后用又潮又凉的嘴唇小心地、不停地舔着它。她不经意流下了眼泪，他用舌尖舔掉了。说很好吃，他轻声笑了。她也茫然地跟着笑了。

"跟我一起去，不行吗？"

已经知道结果，他用没多少诚意的语调问道。这是过去几天里他反复问过的问题。她依然闭着眼睛，念叨着同样反复说过的连自己都不相信的回答。

"……也不是走了以后永远都不回来。不都说好了吗？为什么这样啊？"

约好的一个月过去了，又过了同样长的时间，像意料中的一样，他没有回来。

睁开眼睛，她看到了褪色的壁纸，还有开着的日光灯。确认了自己眼睛没有瞎后，她忽然感到很渴。她打开房门拿起灶台上的水壶，对着壶嘴把水灌入口中。凉水弄湿了她空荡荡的内脏。

"现在几点了呢？"

明知是没有意义的事，但她还是抬头看了看没有电池的壁钟，指针指着两点四十五分。

"是下午呢，还是凌晨呢？"

她忽然感觉到门外有人，于是屏住了呼吸，但接着传来扔报纸的声音，她抿着嘴唇苦笑了一番。

她迈着小碎步走了过去，穿上拖鞋开了门。邮差的脚步声向楼梯方向远去。是凉飕飕的凌晨。她没有去追邮差，而是靠在了栏杆上，只穿着睡衣。

她看到走廊下的路灯静静地摇晃。很久以前她离开的房子，到现在还执拗地留在她脑海里。绵延不断亮着的路灯一直延伸到大马路边，仿佛一条小河。平头邮差骑着的运动自行车的银色轮子反射着路灯的光线，向黑暗深处滑去。

5

"如果我死得比你早，就火化我的身体瞧瞧，可能会出现舍利子呢。肋骨和肋骨之间，好好找找心窝那儿。在那儿可能会有孤独凝结成的狠毒的石头。像你曾说过的当过一次水兵就永远是水兵的笑话一样，受过一次孤独的人也就永远是孤独的人。"

6

　　她叠好被子，放到了低矮的衣柜上。前一天中午开始就什么都没吃，但她还是没有食欲。正要用他的牙刷刷牙，却因空腹而感到恶心。

　　披着大衣走出门厅之前，她回头看了看。

　　仿佛能看见电灯会自己打开，仿佛他那微曲的侧身会推开卫生间的门出现，又仿佛她自己的轻笑声会从书架后面涌来。她使劲儿关上了房门。

　　"……我虽然不喜欢首尔，但这荒凉的都市更让人受不了。"

　　经常让他表现出厌恶感的拆迁区楼房的灯光正浮游在墨色清晨的黑暗中。他说他拉着单身妈妈的手离开家乡是在十五岁的时候，那之后一直辗转流浪在京畿道富川一带的地下室。那时他的梦想只有两个，成为首尔市民和住到地面上去。和她第一次见面的时候，他还处在治丧中，直到那时他们母子的梦想还没有实现。

　　"看看我身上的肉……看看我活着的身体啊。"

　　小心翼翼地下着没开灯的楼梯，她仿佛又听到他的声音。那铿锵有力的声音，像铁丝一样钻进她的耳朵。

　　那是他上完夜班回家后正兴致勃勃地讲刚想出的黑白短剧

电影的故事情节，他自认为非常棒。他是个电影狂热者，甚至有段时间曾自学过写电影剧本。他连外衣都没脱下就盘起腿坐下讲起了故事。

"……是在岁末，每家酒店的啤酒杯都倒满了啤酒，人们都忙着参加各种送年会的一天傍晚，电影从穿着风衣的中年男人进地铁站的场面开始。那男人突然用双手——得是握笔杆的中指上茧子突出的，手背上青筋暴起的大手——抓着自己头发，在月台墙面的镜子前晕倒了。

"虽然是得到抢救马上就会恢复的轻微脑出血，但由于不能喊出声来，男人的嘴像金鱼嘴一样一张一合。如果有谁能扶一下，光从他的口型上也能看出是什么状况。但无数的行人选择远远绕开倒下的他。

"男人大脑里正慢慢地出血，他正在死去。铃声和广播不断地响着，数不清的人肩擦着肩从他身旁走过，匆匆忙忙跑上阶梯。

"夜越深他越像醉倒的老酒鬼似的，被扔在那儿没人理。行人的皮鞋声、笑声、大衣摩擦声……过了零点，地铁末班车也开走了，月台被黑暗笼罩着。死亡很有耐心地向他逼近，第二天凌晨才把他带走。他的家人们会以为，他一定是没能从酒桌上溜出来，现在还在什么地方喝酒呢。抱着这样的想法，他的家人都已入睡。他再也回不到自己家人身边了……他的身体慢慢变凉。看起来还睡得很安稳。"

他好像要亲身体验那种感觉一样，悲壮地闭上了眼睛。直到她怀疑他是不是坐着睡着了时，他才再一次张开了嘴：

"……把一个人改变成冷酷无情的人，很简单。觉得需要好几十年，是吧？你会想，至少也要五六年吧？其实不用那么久。只要两三年就足够，快的话六个月都行……有的人，只需两三个月就可以了。

"该怎么做呢？就是让他忙。让他累到马上就想睡好几十年的程度，他想休息的时候也不让他休息。就算休息也只让休息很短时间，短到让他痛苦。醒来时不断羞辱他，让他恨自己。

"就这样，都市这个怪物能轻易地制造出数百万个不幸的人。这部电影就是关于制造出这数百万疲困者的都市片。片名就叫《首尔的冬天》吧。只有冬天的都市……我曾付出我全部生命去爱的都市。这是关于都市的电影。"

他的脸沉了下去。布满血丝的眼睛带着难以名状的热气，仔细地看着她的眼睛。

"……没有救援。这里根本就没有什么救援。知道吗？"

"人们都疯了。"他补充着这句话，眼里难以置信地闪现了泪花。

"除非离开这里……在这里谁希望得到救援谁就是个疯子。"

他抓着她的肩膀，用虚飘飘的声音咕哝："跟我一起走吧。"

"你看看我身上的肉，看看我的头发，还活着……它们希望活着回去。我的身体不是水泥做的。你的身体也一样，是和我一模一样，由温暖的肌肉组成的。就是说，有温暖的血液流着。在这里还希望得到什么呢？这儿给予我们的有什么呢？无尽的渴望、耗尽、屈辱、伤痛、幻灭，除了这些到底还有什么呢？究竟还要在这卑鄙的剧本里苟活到什么时候呢？"

她在走下坡，上身却像走上坡的人一样驼着背。她的嘴角长着白癣，深陷的上眼皮下有一双忧郁的眼睛闪烁着。一轮苍白的下弦月跟在她身后。冰冷的晨风从她脸上飘过时，她感到头皮像淋了雨的碎瓷器片一样透明起来，头脑异常清醒。

去往地铁站的第一班小型巴士正要出发。她没有跑过去。而是慢慢地走到了公交车站的站牌处，站在那儿默默地看着公交车离去。

7

我像往常一样看完书回家时，他们已经停止了吵架。爸爸正粗鲁地压着水井接洗脸水。他用带着点酒气的声音向正要悄悄进院子的我大声吼道：

"不是说过不想看见那东西吗！"

以前爸爸就看不惯我穿妈妈的大衣，一看到我穿它脸色就变得很难看。

"马上脱下来。"

"好。"我口头应承着打算要进屋，这时，他一只手抓住了我的肩膀。

"把舌头收回去！"

爸爸沉着地用有力的手掌扇了我两侧耳光，强行把我的大衣脱掉了。那时书和那些鸟掉到了地上。

我可能是抽风了吧。现在能想起来的是，生平第一次听到小女孩的失声尖叫。尖叫声中还夹杂着像油锅里的油一样从我的嗓子眼里沸滚而出的不堪入耳的咒骂。

我身上哪里藏着那样的声音呢？

在潮湿的院子里打滚时，我情急之下咬了爸爸为了洗脚而露出的小腿。这时我看到了，爸爸慌忙扫入黑色塑料袋里的那些鸟的小脸，还有它们乌亮的眼睛。

是我的眼睛，是我死了的脸。

我抢过袋子向铁道尽头的土丘跑去。像腋窝里长出了翅膀一样。像踩着空气跑一样。我用手扒开冻僵了的土。埋下最后一只鸟时，我并没有流眼泪。我朝着和家同一个方向的巷子，朝着漆黑的天空，朝着该死地抖着肩的我，像禽兽一样叫骂，咆哮。

我用沾着土的手擦着额头上的冷汗，回到连栋住宅前站着。代替刚刚鬼上身似的火气，占领我身体的是死亡般的疲劳，无尽的疲劳源源不断地向我涌来。那寂静的夜晚，星光像清澈的雨水一样静静地洒在黑黑的巷子里。那个夜晚，我第一次看到了月影。

8

一群穿着藏青色校服，孩子气十足的高中生正从校车里走下来。从早市回来的妇女们拿着大把大把的葱蒜，还可看到闪烁着银色鳞片的长长的刀鱼。

离港口越近，街道越贫寒。仔细看林荫树和墙的下方，一定能发现前一天晚上醉鬼吐出的麦饼一样的呕吐物。她边走边看陆续开门的破旧店铺。慢慢接近她住过的小区，开始出现一些眼熟的招牌。五金店、木工铺、肉店、煤气店、磨坊、蔬菜水果店、汽化器维修店。

到爸爸的手工鞋店前，她停下了脚步。店门关着，招牌像很久前就倒闭的店一样寒酸。几十双皮鞋像风干的鱼，倒挂在四周的墙上，年轻的爸爸曾常坐在被这些皮鞋包围的三脚圆凳上做皮鞋。他用熟练的手法钉着钉子，粘着胶，敲打着鞋底，下午的阳光照在和其他年轻人一样认真的爸爸的侧脸上。她记得，也只有那时，他看上去很英俊。

只有在过节时她才回去看他们，此时迎接她的是爸爸和后妈一年比一年苍老阴郁的脸。去年中秋节她去看他们时，很久没见到喝醉的爸爸竟已醉得不轻。

"你从小就成天抱着书……你妈还夸你说长大了肯定是一个很了不起的人呢。"

前不久刚裱糊过的里屋都是凡立水味，由于采光不好，大白天也和傍晚一样黑。爸爸空虚的眼神挂在阴暗的半空中，房间里空荡荡的。这对老夫妻经过长期不断的挣扎打闹，已耗尽了所有相爱的力量，他们现在按照各不相知的记忆轨迹，固定了视线，无言地相依而坐。酒精的作用使爸爸的舌头打了结，不听使唤，爸爸一边吃力地说着话，一边还连连点头。

"谁都没教过，你就会写字了……这可是你妈妈唯一值得自豪的事。"

9

给你讲讲楼顶的故事吧。那个地方深埋在我记忆深处。每当想起二十四五岁时，那个楼顶就像是射进我视网膜的一束强光，让我感到一阵眩晕。去年夏天因公司的事儿我正好经过那里，漫无目的地到那上面看了看。

都说人会理所当然地爱上让自己最痛苦的地方。那儿虽不能说是这样的地方，但当我推开位于漆黑楼梯尽头的沉沉的铁门，脚踩在耀眼的楼顶水泥地上时，我才明白我无法忘掉那个地方。我坐在以前常倚靠着坐的烟囱下面，看着林荫树。因为这棵法国梧桐个子很高，四层楼的楼顶上都能被它洒下阴森森的树荫。上次离开之前，树的上面部分被剪得短短的。在此之后它努力地生长，虽然没有以前那么大，但也很苍郁，舒展着层层交叠着的枝叶。它的叶子像孩子脸那么大，当骤雨倾注而下时，都市里所有的声音都和停止了一样。

太阳晒得身上黏糊糊的，风也静了下来。我眯着眼睛，体会着皮肤被晒的感觉。看着周围一成不变的天空，对面的楼房，周围楼房的楼顶。这里是为了不被别人看出自己身子疼，自己偷偷吞咽痛苦的地方，是偶尔哭过以后，为了抹掉脸上的泪痕而静静待过的地方。看到的是和那时看过的一模一样的风景。分明在跑着，但看起来却像是静止不动的车和行人，眯着眼睛做过的那些噩梦和美梦。

我的第一个公司是印刷福音书的出版社，公司租用了那栋楼房三层的房间。做事的员工只有我一个，加夜班是必然的，那是个连星期天也要经常上班的小公司。在那里我第一次得了眼疾。

能怪谁呢？整天校对芝麻粒大小的铅字，再加上上下班路上和家里，看书都会看到困得抬不起头。那时我的心灵充满着对书的渴望。别人极有可能把我看成酒精中毒或煤气中毒者。我依然是那副兜里装着死鸟的驼背女孩的脸，还是一如既往地沉浸在无差别的、忧郁的阅读之中。唯独读书才能让我感受到爱。读书让我享受自由，就像我喜欢带着点傻傻的醉意在夜晚的大街小巷游荡一样。

第一次眼睛疼的时候，我还以为只是进了沙子。看着校样的白边，眼泪就会条件反射似的盈满眼眶，而且越来越严重。忍了很久才去了附近的眼科，三十五岁左右的大夫冷冷地看了看我的眼睛。

"那就休息吧，除此之外没有别的方法了。"

我刚说明我的工作是需要看书的，医生就斩钉截铁地回答说。大夫的白大褂和站在一旁的两个护士帽子和连衣裙反射的白光，让我的眼睛在几分钟前又开始流泪了。

不能看亮的东西。特别是一看到白色的东西，眼球就像被什么东西刺到了一样疼。凌晨时睁开眼睛，眼泪就盈满眼眶。在车站等公交车，太阳升起时的晨光就轻易地弄湿了我的脸。一到夜里症状变得更明显。关上灯，残留的光线也让眼睛发酸。拉上窗帘躺下，路灯的光线仍然穿透窗帘布，骚扰我闭上的眼睛。

为了上班，我要爱惜眼睛，迫不得已停止了看书。一下班就拉上窗帘，在黑暗中摸索着挪动身体。不久，我绝望了。空空如也的虚无感占据着我的心灵，所有的词和文章在我身上胡乱爬动，让我发疯。但是比那更难受的是恐惧感，我害怕就这样变成盲人。有一天晚上，我用了好几层毛巾盖在脸上，但也无济于事，整夜没法入睡，第二天，我终于递交了辞呈。

收拾完在办公室用过的台历、牙刷桶、开衫等东西，我上了楼顶。能看到的一切都因眼疾而摇晃着，我迈不开步子。

别笑，听完你自编的电影故事我猛然想到：如果电影可以用那么简单的故事，我也想写一部关于楼顶的电影。

应该没有必要再度一一重演在那里睁着眼睛做过的那些梦吧。只要展现出那楼顶的样子，从楼顶往下看到的风景，城市灰白色的天空，远处山脉绿色的轮廓就可以了。当然要加进去，用胳膊夹着破破烂烂的行李用手遮着眼睛站着的一个丑陋女人。也要加进去，夏天的时候，气势汹汹地喷着冷却水的大水箱，高高的法国梧桐灿烂的叶子。

在杏肉般春意盎然的那个清晨，没踏上回家的第一趟列车，而用身体去撞火车自杀的妈妈就不用加进去了。妈妈去世还没过三个月，就把后妈和年幼的同父异母的弟弟妹妹们带进家来的爸爸也免了吧。我上完女子商业高中要离开家去念夜大时，爸爸凝视我的眼神，仿佛从我的脸上看到了另一个人的脸。那个眼神就更没必要加进去了。

　　但有一个场面一定要加进去。那叫什么河来着，妈妈像跳进那河里的人一样把她的白皮鞋整齐地摆在了铁道边，那是爸爸亲手做的新鞋。

　　还记得那天清晨卖豆腐的人用力地摇着摇铃。为什么那天我会醒得那么早呢？院子里还很黑，我坐在木廊台边看到妈妈毅然推开大门出去的背影。当时我想，妈妈只是到前面买豆腐，为什么还穿新皮鞋呢？我揉着重新要合上的眼睛，觉得纳闷。

　　没必要让观众们听像跳舞一样的摇铃声，也没必要让观众们看像平时一样蹒跚走出去的妈妈的背影。就要那双白色皮鞋就行了。阳光照在白色的鞋上，反射出湍流似的散乱的光影。

　　不要乱捅或乱挖出什么来。不要去碰那滚烫的火焰，而要让它在不知不觉间抛弃热气和刺鼻的硫黄味，升华成纯净的发光体。让观众只需静静地看，痛苦如何贯穿镜头和我的身体，慢慢变成清澈的悲伤。现在我对你的热切的思念，渐渐变成悲伤和惨痛，无意间变得神圣起来，转眼就要轻轻地离你而去……片名想起《我的楼顶》。

10

　　在结了薄冰的人行道上，她摔了个大跟头。她坐在地上，脱掉皮鞋看了看磨坏了的鞋底。

一会儿，她重新穿上皮鞋，扶着旁边的电线杆起身。这一跤刮掉了脚后跟的皮，可能还拉伤了韧带，很难站直了。厚厚的手提包沉甸甸的，里面装着前一天晚上从公司带来的工作文件和没读完的书。感到肩膀酸痛，她把包紧紧地抱在怀里。

深呼吸后，她开始走了起来。再次停下脚步是在她看到东边连栋住宅区上方太阳升起的时候。她仰望着像血水一样翻滚着的耀眼的朝霞。每当太阳快升起时她都眯起眼睛，这是她得眼疾后养成的习惯。

经过短暂的休息，她的步伐比之前迅速，而且越走越快。她的脚下发出嗒嗒嗒的响声，路旁似曾相识的高高的钠灯眨着橙色的眼睛看着她，好像它们的眼睛也被什么东西弄酸了。

11

你第一次问我的故乡在哪里的时候，我犹豫了一会儿才回答的吧。我说我的故乡是铁道。在铁道边黑黑的茅舍里，妈妈怀了我并生下了我。我还和你说过吧，偶尔我会梦到自己沿着铁道漫无目的地走。你会意地笑了。

我住过的巷子和铁道之间有着歪七扭八的矮墙，遮住塌墙的薄木板有细细的斜缝。睁一只眼往那里看，近处有盛开的黄色菜薹花，我喜欢的春天的铁道就在那边。如果有一天我的眼睛瞎了，最思念的风景也许就是那个吧。

如果死去之前可以拥有三个小时的自由，我想把这三个小时全都用在那里。平躺在铁道上，沐浴着像瀑布般的童年阳光……对我来说，所谓的愿望就是如此。

你曾说你的心里流淌着一条河，现在我要告诉你，在我的心里铺着一条铁道。如果我说，我抱了你无数次，也没能抱到那条河，你还会会意地笑吗？如果全都离开或死掉了，但我依然留下，留下来选择了忍受，那么……

12

她看到有条河顺着铁道汹涌而来。发着光的又圆又硬的货车，变黑了的烂枕木，像烂瓦片一样的轨撑和生了锈的螺丝，都被这条河吐出的巨舌舔着，河的颜色是光滑的豆绿色。

从遥远的大都市延伸出来的铁道，穿越山洞和湿地到达这衰落的港口城市的火车站，把头扎进了像坟墓一样的半圆形土丘里。土丘上横七竖八地躺着角被磨掉的粗枕木，那粗糙的表面有血迹一样的蓝色油漆和黄色油漆交错的斜线。苍白的蓼子草和干枯的狗尾巴草，只剩叶子的细瓣菊围绕着枕木，随风摇曳。

她坐在那铁道的坟墓上面。每当河水的长舌擦过时，轨道

间正在腐烂的枕木就会重新显现它精致的纹理。河水正慢慢地
溶解灵车般的货车坚固的身体。河水马上会漫过这儿的土丘。
她闭上了眼睛，泰然自若地哼起了很久以前曾唱过的歌：

　　除了梦中之路
　　已没有路了
　　我要去走梦中之路

　　寒气袭来，她想要紧抱双臂，却发觉自己的身体从大衣下
面的胸部开始是空着的。她吓得赶紧抱起后脖颈，没想到那里
也是空的。想要摸摸脸，她抬起了手，但那也是透明的。她刚
感觉到空着的大衣下摆边上有什么东西在蠕动，就看到小小的
东西慢慢挣扎着爬了出来，那是很多折断了脖子的山雀。她用
低沉的声音，若无其事地唱起了歌：

　　沿着梦中之路
　　去见
　　心上人哟

　　水淹没了她的身体。身体浮到了水面上。豆绿色的水流
进了她的鼻子里、耳朵里、眼睛里。很奇怪，她还能喘气。那

时她才知道，之前以为是河的东西其实是像乌云一样巨大的鸟群。鸟群的叫声撕破了她的耳膜。实在受不了刚要张嘴喊的时候，一群湿漉漉的小鸟从她的喉咙飞了出去。

13

阳光照射在停泊的船只上。围绕着铁道尽头的枕木，一群群风干的杂草正反射着火红的光芒。推开用锋利的铁窗格子做成的小门，她终于溜出了火车站，直到那时她都没有停下脚步或回头看一眼。

——刊载于《文学村》1996 年春季刊

解说——
禽兽的时间，
编织梦想的植物

现在，我是个危险的禽兽，

若我的手触碰了你，

你将会化作黑暗，未知而遥远。

——金春洙《为一朵花作序》

一、花与禽兽

有个诗人写下了歌颂花的诗篇。他在诗中告白：人们想接近被命名为花的这种存在，这种欲望无穷无尽，但是越靠近你，你就会变成越大的黑暗而消逝。我对你的欲望永无止境，于是将手伸向你，结果却把你淹没在无名的黑暗之中，我是只危险的禽兽。在"摇晃的树枝上"悄然绽放又凋谢，默默地接受消亡与黑暗命运的花，它对诗人来讲是令人悲伤的自画像，同时又是从忧郁的时代和令人羞愧的欲望中得到解脱的自由的存在。面对像"遮住脸的新娘"一样从不露出面貌的神秘存在，诗人把自己变成危险的禽兽去靠近它。而作家韩江也是内心充满了对花的热烈欲望而苦苦追求的一只禽兽。但是她似乎不那么危险，反而感觉那般病弱和忧郁。与其说是探索花的秘密的禽兽，不如说是梦想成为花的一只悲伤的禽兽。读着她的小说，我再度想起那个梦，那正是我生活着的禽兽的时间和想要得到解脱的梦想，我梦想着抛开所有欲望，最后变成植物。

在第一本小说集《丽水之恋》中，在下着雨的黑暗街头徘徊的韩江小说人物，在第二本小说集中仍在"没有希望的世界里像孤儿一样"流浪。他（她）们从偏僻小镇的旅馆房间，考试院走廊尽头的房间，黑暗的地下室或多户型住宅和高层公寓的走廊尽头走出来，经过黑暗的楼梯和没有路灯的胡同，走进纷繁的令人疲倦的城市大街之中。然而即使他（她）们离开许许多多疲惫的人和不幸的都市，来到偏僻的海边或边缘港口城市生活，最终还是要回归都市，这就是他（她）们的宿命。他（她）们处在都市喧闹、污染和复杂的人际关系中，却没有能够包容和安抚他（她）们的乐园或是母亲。乐园和母亲只存在于梦中或是死亡的那一边。他（她）们所在的世界是父亲的世界，是邪恶和冰冷的世界。那里是现实的世界，充满了蛇、数字13和4，还有冰冰冷冷的铁制品。而韩江小说中的人物将要在那里重生。

　　那是我十三岁的时候。那年早春,在整理去世的妈妈的衣柜抽屉时,我发现了我六七岁时穿过的褪色的内衣。当时我第一次感觉到,好像踩到了小蛇的蛇蜕一样,浑身上下不寒而栗。那年初冬的晚上,我感受到了自己正在经历第一次重生。(《跟铁道赛跑的河》)

　　随着母亲的死亡,十三岁的“我”认识到自己是背负冤罪的“蛇”的命运。第二次诞生就从认识到死亡、恶与罪意识开始。现在她的家已不是冬天也能绽放花朵的母亲的家,而换成了充满喝醉的父亲和继母的吵架声,变得乱哄哄的家。但是她总是身处“黑暗的胡同”之中,既不能去母亲的家,也不能去父亲的家。在那里,她蜷缩在母亲曾穿过的大衣里看着书,暂时忘却父亲的家。那里是她的“又小又黑的家”,在那里她能忘却那胡同的黑暗,也能忘却家人们的吵骂声。然而那里却是夹在温暖的母亲和邪恶的父亲之间的矛盾和罪意识的家。小说里把它描写成“又窄又黑的胡同”,暗示着蛇的形象,而且长大成人后的她扶着像蛇留下的爬迹一样有条长长裂痕的混凝土栏杆回到位于走廊尽头的家。她显然无法摆脱代表堕落与死亡的蛇的命运。

　　也许在韩江看来,我们的人生就是从乐园被驱逐,变堕落的悲剧性过程。如偷吃善恶果后被驱逐的伊甸园神话故事一样，人生原本就是将自己沉浸在邪恶之中的过程。问题在于，人们将如何去承受和净化那邪恶与肮脏。曾有一时她可以通过读书做到这一点。在那黑暗的胡同一角，她可以忘却家人们的吵架声，也可以避开野猫眼里发出的绿光。不久之后，曾解救她的书现在反过来又把她引向了蛇的命运。散落在屋子里的那些书像"长脚的生物一样"侵犯她的空间，只留下狭长的椭圆形空间。从她这样的告白中，我们又能想起由这些书形成的蛇的形象。所以在韩江的小说里，书是一个既给人们被拯救的希望又让人变质直至希望破灭的载体。曾相信能从黑暗的生活和命运之中救出自己的书，曾把人们引向关爱与梦想的书（如在《跟铁道赛跑的河》当中，因为"我"酷爱书籍，所以从小就抱着书长大，读书给了她无限的自由。《在某一天》中主人公在配送书的过程中认识了敏华，从那以后他开始读起了书）……然而活活压死出版社打工学生的也是书（《在某一天》），从此这些书把他（她）们推向堕落与死亡。因此，拯救是漫长而遥远的，而绝望是近在咫尺的。在他（她）们心里，花与禽兽共存。

《傍晚时狗会是一种什么样的心情》里的小主人公所站立的地方也在植物的、自然的、母亲的世界和动物的、人工的、父亲的世界中间。爸爸的脸铁青，冰冷，僵硬，胳膊上文着的青龙，仿佛马上就要穿过皮肉蹦出来似的。他叫来的外卖食品也都是些中餐、炸猪排、五花肉等油腻的东西。与此相反，生在果园的妈妈头发里散发丁香花的香味，脖子幽香，喜欢花发夹和带花纹的衣服，在花店里上班时怀了孩子。孩子的根一方面在邪恶的动物性的世界，另一方面在幽香的植物性的世界。为了找妈妈辗转来到偏僻小镇，在那里小孩住的旅店的前面有超市、五金店、面包店等平房，而后边则通往泥滩和大海。这样的空间也暗示着孩子所处的这种中间性质的矛盾的状况。孩子想脱离可怕的爸爸走向妈妈的世界，但这并不是件容易的事情。去往大海的路上，城市的制造物——可乐瓶盖一直陪她到人行横道的中央线。而且通往大海的那条路上，有几条大狗在拦着孩子。没拴绳子的大狗拦住孩子的路，"像野兽一样"乱吠。因为那群像爸爸一样凶巴巴的狗，孩子只好回到旅馆的房间里。房间里那些酒瓶、烟，小孩不喜欢的中餐和很难咬动的炸猪排，塑料碟子依旧杂乱地丢在房间里。对于孩子来说，现在也只剩下像离开的妈妈一样嘴里念叨的"受够了"这句话，以及艰难贫苦的生活，抑或是禽兽的时间而已。

　　但是在韩江的小说当中值得关注的一点是，其反映了这样一种信念，即以父亲为代表的这一禽兽的世界也在渴望着花的世界。原本花一样的妈妈变成魔女一样的妈妈，这个可悲的变化也许就是野兽一样的爸爸所经受的那些变化。这种理解与怜悯正是韩江小说的动人之处。事实上，对韩江而言，人与人之间原本就是陌生的，所以终究会给对方带来伤痕。当"我"要离开时"你"却想停留，当"我"悲伤哭泣时"你"却笑逐颜开，当"我"要往这边走时"你"却往那边走，这就是人与人关系的宿命。然而，当看似不相融的两个世界相互碰撞的时候，韩江的悲情故事才真正开始。据她认为，爱情是把两个不同的存在和不同世界连在一起并结合在一起的力量，而且爱情是从眼泪开始的。就像妈妈看到哭得很伤心的爸爸后喜欢上他一样，"哭和喜欢之间一定有什么关系"。当孩子看到给自己吃抹了毒的三明治后又让她吐出来，然后痛哭的爸爸时，这才认识到又讨厌又可怕的爸爸也许也有害怕的东西。像野兽一样吼叫的狗变成拴在帐篷铁柱上的可怜的狗，这一变化正反映了孩子认识上的转变。这时，"我"和"你"，可怕的对象和害怕的存在，花与禽兽才能从对立矛盾的关系中得以解脱最终合二为一。爸爸到最后也没有扔掉的妈妈的花发夹将再次把父亲和母亲的两个世界联系在一起，这表明狗的世界和花的世界或许能够相见相融。

　　韩江的小说用怜悯的视角描写这两个世界，不抛弃任何一方，因此韩江的小说里更显出悲伤的情绪。因为眼泪，因为爱情，"我"和"你"组成一家而生活。但是眼泪和爱情也保障不了永恒的幸福。曾经感动我们的眼泪马上就会干枯，一起要度过的日子渺茫而遥远，我们梦想的是果园，而我们所立脚的却是野兽的时间。作家韩江给读者展现了集禽兽的命运和向往植物的渴望于一身的宿命，更重要的是她始终没有放弃向已失去的乐园回归的梦。她没有狠到能够抛弃"你"，或者狠到始终没有放弃向着"你"的痛苦之路。只要不放弃"我"和"你"或花与禽兽中的任何一方，韩江和她的作品中的人物注定要痛苦。

二、逃脱的梦和受伤的脚

韩江小说中的人物梦想着从沉甸甸的野兽身躯和邪恶肮脏的现实中得到解脱，这些渴望则表现为逃脱的梦，那是想要走出世界到达路的"尽头"的出走之梦。小说中的人物一贯梦想着旅行，他（她）们的眼睛总是投向大海。然而梦想却频频遭受挫折，他（她）们就像电动玩具一样每天过着机械般的生活，一天要看几十遍手表（《在某一天》）。想要到达路的"尽头"的渴望屡遭挫折以后，也许从此断了念头，无奈地认同路原本就没有尽头，所谓"尽头"只是人们的想象而已。于是他（她）们走回位于走廊尽头的房间（请关注这一点：韩江小说中的大部分人物都走向走廊尽头的房间或者楼梯），而不是路的尽头。所以在韩江的小说中，"尽头"既是书中人物凄惨的现实边缘，同时又是通向自由的危险通道。在那里，他（她）们只有两个选择：要么为了自由勇敢地迈出一步，要么凄惨地转过身。

　　我感到脚下的地面正在渐渐倾斜，好像有什么东西在峭壁下面强烈吸引着我的身体。记得有一天，我跟他吵架之后，同坐在车上，两个人都默默无语，车往前行驶着。那时我突然产生了强烈的冲动，想一把抢过他的方向盘让车越过中线，我感受到想同时终结我们两个人命运的可怕欲望。望着峭壁下面，我又感觉到自己并不愿意承认的那份冲动。

　　"怎么了？"

　　可能是我的身体在不由自主地剧烈颤动。他皱着眉头再次问了起来。

　　"为什么那样发抖，站在崖边上，不危险啊？"（《童佛》）

　　躺在阴暗的房间里，她做了个梦，梦里见到拿着莲灯的沙弥尼的背影。淡灰色长袍的下摆飘动着，白色胶鞋也飘在空中悠悠前行。不知不觉中，穿那双鞋行走的人竟变成了自己，突然就站在悬崖前，浑身颤抖着惊醒过来。这样的梦做了好几次。就在再向前迈一步就会掉进深深山谷的一刹那。

　　"继续向前走吧。"

　　她听到有谁在身后低语。

　　"没关系的。继续往前走吧。"（《红花丛中》）

　　他（她）们站在悬崖边，身后是伤痕累累的人生，摆在前面的是得到解脱的自由世界。但是在这悬崖边上，想往前迈开一步要有不怕死的勇气。在《跟铁道赛跑的河》中，妈妈就是迈开了那一步才到尽头的。她穿着白色皮鞋进入铁轨，从而从黑暗的现实中得到了解脱，回到自己思念的故乡。但是大多数的小说人物只会在梦里迈开那一步，在现实中他（她）们最终会回到家，而这个时候他（她）们的眼睛和脚将丧失其功能。在韩江的小说中，眼睛和脚记录着逃脱与超越的梦想，同时包容着受挫后的创伤。所以做着那些被禁止的梦的小说人物大多数会患眼病，用于向外逃遁的腿也没有力气。比如说，在《跟铁道赛跑的河》中主人公因为眼睛疼只好放弃看书，《植物妻子》中妻子的右眼像被什么东西抠一般疼。《童佛》里面从悬崖边回到家里的"我"因为"眼前一片漆黑"，"跪爬着出了里屋"，梦里童佛的眼神越捏越锋利，而"我"的眼角也是锐利凶狠的。而《在某一天》里面，主人公有双可怕的眼睛，他曾害过眼病，《九章》里的人物登攀青色的山峰却视野一片模糊找不到路，还有《红花丛中》里寺庙前坐着一群没有腿的乞丐和盲人。

假如说眼睛是做梦的载体，那么脚是去实现梦想的载体。韩江小说中的人物渴望到达尽头，每天都一点一点地打包（《童佛》）。然而想要解脱的梦没有实现，于是双腿一个劲地打战，他（她）们只有一双鞋底磨掉的皮鞋。当《跟铁道赛跑的河》的主人公穿着唯一一双鞋跟磨平了的黑色皮鞋，因双腿无力，走路摇晃直至摔倒时，当《白花飘》里梦想着旅行的主人公穿着后跟磨平的皮鞋从胡同最尽头阴暗潮湿的出租房走出来上下台阶时，她们受伤的脚还有她们唯一一双皮鞋象征着逃脱的艰辛和心情的沉闷。经营手工鞋店的年轻爸爸每天被包围在几十双皮鞋里面做皮鞋，那时因为对皮鞋事业的追求，爸爸看起来很英俊，然而不久后马上变成了一个寒酸霸道的老人，最后妈妈也穿着白色皮鞋跳入了铁轨。《傍晚时狗会是一种什么样的心情》里喜欢透过窗户望着大海的孩子也在做逃脱的梦，在梦里她坐在奔跑的卡车上。作品里面包括孩子在内的所有人物都过着跟鲫鱼饼一样的生活，只能乖乖待在模具里面。从滚烫的模具里面拿出来的鲫鱼饼总是烤焦了鱼鳍，孩子的长筒袜破了洞开了线，而爸爸卖掉了卡车回来说"以后哪儿也不用去了"。对他（她）们来说从现实逃脱是不可能实现的。

《在某一天》中日常现实与逃离的渴望也相互冲突。对于像电动玩具一样每天过着机械般生活的主人公来说，摩托车一时间会给他带去解脱的快感，但最终还只是把他运到办公室的一个工具而已。加油站的打工仔脚上的旱冰鞋也不能把他们送出另一个世界，反而牢牢地套住他们。敏华给了他动力，让他迈开停止不前的脚步。配送书籍时他认识了敏华，她是个从文字中能体会到喜悦的人物，她想抛开一切跑出去，于是骑着摩托车飞驰在马路上。通过敏华，摩托车终于成为逃脱的工具——脚。正是因为她，高中毕业以来一本书都没看过而且愤世嫉俗地认为社长为人周密谨慎是因为读了很多书的他才开始看书。于是通过敏华，书便成为拯救的工具——脚。跟她的激烈性爱中他尝到渴望已久的"尽头"，但不久后两人之间的爱情出现裂痕，他心中燃烧起愤怒与杀意，进而"如野兽般"辗转反侧，结果用刀捅了敏华的大腿。他们最后还是无法逃脱现实，剩下的只有敏华受伤的大腿，还有关在四角空间经常发麻而没有知觉的他的脚和湿漉漉的皮鞋而已。

最终，韩江的小说人物拖着受伤的身体回归现实，那里是欲望燃烧的世界，也是冰冷锋利的铁器的世界。他（她）们的房子由水泥楼梯、沉甸甸的铁栏门、铁制大门和铁窗格组成。《在某一天》中的主人公在昏暗的地下仓库把书摆放到铁制书架上，干完活后关好铁制卷帘门才回家，最后也是用刀捅了敏华的大腿。而在他住的四层楼下面有加油站，那里的"油缸快要爆炸似的"。《跟铁道赛跑的河》中主人公的家乡有条铁道，它夺去了妈妈的生命，那里有灰色货物列车，生了锈的螺丝，用锋利的铁窗格子做的小门，等等。而在《童佛》中，丈夫的身上有烧伤的疤痕，母亲的一生堆积了很多怨恨，一生都是心里怀着刀活过来的，就连"我"也是"如身上吊着铁锤般"吊着愤怒、仇恨和后悔。《红花丛中》的弟弟因踩到生锈的钉子去了极乐世界，而他的白色莲灯只剩下铁丝架子，纸做的花瓣和叶子都被摘掉了。他（她）们究竟该怎样才能从火与刀的世界得到解脱呢？

三、脱身或向往植物的憧憬

中篇小说《植物妻子》中的女主人公不愿像她母亲那样出生在海边贫困村又死在那里，因此她远离了故乡。她打算向公司提出辞呈后离开这个国家到世界的尽头去，却因为爱上了一个男人，跟他结婚后定居了下来。她相信这爱情也可以到世界的尽头。但问题是爱情不会长久。她和丈夫之间的爱情渐渐消失，对话也越来越少（值得注意的一点是"语言"曾经是连接两个人的媒介。丈夫曾表白第一次见到她时被她的嗓音给迷住。但是她逐渐变得沉默寡言，最后丈夫连她的嗓音和呻吟声都听不懂。作品的结尾处我们听到妻子的独白，却无法传达到丈夫那里）。新婚的时候可以连续做爱的交欢，而"现在对做爱他们也渐渐没有了热情"。在一个星期天的上午，"默默无语地"读报纸的时候，妻子说了一句话，丈夫把视线移向了声音传来的地方，不是因为"听懂了妻子的话"，而是因为传来了打破寂静的声音。她和丈夫已经彼此成为"陌生的面孔"，又或许两个人根本就不是一条道上的人。当妻子讲述走天涯海角的梦时，丈夫却在讲花草的事情；对妻子而言"生不如死"的婚后三年时间，对丈夫而言却是最温馨、最安稳的时间；丈夫国外出差从"远处"回来时，妻子却站在阳台梦想着逃到"远处"。对妻子来讲，已经无处可逃了。铁制大门和阳台的铁栏杆所象征的"看不见的锁链和死沉的铁球"拘束着妻子的腿脚，使她动弹不得。所以当妻子说的"去远处"的一句话被埋没，她逃脱的欲望受挫时，她干脆失去了双腿。牙齿掉落，找不到一丝"两腿直立动物"的痕迹，就这样她逐渐变成了植物。

　　然而，这个本应该植根于固定位置的被动、静止的身体发生了像奇迹般的事情。原本各种疾病缠身，全身瘀青，肚子不觉得饿反而一天要吐好几次的她，经过身体上的痛苦和创伤，正脱去动物的身体和欲望的身体。从她的内脏里听不到任何声音，胃、肝、子宫、肾也都慢慢地消失。这一脱身或向植物的变身成了一种新的逃脱方式。

　　妈妈，我总是做同样的梦。梦里我的个子长成三角叶杨那么高。穿过阳台的天花板经过上层房屋的阳台，穿过十五层、十六层，穿过钢筋混凝土一直伸到楼顶。啊，在生长的最高处星星点点开出了像白色幼虫的花。膨胀的水管内吸满了清澈的水，使劲张开所有的树枝，用胸脯拼命将天空向上顶。就这样

离开这个家。妈妈，我每天晚上都做这个梦。(《植物妻子》)

　　在痛苦和创伤的尽头见到的这一植物的世界，是抛开欲望的、绝对顺应的、被动的世界，韩江作品中人物反而在那里向自由飞翔。花终于穿过束缚着她的阳台天花板，又穿过屋顶的钢筋混凝土一直伸到楼顶向天空伸展。花不是静止的、软弱而被动的存在，而是以无比强大的力量向天空伸展的生命的实体。为此作者描写花的时候，用了动物性的比喻，说花"像白色幼虫"一样。现在这花能够自我梦想，自我行动，自我生存。因此在韩江的小说中被欲望、愤怒与仇恨所左右且自相矛盾的刀与火的世界或禽兽的世界和从欲望中得到解脱的花的世界尽管相互对立，却相互碰撞出生命的能量。例如，母亲自杀的铁道被记忆成河(《跟铁道赛跑的河》)，加油站的老式电子公告牌上打着"火！火！注意防火"的字样，就像"金鱼的嘴一样"不停地开合，当主人公看见挂在电线上的雨珠时他的人生发生了转变(《在某一天》)。韩江的作品中花和水战胜了铁和火，我们通过它们的相撞看到了生命的世界。

　　《童佛》也是有关把刀转换成花的过程的故事。这里出现的两个人物"我"和"他"性格迥异，"他"是冷静、追求完美的男人，而"我"是安静、温和的女人。"他"因小时候的火灾全身有烧伤的疤痕，内心又如火。而"我"的内心也有一种想扒光他衣服的冲动在燃烧，曾经"话少、善良温和"的"我"现在变成了有着一副"冷酷表情"的"冷得像块冰一样的人"。他们都像母亲的表白那样"一生都是心里怀着刀活过来的"。归根结底，全身有烧伤疤痕的丈夫的面孔，无疑就是包括"我"和母亲在内的所有人的面孔，那里面也有阴险地翘起嘴角的凶恶的脸和童佛的脸。所以把自己的脸捏出花还是蛇就要看自己了，观世音菩萨原本就在我们的心中。母亲画三千张佛画跟主人公为一本治疗儿童语言障碍的图书画插图，都是以这种觉悟将自己心中的刀转化为花的一个过程。她们在烈日下如"蛇爬行似的"徘徊在沙地之中，终于领悟到童佛的脸终究是要靠自己的力量去完成的。领悟以后，当主人公来到森林时，发现原来"每根树叶都向外剑拔弩张的"那些松树现在已脱下那份锐利，就像刚刚钻出来的新芽一样泛出浅绿色。终究还是柔软战胜了尖锐，春天战胜了冬天，植物战胜了铁器。这就是生命的力量，也是作者韩江所梦想的植物的世界。而在这时，受伤的脚开始徐徐恢复功能。中风倒下的母亲可以不靠拐杖也能走路了，梦中迈不开步子、张不开嘴巴拼命挣扎的"我"完成了父亲为了哄不肯说话的孩子做骑马游戏的漫画插图。对他（她）们来说，脚既是马，也是话[1]。当恢复脚与话

1　韩语中"马"与"话"两词写法相同。

的力量时，韩江小说的人物也得到了重生。所以当抛开所有欲望、愤怒与罪过后，感觉"脚上有力气"时，他（她）们也许能在悬崖边向前迈开一步。

　　或许，对忙于日常琐事的我们来讲，韩江所梦想的脱俗、脱身的境界多多少少有些抽象也离现实远了一些。尤其在《红花丛中》里这种印象更加强烈，《红花丛中》作品对生与死的根源提出疑问，并探究如何从欲望、暴力与创伤中得到解脱。如果说我们的生活像茶毗式中所看到的水与火展开的一场力量对比悬殊的战役，那么，韩江要把生的冤孽通过"活着断了俗缘，死后肉身要经火化撒散到山中"的脱俗、脱身过程展现给大家的创作显得格外凝重而艰难。我甚至觉得，作为一名作家的韩江似乎想从"话"的欲望中得到一点解脱和自由。脱离禽兽的时间后想要进入花的世界的这个过程，有时也表现在从散文的世界走向诗的世界甚至禅的世界的过程中，因此显得离我们的现实生活远了一些。与无穷的欲望中得到解脱，燃烧自身走向花的世界的人物相比，反而是《白花飘》中即便想要呕吐却还吞着饭的人物更让人觉得亲近，这是为什么呢？也许这对作者来讲是件残忍的事情，但我还是希望韩江再受一点"危险禽兽"的命运的捉弄。

　　　　　　　　　　　　　　　黄桃庆（韩国评论家）